跨度新美文书系

Kuadu Prose Series

跨度新美文书系
Kuadu Prose Series

逐梦金陵

Chase the Dream

吴晓明
◎著

中国文史出版社

自序：一个兵的追梦岁月

曾经有这么一个人，他生于苏中平原的一个小村庄，毕业于二十世纪那个没有升学压力的特殊年代。为了心中腾飞的希冀，他毅然决然放下了钟爱的执教工作，走进部队，走进了军营。在时间的海洋里，在通往胜利的路途上，他不顾一路荆棘，无畏向前，终于在部队这方沃土上，赢得自我，使梦想变为现实，成为一名光荣的共产党员、一名大学生、一名共和国的军官，并先后三次荣获军队级科技进步奖！

这个人就是我，一个曾经青春、青涩、懵懂的青年。

然而，时光总是无语，在岁月的沙漏中不停地溜走，那趟兵之旅，一晃而过。

就在前几年，大学毕业二十年聚会，我去了。同学们问我，自转业回到地方后，都做些什么，我说什么都做，当过办事员、科员、科长，在乡镇当过副职、正职，然后调回县政府机关当过副局长，直至现在的党组书记。同学们说我有权、有职、有位，活得滋润、充实、有意义。我却没有说什么，我的确也不知道该说些什么。所以，我一直在迷惘之中，试图寻求答案、寻找生命的最初感动点。

我常常清夜独坐，偶然也能感到似隐似显、忽远忽近那种不能言说的境象和思想，就跟初梦之中的那种感觉一样，相随、相伴，一起前行。

其实，从我1989年10月回到家乡，来到政府部门工作，面对的挑战不仅仅是新工作、新环境，更多的是要承受那些陌生、琐碎、烦人的行政事务和没完没了的工作任务等等压力。因此，如何去应对、接应，使被动变为主动，倒成了前行路上的一道门槛。不过，这二十多年来，我凭着军人惯有的那种热情，那股干劲和那份执着，一腔热血，积极、勇于抛开任何幻想，全身心投入到地方经济建设和社会事业发展的浪潮中，取得了一些成绩与荣誉。

当我静下心来，面对这些金黄的果实，我像一个辛勤的农夫，想到自己为此而流过的汗水，感到更多的是自豪。其实，我心里非常清楚，决定人的命运和走向的，往往就是那么关键性的一两步。

为此，我之所以能坚定而又从容地一路走来，走到今天，其结果应当归结为第一步与部队结了缘，成为一名军人——曾经为之奋斗的那段军旅历程、那段抹不去的人生履历和当兵的历史。我始终都珍惜“军人”这个光荣的称谓，军人的人生信念和坚强意志，使我在任何挫折和困难面前都不曾退缩；军人的那颗不骄不躁的平常心，使我的手不管是拿枪、拿笔，还是干其他什么……任何平凡的琐事我都乐于去做，去完成……正是经过部队这所特殊大学的锤炼、摔打与精心的培养，我的平凡人生，才渐渐变得神奇、生动而又丰富起来。

随着年龄的增长，阅历的加深，我对人生的感悟，对生活的体验，对世界的看法，都和从前不一样了。再回眸那些往事时，特别是近十年来，我对部队的那种情感，不仅那种思念与日俱增，而且耳边好像还常常响起那嘹亮的军歌。不知有多少个不眠之夜，我又梦见了一片布满绿色的军营，想起了来自五湖四海的战友共同学习、生活、战斗而留下的无尽足迹……由此突发一种强烈的愿望，要将当兵的那段人生况味、亲历亲闻、所思所想化成文字、结集成册，为部队，为战友，为亲人，为读者朋友，为生活留下一点精神的痕迹。于是，一个兵的追梦岁月，那段不起眼的人生经历——《逐梦金陵》，经过我近一年的笔耕不辍、辛勤耕耘，终于把那些“旅”和“行”用文字形式，一页一页串联起来予以暂存，也算是人生的一件乐事吧！

在我的生命中，本书的写作那是人生中最为亮丽、最为美好、也最为值得感激与自豪的一道彩虹。该书不仅内容丰富、触角广，而且更是部追求人生、追求理想、追求崇高的珍贵记录。

具体地讲，《逐梦金陵》具体而微却又高屋建瓴地抒写了我入伍之后，大大小小、或长或短数个生动的细节，写出了对亲人思念与感恩的心情，写出了我和来自五湖四海的战友们亲如兄弟的情谊以及生活、学习、训练等军旅点滴。读者能够从叙述的画面中，深深地感悟到那个时代军人的情感世界、高尚情操、奉献精神并深知那代军人对战争、和平、祖国几个字的真谛的理解，也诠释了当今人们所应该追求的生存方式、生存价值、生命质量和生命色彩，以此作为生活宝鉴，以此与大家共勉。这对于读者的处世、立业、修身、做人，对于树立正确的世界观、人生观和价值观，丰富生命的内容、加深生活的意义，都会有所启发、有所裨益，甚至能让读者的灵魂在美好语言的享受中受到一次洗礼，得到一次升华……

十年似水，岁月如歌。时光虽然匆匆，让人感叹着时光的流失，但岁月总会在我的心海里荡起层层涟漪——那段难以割舍的戎马生涯，终究在我的笔端，变得如此的生动、精彩与壮美！

2016 年 7 月

于青墩文化的发源地 · 海安

一

地处苏中平原的家乡，每每过了十月份，时序便进入初冬，整个大地已略带寒意，浅吟低唱的微风只要轻轻一吹，就带来冬的气息。

1978 年 11 月初，具体是哪一天，我记不清了，毕竟时间已过去三十多年了，但那天的情景、发生的事情仍历历在目。

那天的前一天，一天风，半天雨，风大，雨量中等，降温明显。直到夜里十一点多钟，临睡时，风依然。

第二天，和往常一样，设在早上六点半叫醒的闹钟，依旧的“丁零零、丁零零……”惊破了晓梦。风好像小了些，不知何时，雨却找到了落脚的地方，天空中居然是彩霞满天，有了快乐的云朵。就在那缕缕晨光透过窗帘热情地涌进来的时候，我起了床，打开家门，迎面是一阵饱含清晨芳香的丝丝寒风，滑过我的脸颊，吹拂着我的头发、衣襟，我不禁打了个冷战。看来，今年的寒潮不仅来得早，而且来得更猛。屋前的那些水杉、梧桐……经过秋天的洗礼，只剩下稀疏的黄叶。阵阵寒风吹过，黄叶再次被无情地卷起，在空中打着旋儿，像黄蝴蝶一样翩翩起舞，又纷纷投入大地的怀抱。树枝犹如赤裸的木偶，机械地扭动着自己的身躯，似乎在和昨天握手、告别。面对这沉静与苍凉，我虽然伤感无限，但却深知，那是生命暂时的隐忍与退让，是希望的沉淀与积蓄，更是生命一种向上的力量与升腾的激情。

一会儿，那跳出大地的太阳却携一身微凉，微微探出头来，透着尘世独有的烟火气息，如同雨点般铺满了平原，也给这栋农家小院涂上了一层幻梦般的橘红色。

新的一天又开始了！

早晨，我感到最为紧张与劳碌。我干起活来，脚底下就跟抹了油似的，不是小步快跑，就是三步并作两步走，因为在这段时间内，我必须干完所有的家务活，好让自己按时、准点到校去。

其实，这份代课工作，虽然既能摆脱每日面朝黄土背朝天的耕作之苦，又能让我站在三尺讲台上，教书育人，播种文明，收获希望。但有一点，却让我感到尴尬与难受。因为在中国教育的词典里，代课教师是没有名分的，没有编制，没有地位，只是个拿着粉笔的泥腿子，戴着帽子的“知识分子”。吃的是草，挤出的是奶，真正是燃烧了自己、照亮了别人。

因此，一年多来，虽说这个阴影不散，但我并没有感到特别沮丧和不平。因为那时，中国农村教育的大半个天空，都是由无数代课、民办教师无私的脊梁支撑起来的，否则，农村的教育可能会是一片荒漠、一片空白。

于是，一阵忙碌后，每每当我捧到饭碗时，那个好习惯就会油然而起。总爱在吃早饭的时候，打开农村广播，边吃着，边听着。

事实上，在二十世纪六七十年代，百姓除了物欲清淡、思想淳朴之外，文化生活也显得尤为单调，更谈不上有什么文艺演出与文艺活动了，就连广播里传出的音乐都是清一色的样板戏唱腔，打出的口号也是千篇一律的“农业学大寨”。当然，间或也能听到条把关于国家大事的新闻，但不管怎样，情况如何，于农民而言，都是一听了之，“左耳进，右耳出”。因为在当时，农民已经习惯了一以贯之的“人民公社”农村集体经济体制，在政治上，他们没有太多的话语权和决定权，唯一能支配自己的就是多出勤、多出工、多挣工分，来养家糊口。

所以，那时的我，正值青春年少，有知识、有文化，对世界，对生活，总是充满着热情的向往和想象，而并不满足整天沉浸于代课的工作之中。只要机会来了，或者条件允许，我会毫不犹地带着心上的纸鸢，以完全自我的方式投向远方的怀抱，用耕耘、奋斗抒发情怀，实现心中的梦想。可如今，我只有面对现实，拼命努力与工作，才会拥有美好的未来。

就在我推出自行车准备前往学校的那一刹那，一则“征兵通知”犹如一块磁铁吸引着我。于是，我静下心来，耐心听完，“是去当兵，还是不去呢”倒成了一对矛盾。

回到学校后，我一如既往上完了全天的课。

由于心中有事，我早早地批改完学生的作业，简单地把办公桌收拾了一下，就推着自行车，披着温和的日光回到了家。

到家后，我一反往常，放下手中的包，便从东屋走到西房，再从西房走到东房，摸摸这儿，看看那儿，将家中的一切都光顾了遍，像我马上就要远走似的。

“就这么定了，我今年当兵去。”我自言自语道，话音轻得只有自己能听到。

应该说，这个念头在我心里已经盘踞两年了，只是不愿触及而已。我承认，在决断此事的时候，意图不是太明确，因为有一种想法一直在我脑海中盘旋——“能否提干?”但事到如今，我却无所顾忌，不管到部队去最终结果怎样，我都得试一试，走一走。

就此，我带着释怀的理由与结论，一站就是好久。望着迷茫的远处、漫漫的长路，只有我，一个人，把心和眼睛，投向陌生、飘摇不定的山水，远行追梦……

大约到了晚上八点钟，“咚、咚”两声敲门声，打乱了飞腾的思绪。于是，我立刻收敛起心中放飞的浪花，自在、平和、安详下来，便走近大门，拉开门闩，进来的那两个人正是我的父母亲。

自从二老进门后，他们的心事我就看透了。因为父母亲都有自己的工作，一般情况下，两三个月才回家一趟。不外，遇有特殊情况时，他们也回来看看，转一转。平时就我一人和这幢青瓦房相依为伴。

我们三人各自搬来长凳，围着一张四方桌，坐下。

“儿子，你可能知道，也听到了，今年的征兵工作又开始了。”父亲用手将眼镜向上推了推，然后把目光移到我的脸上，开口说着。

“考虑好没有?”接着又讲。

然后，他们俩又将去年那一番话重复了一遍。讲来说去，最终的结论是今年我必须到部队去。事到如今，我真的无话可说了，那就去吧！就这样，我当着两位老人的面，点了头，同意了。

于是，我报了名。在通过一系列严格的体检、政审后，于那年的12月中旬接到了入伍通知书。

从那时起，我不得不放下手中的教鞭，又一次迈着追求理想的脚步，离开了这所农村初中。

12 月 24 日，是我出征前往部队的日子，眼看一天天地逼近。弟弟、妹妹上学在外，没法回来，我的爷爷奶奶从如东老家来了，爸爸妈妈也因我参军而请了假，为我启程做准备。

就在离家前的一个晚上，我们一家人坐了满满一桌，吃了顿团圆饭。

那个时候，物质没有现在这么丰富，桌上摆的都是些农村人经常吃的，用现在时髦的话讲，为“农家菜”，共上了八道菜，拿了瓶白酒。席间，一家人都很开心，有的边吃边说，也有的边吃边笑。兴奋之情溢于言表的奶奶、爸爸不停地举起手中的酒杯，和我、和大家一起畅饮。而坐在一旁的母亲总是笑嘻嘻地不断为我夹着菜，把好吃的尽往我碗里塞。

吃着吃着，不知什么时候，奶奶悄悄离开了饭桌，在东房间偷偷哭泣起来。瞬间，全家人欢乐的气氛，一下被打破。“儿行千里娘牵挂”，因为我是老大，和弟、妹相差三四岁。就在弟弟刚出生的时候，母亲迫于无奈，将三岁的我托付给我的奶奶。从此，我晚上跟着奶奶睡，白天跟着奶奶跑，不知不觉一晃就是八年呀，是奶奶千辛万苦把我养大。所以，我的奶奶一想到明天我将离她而去，远赴边陲，那种不舍之情怎能抑制得住呢？

妈妈在安慰奶奶时也哭了……

晚饭很快就结束了，我回到了自己的房间，默默地为明天的启程收拾行李。我前脚刚到，母亲随后就跟了进来。一向做事麻利、说话唠叨的母亲，此时却无言无语，明显动作迟钝，好像不知所措似的，甚至让我洞察到她的手有些颤抖，呼吸也显得有些吃力。

母亲！我忘记不了您浸骨的亲情，把我从呱呱坠地到哺育长大。为了我的前程，能换个城镇户口，你们毅然决然让我离去，作为儿子，我……

我凝望着日渐苍老的母亲，那点强作的坚强终于崩溃成一道决堤的河流，泪水沿着脸颊倾泻而下。可是，在母亲面前，我还是强忍住了，便说了声："妈妈，时候不早了，早点回房间去休息吧!"

夜已经很深了，我带着无以名状的情绪入睡了。睡梦中，感觉有人走进我的房间，走到床前端详着我，良久，又为我轻轻地掖了掖被角——是母亲。没过一会儿，好像父亲又进来了，把一支刻有"新华报"字样的白色钢笔塞进了我的包囊中。这支笔是几年前一位记者采访父亲时送给他的，他一直都视为宝贝藏着，舍不得用。他曾经跟我们兄妹三个讲过，谁外出闯荡世界，就送给谁。今天，我终于从父亲的手中得到了这支希望之笔，愿意把蕴藏了父亲几多无言的深情和充满神秘、活力的憧憬收拢在笔尖上，用无以言说的最纯真的厚重，用尽淡墨素笔，还自己一片天高云淡。

天逐渐亮了，今天，是我第一次远离家乡出远门的日子。我的家人很早就起床了，为我继续准备着。而我却像个要出嫁的姑娘，一直不想离开房门，沉默寡言，心思满腹。在一旁陪着的奶奶、母亲，让我一看到她们茫然的目光，心里就一阵接着一阵地刺痛……

公社的领导，大队、生产队的干部，学校的同事来了；同乡、同学、朋友也来了。顿时，屋里屋外人声沸腾，熙熙攘攘，好热闹!"一人参军，全家光荣"的标语，也在阳光照耀下发出金色的光芒。

一路上，我噙着泪，聆听父亲的嘱咐。拉着我手的母亲，偶尔在一旁也插插话，叮嘱几句，而我只是使劲地点着头，虽然心里是酸酸的、苦苦的，但没有让泪水流出来。

到了集结区，简短的仪式过后，我们这些准军人都穿上簇新的绿色军装、棉鞋，戴上无沿的棉帽，虽然还没有资格佩戴领章、帽徽，我却感到无比的神圣、光荣和骄傲。不过，我的心情，像是影响了站在不远处的二老，他们笑了，笑得是那样的憨厚、从容与自信。我知道，他们永远都是我的坚强后盾，不管我到哪儿，走得有多远，他们都会暗暗地陪伴着我，为我祈祷、为我祝福，保佑我一路顺顺当当。

于是，我也趁着间歇之余，跑到父母的面前，用刚刚学来而又不太规范的动作，向我最敬爱的父母亲，毕恭毕敬行个军礼。二老又笑了，然而却笑得有些腼腆、不自然，可能是因为我刚穿上军装的缘故吧！

“行！到了部队要好好干，我们都等待着你的好消息。”父亲轻轻地拍了拍我的肩膀，鼓劲地说道。

“嘘嘘嘘……”一声哨子声，队伍就要启程了。此时，我才真正地意识到，就要离开了，心中泛起的那种不舍与留恋的涟漪，一阵紧过一阵，我怎么也控制不住自己的情感，泪水如潮涌般簌簌落下，我似乎什么都看不见了。但我心里却明白，不管以后到什么地方，取得怎样的荣誉我都得回来看一看，孝敬你们！

“再见了，我的爸爸妈妈，请你们多保重！”

随着一声口令：“齐步走！”我们迈着坚定、有力的步伐，正如一颗飞行中的子弹，无悔地朝着远方、远方……而去！

二

“嘘、嘘、嘘……”一声紧促的哨子声，在夜阑人静的时候，如同一道划过天幕的闪电后的雷声，突然把我从沉睡中惊醒。我伸了伸懒腰，连续打了几声哈欠，很不情愿睁开蒙眬的睡眼。

“怎么回事，天还没亮呢!”我不假思索，自言自语道。

稍许后，我才缓过神来，意识到自己已经不是一名普通的、独往独来、无纪律约束的社会青年，而是一名解放军战士。

在入伍前，就常听人说“军令如山倒”，那时，我却是懵懂少年，完全体会不到这句话的真实含义与分量。然而，才刚刚穿上绿军装的我，却处处闻到了紧张、严肃、严明、严谨的浓厚气息。执行命令就是军人的天职!

我对军人最初、最朴素的好感，来自于儿时我看过的那些战斗影片及描写战争的文学作品。红军、八路军、新四军、志愿军、解放军中涌现出的一个又一个英雄人物，特别是他们英勇、果敢、不屈不挠、勇于牺牲的精神和高大的英雄形象，不仅鼓舞着我，而且还让我羡慕不已，由此，我有了一颗带着从军冲动的心。

或许出于这个缘由，我对军队一直有一种特殊的向往与期待，总希望能够成为这个大家庭中的一员。但这个愿望在当初似乎有点可笑，因为那时我的年龄还小，一直在上学，长大后是否符合参军的条件，还是个未知数。但时隔十年，机会还是属于有准备的人，我如愿报名参了军，实现了儿时的理想或者说是梦想，实在令人兴奋。

哨声就是命令，命令必须执行。从第一声哨声响起，我的第一感官就告诉我，今夜，我们这批准军人，即将首次面临着别离的无奈与感伤，带着几分欣喜，几分惆怅，几分憧憬，敞开胸怀，睁大双眼，在陌生的路上，去迎接和接受明天太阳的沐浴、洗礼和大熔炉的锻造……

其实，我们这帮新兵，自昨天下午报到后，压根就没有马上离开家乡远去。部队一直就有个传统或为“不成文”的规定，凡是新兵结集出发，前往部队，总爱在夜间秘密行动。至于为什么，至今都是一道无解的题。

这次远行去部队一共有四十多人，均为坦克兵，清一色的郎儿。在老兵的帮助之下，大家大约用了半个小时的工夫，完成了从起床、穿衣、叠被、打被包到点名整装集合完毕。

十二月底的苏中平原都已进入寒冷的季节。大地浸在清清的月光之中，整个田野跟撒了一层洁白的盐霜似的。那数九严寒的夜风，凉飕飕的，吹在脸上，如被刀子刮得生痛，双颊如抵冰块。于是，我本能地用手将那大衣的领子向上竖起，便又随队赶路。

轮船远远地来了。我踏上甲板，弯着腰，走进了舱中，将所带的行李放下。就在放下的瞬间，我突然感到身体不适，有种眩晕的感觉。紧接着，脑中似乎是一片空白，不知所措，我后退一步，颓然坐下。良久，我的脸贴着玻璃，眼睛望着窗外，任泪水在脸上肆意地流淌。我有意地在这“茫茫人海中”搜寻家人的身影，虽然我心里明白，家人此时此刻不可能在岸边目送着我，但那种想见、多看一眼、再多看一眼的愿望，如潮水一般，在心底不断涌动，我的亲人啊，快点出现吧！没有，还是没有……我彻底失望了。今朝的离别后，相逢遥遥无期。

我带着明知无法满足的遗憾，离开了家乡、亲人，离开了生我、养我、育我渐显苍老的父母亲。我呆呆地凝目远望，一望就是好久。那迷茫的远处，漫漫人生征程，一路荆棘，一路泥泞。稚气未脱的我，选择了军营，选择了坦克兵这一光荣的职业，一个人，去寻找属于自己的远方，确实有点挥之不去的苍凉！但那是青春的梦想，人生一的道彩虹。我对自己的选择感到由衷的满意与自豪。没有泥土就没有大地，没有树木就没有森林，没有梦想的存在，哪能实现人生的价值呢？

一声汽笛鸣响，船缓缓启动，朝那遥远的地方行驶而去。仿佛在瞬息，我迷迷糊糊好像又看到了家人，站在对岸，依依不舍地眺望那远去的轮船。特别是我的母亲一边抹着眼泪，一边不停地挥着手，奔跑追赶着前行的那艘船。只见我的母亲，她不小心摔倒了，但又爬了起来，继续地追赶着……船越来越远，母亲站成了白色的雕塑，渐渐融入月光如水的世界里……

凝神后，我离愁的纠结未能从中解脱出来，心痛得有些颤抖，轻轻的哭泣声旁者也能听得一清二楚。纵使我心中有千般不舍，儿和父母亲是前世今生都无法分割的骨肉，但我选择了部队，必须学会理智。为了理智，必须学会安静。安静，是一种力量，是一种魅力，它总能适时地牵引着我，去追寻人生的意义与绚丽多姿的生活。

船随着汽笛的节奏，伴着波浪，跌宕起伏，悠悠荡荡从内河驶进了长江。

放眼望去，只有无际的平原被凛冽的寒风将生机刮去，留下的看似有些苍黄色，和这连接不断、汹涌翻滚的江水，一起东流而去。越往西走，波浪越大，我的心头也随之涌起一阵莫名的激动，顿觉陌生却感亲切。

这是我平生第一次航行在长江之中，和令人敬畏的第一江零距离接触，与江心交流，似觉其苍黄的胸怀无际而又温馨，仿佛曾经在梦里泊过的港湾。这让我由衷地发出感叹，第一次出远门，一个农村娃，竟能涉过这辽阔又浩渺、沉重又崇高的长江，内心的那种激动又怎能按捺得住呢。

正值数九寒天节，夜幕下的长江，一改白天平静温馨的气质，取而代之的是萧瑟的江风和震耳的江浪。

风大了，更大了，水浪拍打着船帮。我借着探照灯光，隐约地看到，在离船不远处的江心，有一个个湍急的漩涡，大的直径有十几米，小的也近一米，似一只只贪婪的巨口向我们示威，而巨浪，似乎就是它们的黑手，在向我们逼近、靠拢。这让我不由得想起了一位老者的话：白天的长江，平静温和，给人以美感；而夜间的长江，却巨浪漩涡，气势逼人。想想看，意味着什么？答案是，长江精神——造就出敢于搏击的好水手！虽然我不知道这位老者是谁，他是干什么的，但我为这句经典的概括而感动，也为我这次不虚此行而满足。

由于坐的时间久了，我下意识地把冻得有点发僵的双腿向前舒展开来，接着，我直起身来，在原地跳了跳，又向右迈了几步，驻足在圆圆的窗户前。那深黑色的夜幕上直泻而下的月光，洒满了的水面，波光粼粼、银光闪闪。浩浩的长江犹如一条充满活力的巨龙贯穿东西，飞舞在中国的版图上。那细碎的月光也透过玻璃，流泻在我的脸上。我敞开心扉，尽情地啜饮着清冷的月光，默默无言。顷刻，我那月光下的心潮，沸涌到最高点，变得轻松而又自如。我长叹了一口气，似乎想不起来有多久没有见过这深夜的场景了。可惜，这时间只不过一瞬。

夜深了，我头靠着船帮的侧板，舒了口气，闭上了眼睛，休憩一阵。

大约到了早晨六点钟，靠港的长笛声打破了我的睡梦。于是，我带上一切，全副武装，慢悠悠从舱中走出，站到船舷上。一缕晨光逼近我的眼帘，凝固在江面飘忽不定的光影中。此时的长江已全然消失了夜间的那种彪悍，变得犹如熟睡的孩子那样的娇憨、纯洁，静静地躺在华夏的大地上，营造出一种超凡脱俗的境界，彰显出应有尽有的内在魅力及其独有的风貌、风情、气息，聚集着生命的过程和终极的丰厚思想，又以美丽、多姿的风采而呈现。我神摇目夺地凝望着，难怪长江让一代代炎黄子孙为之自豪、为之骄傲!

“再见了，长江!”

我们又迎着初升的太阳，再一次拎着包囊，排着整齐的队伍，行走在一片橘红色的晨光中。

火车远远地来了，我又只身登上了去往另一个城市的列车，告别了江苏，告别了镇江，载着几多的向往踏上了从军的路程——远行寻梦!

三

第一次远行的我，经过一夜一天的水、陆港站的转接，路途的颠簸，终于在傍晚时分抵达了终点——滁州站。

滁州这个城市，是一座依江带淮的淮东历史文化名城。自古吴文化、淮扬文化在这里交汇融合、熠熠生辉，这里也成为西吴湖熟文化的发源地之一。历史上曾有无数文人骚客、王侯将相流连于此，徘徊于山水之间。至今留下的千年文化的遗迹犹如粒粒珍珠，布满了城市的巷巷弄弄、角角落落，连缀成一幅波澜壮阔、神采毕现的历史画卷。假如我能在这里和她相拥、融合，把追求、责任和生命之根，扎于这片文明古城的土壤，那肯定是件快乐的事。

于是，我拎着行李，背上背包，穿过熙熙攘攘的出站通道，来到了站前广场，步伐却慢慢缓了下来。

这次随车同行的虽然都是十七八岁、意气风发的热血小伙子，但此刻都一样，那种怀揣铁甲雄风之梦的劲头一下子没有了，都像霜打茄子一样，个个少言寡语、木讷，精神明显蔫了。好像就在忽然间，人与人之间也如同隔了一堵墙似的，一切都显得是那么陌生、苍白与无力。这也许是因路途的跋涉而劳累的缘故吧!

走到广场，我定了定神，扭头回望。西边那多情的夕阳，正在与地平线热情地亲吻着，把天边染成一片金红，远霞近辉，渐渐把那栋候车楼从斜阳中隐去。

我非常喜欢这样的天色——冬日的夕阳，虽然寒风中夹杂着凉意，似乎也包含着某种苦涩的味道，但心存的暖流却是无法抗拒的。只有在这夕阳沉落的世界里，才能将烦恼、外界的喧嚣、生活的“尘嚣”压力……一同抛弃、洗涤，重新开启心灵的窗户，使疲惫的身心在映满艺术韵味的殿堂中得到抚慰……我明显感到整个身躯，在随之平展，在随之放松。由此，一股“乡愁”的涌流从全身的毛孔中荡漾开来，心目中的那个“家”快到了!

由于旅客的逐渐离去，整个广场也慢慢恢复了清静。

在出站口的对面，站着几个军人，一身绿色的制服，威武潇洒。只见其中一人，两手抱成半空心拳，胳膊肘弯成 100 度左右，跑步来到队伍前，与带队的闵排长一边握着手，一边低声嘀咕了几句。原来那个穿着“四个兜”的军人，正是我们新兵连的连长，是专门来接我们入伍的。

进而，我们这支四十多人的队伍，伴着夜色的降临，在天空的灰裙下，随着“一二一……”的口令，朝着目的地，又一次整装出发了。

从出口到扎营地还有十多公里的路程，看似不太远，但毕竟我们经过了差不多一昼夜的旅程，大家被折腾得筋疲力尽，况且每个人的手上、身上所承载的东西也有几十斤，再步行的话，身体可能会超负荷，难以支撑。还是那句老话说得好，“远路没轻担呀”。

原本我们都认为，可以乘坐汽车直达营区，不必再劳驾自己的双腿，但那只是一厢情愿。

“为什么不用卡车接我们呢?”身边的一位老乡不解地问道。

“谁知道!”我顺便应答。

顷刻，大家的情绪一落千丈，沉闷、不安、焦躁。但大家的心里却都清楚，不管怎么想，有多少个问号，都无济于事，因为部队是一个特殊的政治组织，它那特有的组织形式、特殊的历史使命和特别的纪律，决定了个人必须无条件地服从。因此，首先必须迈过这道坎。

无奈之下，我们还是跟着口令，背负着身躯所载的重量，从陌生的街道穿过，来到了一条高低不平的崎岖山路。时而上坡，时而又下坡，慢慢而行。刚开始，对于出身于苏中平原，从未见过山的我，觉得双腿有着充足的力量，像出膛的炮弹，猛烈地释放着，但时间不长，身体却有点招架不住了。我脸红气喘，口干舌燥，汗流浃背，不光是内衣全都湿了，就连那双穿着棉鞋的脚，也犹如浸泡在水中，一不留神，走起路来还有点打滑。走着走着……那迈出的双腿就跟灌了铅一样，越走越沉，越来越重。久而久之，那腿几乎不能打弯了，快成木头人似的。这种艰难的日子，煎熬的感觉，是我平生第一次感受。那时我真想停下来歇一歇，但我不敢，也不能，脑中却非常清楚，无论如何也不能低头、倒下，必须要有信心，坚持，再坚持。

“别忘了第一印象呀!”我的话语轻得像从天边飘来。

终于，我带着胜利的喜悦，以顽强的意志，跨出了这一小步。

大约到了晚上的七点钟，终于到达目的地——新兵连。我长长地吐了一口气，看着热情的战友，整洁的军营，我心里很是激动，真有种回家的感觉。当时我就暗暗发誓，一定要做一只雄鹰，在军队这片广阔天地里展翅翱翔。

由此，一种全新的生活便开始了。

我被编在二班，这个班由十二人组成，全来自于家乡。在接下来的二十七天当中，我们的学习、训练、生活将在一起。

我们的班长姓李，是山东人，初中文化程度，人朴实、可亲，虽然身材没有北方人那么魁梧、彪悍，但却有几分军人的特殊气质。

特别是班长的第一次即席发言，至今我都记忆犹新。当时，我听后，真蒙了，没有想到，一个只有初中文化的老兵，竟能把话说得那么流畅，有层次，具有内涵，不得不让人刮目相看!

晚饭后，离睡觉还有三个小时，这段时间我们可以自由活动。我怀着好奇的心情，迫不及待地沿着营区，漫步于林荫的小径，将军营中的一切尽情地收入眼底，任稀疏的枯叶悄悄随风而至。

我不知不觉绕着营区转了一圈，让我从中看明白了。我们这支队伍原来扎营于山区之间，就是人们常说的“山坳子”。由于是晚上，远处的一切都是模糊的，那巍峨高耸的群山，只剩下一个隐隐约约的轮廓，更不用说对面山上的那些树木了。这也让我想起了刚到达时，令我心中萌动的那灯火辉煌的地方一定是一座城镇，但结果却是一种错觉，那是一个盘踞在悬崖峭壁中的“山虎”，随时准备作战的一支尖锐军。

静静的夜晚，静静的营区，这儿远离喧嚣，远离浮躁，我终于找到了可以安放心情的地方，抛开一切，独自行走。我是安详的，自在的，也是平和的，沉静的，我甚至听到了自己内心深处的声音："这就是我的追梦地！"我好像很久没有听见这声音了。其实，这心声从未离开，只是，我忽略了它的存在。而现在，当我远离所有繁杂的时候，那声音又在我的耳边轻轻低吟。

路上的战友渐渐远去，冬天的西北风又起了，依然在空气中游离，寒冷依然不减。那枝头相碰而发出的声音，虽然有些凄凉与悲惨，但那是季节轮回中细碎的声响，是生命的隐忍与退让，是为明年的期望更加绚烂而栖。一阵挣扎后，风还是笑着离开了……

其实，这外景、气场，你和我一样，同命相连，如同两朵"忧伤"的花，悄然绽放在心灵深处。也许这就是风雨人生必经之路——苦的跋涉。

我回到了新兵连，一阵嘹亮的熄灯号过后，排长很和气地向大家微微一笑，随手"咔嗒"关掉了电灯。躺在地铺上的我，良久，翻来覆去，几乎用尽了所有的催眠办法，我都无法入睡。

"明天新兵就要开训了！"我不时地提醒着自己。

这下，我是彻底睡不着了，整个屋子里飘荡着入睡香甜的鼾声，此起彼伏，一浪高过一浪，对一向习惯于在无声的静夜中慢慢入睡的我来说，又是雪上加霜。我明显感觉到那颗烦躁不安的心，在没有一丝闪光的黑暗中，起起落落，沉沉浮浮，任思念蔓延，任梦想放飞，也任泪水涌流……

寒冷的季节，难熬的第一夜。我不得不坐起来，头靠着后墙，呆呆地望着窗外有星光的地方。那远挂高空、明朗如玉的月亮，唯独在今夜，特别透亮、澄莹。我对着她，没有太多的言语，而她那清澈的眼神却给我递来了一份微笑、一份真诚、一份情意，我终于明白了，军人，一生中将会面临无数次离别的无奈、感伤……甚至失败。

或许，当岁月沉淀后，为这次军旅的第一夜，镀上一层银光，你会明白，这样的夜晚，为了抱负与梦想，有人等到天亮，那人就是我！

四

直到清晨四点，战友睡熟的鼾声，才让我被催眠似的慢慢睡着了。我刚入睡不久，就进入了梦乡。我好像若隐若现地见到我们的连长，迈着慢悠悠的步子走到队伍的前面，面对大家站着。

“根据连部的安排，今天举行一次新战友入伍感言活动。采用自愿登台、即席发言的方式进行。”礼毕后，连长讲道。

“谁先来?”

于是，梦游开始了。

好强的我，毫不客气，抢先一步，向前走去，跑不像跑，走又不好走，左摇右晃，飞一般地站到全连两百多人的前面，我压根就没有感到害羞，而是向大家行了个军礼。礼毕后，就用铿锵有力、诗一般的语调，朗诵道：“在岁月的海洋里，如何剔去我的学生时代的青涩，才漂泊、耕耘了两年多，然而，却在今天，一个多梦年龄的我，又一次面对漫漫人生的征途，站在全新而又陌生的‘山坳’之中，接受阳光的洗礼，军队的锻造。也许在人生的路上，你会惆怅，你会哭泣，甚至会失败，但不管怎样，请不要畏惧困难，对事业冷冷淡淡、毫无信心。与其被时间的红尘淹没，倒不如乘风破浪，充分展示出自己的光华与……”

我正说得尽兴的时候，突然被一阵响亮的军号声打断了，心里不由“咯噔”一惊。我睁开蒙胧的睡眼，才发现大家都穿好了军装。动作快的已束好了腰带，跨过门槛，前往操场原地等待集合。而我还躺在床上，寻思着是怎么回事。明白了，那是起床号声，怎么办？我心怀焦急，不能第一天出操就落在别人的后头，以后还咋在军营里边混呢？想到这些，我的额头沁出一层汗珠，假如按部就班、中规中矩，肯定会迟到，这样，不仅要被点名，而且还会挨批评。于是，我急中生智，玩了个小聪明，干脆绒衣和绒裤都不上身，只空穿一套棉衣不就节约时间了吗。对！说时迟，那时快，我三下五除二就搞定了。最终还真比少数人快了半拍。虽说这小聪明不值得推广与一说，但它确实管用。

冬天的早晨，天寒地冻，凉风袭人。山区的气温明显要比家乡低得多。

我穿着一套宽宽大大的棉衣，傻里傻气站在空旷的训练场上，任凭阵阵的寒风吹着，我的心凉透了，不时地打着冷战，两腿有点麻木的感觉。迫于无奈我只能这样硬撑着。为了消磨时间，我有意识地强迫着自己，用极目远眺来分散自己的注意力。于是，我遥望远处连绵起伏的群山，尤其是高如匕首、矮如月牙的山峰上，没有一丝淡淡的绿色，处处都是白皑皑的一片，但唯有那山腰上的松树，却戴着白白的绒帽，犹如一个个护林的战士挺立在白雪之中……

在慢慢的扫描中，我深深地吸了一口凉气，轻轻地一声叹息，从今日起，这儿就是我训练、工作、生活的地方。正如这个寒冷、萧瑟的冬天一样，等待我的将是磨炼与考验啊！

就在不知不觉中，我猛然听到：

"下面是内务整理时间，由各班班长带回，进行叠被练习。"连长稍停后喊道：

"立正，各班带回！"

那颗纠结的心，突然放下，我终于松了口气，含而不露地微微一笑，我真是个幸运儿，总算闯过了这一关。

叠被子、打背包、走队列是新兵连必训的内容，也是当兵人必修的三门课程。叠被子、物品的摆放、打背包在部队又称整理内务。而叠被子就像每天早上起床后要洗脸一样，是每个军人日常生活起居中必须要做的事，是一项基本技能。

回到通屋后，我们十二人立成"一"字队形，面朝光亮的深红色木架，观摩班长的内务。毛巾、牙缸、牙刷、脸盆、水壶、胶鞋，加上地铺上的白床单、绿被子，一件多余的实物都不能出现在卧室内，其摆放的位置必须是"一对一、点对点、点面一线"，整齐划一。

看完后，我们的队形又迅速做了调整，成两排纵队分别站在班长地铺的两侧。

"叠被子是整理内务中一项很重要的内容之一，是培养军人良好素质和作风的起点。部队不是流传着这样一句话吗，'出门看队列，进门看内务！'"为了便于讲解，班长边说着，边将叠好的被子，放到铺的中间。

"我们当兵人所叠出的被子不但要求薄厚均匀，而且要棱角分明。叠好的被子放在洁白的床铺上无论从上面、前面还是从侧面看过去，都要在一个平面上。军被的整体就是一个豆腐块。"话音刚落，班长便拉开叠好的被子，开始给我们示范。

他面对铺开的被子，两腿一前一后跪着，胸部稍稍前倾，然后用手轻轻下压且来回均匀用力抹着被子。

“这样才能把被子里面的棉花抹匀，使被子不仅薄厚一致，而且布面平整，便于下一步成形。”班长认真地讲着。

被子抹平后，他有意识地放慢了动作，一一分解，好让我们尽快弄懂、学会。只见他麻利的双手先从里到外，再从外向里把被子来回折两次，使被子的宽度缩成三分之一，等被子折成两折，即成一个平面后，用手轻轻将折面抚平。

“接下来的每一步都很关键。从被子的左端，起量大约三十厘米，然后用双手顺着被子的宽度压五寸来宽的两条死褶，用手将死褶隆起。再用相同方法，自右往左。”班长嘴里不停地说，手里也在不停地做着。

“叠到这儿，准备工作基本完成。接下来，把被子隆起的两端分别向中间折过去，这点就跟家里叠被一样。随后再给被子整形压棱角，就成了‘豆腐块’!”

我看了看手表，整个讲解加示范，大约花了一刻钟。

我们看着班长刚刚完成的内务——方方正正的“豆腐块”，长屋里至少有三分钟，大家在安静的恬然中，注目不动，被班长娴熟的技能、高超的手艺所征服，不愧是部队培养出来的战士、老兵、班长。

大家渐渐兴奋了，但出于纪律的约束，大家不便言表，只能用最常见而又朴实的方法来表达对班长的敬佩之情。顿时，整个屋子沸腾了，每个角落都回荡着阵阵热烈的掌声。我听到了，这不仅仅是大家心底涌动出的一种掌声，更是一种肺腑之言、佩服之语、欢呼之声。

此时的我，虽然不能立刻像班长那样的优秀、老练、能干，但我总会牵引着我的梦想，马不停蹄地去追寻属于自己的人生坐标与生活方向。

队伍解散后，我们十二人都回到了自己的铺旁，按照班长所教的叠被要领，反复地练习着。

起初，我根本没有把此事放在心上，认为技术简单，操作不难，更没有什么科技含量，只不过是个技巧活而已，掌握了叠被的步骤、关键细节，拿来我用就行，应该不是件难事。

一脸孩子气的我，毕竟显得稚嫩。当做起来的时候，却傻了眼，一头雾水。折呀，抹呀，叠呀，然后再用力去压……到头来，费了九牛二虎之力，落下一身臭汗，“豆腐块”没成，反而倒成了“花卷”。

不过，我还算是个沉得住气、耐得住性子的人，遇到类似的问题时，不会轻易地放弃而搁置，总爱“打破砂锅问到底”。

于是，我又重新摆平心态，正视难点。边回看成形被，边回忆叠被要点，反复琢磨。渐渐地我找回了自信，找到了叠被的技术要点。也由此在训练科目结束前的点评中，当我制作的作品——正正方方的“豆腐块”展现在全排战士面前时，受到了排长的表扬，也赢得了战友们的一片掌声……那时我的心中真有一种说不出的高兴！

五

用完早餐，大家在为今天的开训做准备。

上午八点，在哨子声中，队列训练正式拉开序幕。

今大的山区，虽然天寒地冻，水冰风萧，让人备感到冬天所特有的气息，但从那万里无云、蔚蓝的天空下射出的缕缕明媚的阳光，从我脸上拂过，落在身上却是暖洋洋的，那种舒适感，涌遍了我的全身，觉得有种“轻装上阵”的感觉。

由于今天是开训的头一天，我对这里的一切充满了新鲜与好奇。我抬着头、眯起眼睛看到那远处的山脉，在灿烂阳光的照射下，不仅山崖陡峭、奇峰林立，而且错落有致、峻峭秀丽，也让我忽然感悟到一种精神力量，一种崇高的品格，正在不知不觉地浸入到我的心灵深处。我感到从今天起，我的心跳将同大自然的心声同步、同声、同跳，与云共舞，与山同在。希望这大自然能懂我的心，知我的愁，用恩泽与照耀成就我的梦想，让憧憬与期盼，变为香香甜甜的果实。

虽然我的注意力有了变动，想得极远，这里的一切，占据了我的灵府，但我还是不由自主地从这遐思中长吁了一口气，希望我的漫游生涯有意义，能丰富多彩！

想到这里，我的思绪便又忙忙收回，回到了原点，变得神清若水，默然肃然。心，平复而镇定，我继续眼观前方，等待开训的第一声……

“大家注意了！立正，向右看齐，向前看！”值班排长的一声口令，如雷雨前的闪电声，从天而降，我也由此投入到训练之中。

“报告连长，全连集合完毕，请指示！”相互礼毕后，排长立即抱起半空心拳，小跑走到前排的左侧，立着。

“稍息！”连长迅速站到队前。

“讲一下，请稍息！”

站队分排、分班，每个班列一纵队，一个排为一方阵。由于我们是特种部队，全连新兵虽只有两百多人，但却来自半个中国。

正在喊队的连长，声音带着寒气，坚定而又严厉，大家的神经处于高度紧张之中。不知所措的新兵，听着口令，忙中出错是常事，特别是瞬间做错的那些动作，有的笨拙得像个孩子似的，有的呆板得像个傻子似的，模样滑稽、可笑，连站在场边的团首长也忍不住哈哈大笑起来。

“站好了，别再动。”连长面对大家，嘴里喊着，眉毛下炯炯有神的双眼左右扫视。

“今天，就是你们军旅生涯的起始日，也是新兵连训练的开始日。你们在这里将要经过近一个月的学习、训练、生活，大家要有吃苦的思想准备！”连长讲道。

“这次训练的科目主要有内务的整理、队列、射击等。从思想上、身姿上，初步完成普通百姓到军人的转换。只有科目考试合格者，才能佩戴象征军人荣誉的领章帽徽，成为真正意义上的军人……”连长的个头不高，可话音却粗犷、有力，表情威严。

“大家听明白了吗?”连长问道。

“明白了。”大家的回答声稀落而微弱。

“回答的时候，一要声音洪亮；二要回答‘是’；三要成立正姿势。大家明白没有?”连长有意提高嗓门，继续问道。

“是!”

“下面以班为单位，进行队列训练！各班长带回。稍息!”

“立正，目标右前方！向右转，跑步走!”班长迅速站到我们的队前，用口令指挥着我们。

我随着队伍，转了个弯，向预先划分好的训练区域跑去。渐渐的，连长刚才的一席话，又在耳边响起，难怪凡是当过兵的人都有一个共同的体会——新兵的日子不仅是最难熬的，而且也是最艰苦的。今天，我终于从连长的话音中领略到其中的含义。

其实，这就是人生！人生就是风风雨雨、红红火火，让你去应战、接受，甚至用生命去挑战极限。

尽管我很清楚，人生路上的梦虚无缥缈，有些梦就是个幻觉，就是个影子，根本无法实现。然而，人生不能没有梦想，梦想是一种诱惑，是滋长生存的一种力量，使活着的人有目的、有方向、有期盼。即使有些果实一生未必摘到，永远都是个梦，但这样活着有目的、有方向，人生同样灿烂、无悔、有价值，毕竟拥有了自己的路。

我想着，想着，一会儿，就到了指定的训练位置——操场的最右边，我们的队形呈南北向。

“同志们，从现在开始就算正式进入了队列训练期。练好和正确把握队列的每一个动作都至关重要，因为队列队形、队列指挥的训练，是规范我军队伍动作的需要，更是增强军队战斗力的需要，对于培养我们良好的军姿、严整的军容以及一致的行为都有着特别的意义，因此，希望大家高度重视，尤其在训练的过程中，必须养成严守纪律的良好习惯，一切行动听指挥，以高昂的热情，艰苦的努力，赢得队列、队形训练的最后胜利，确保训练成绩在全连名列前茅！”班长站在队伍前面，有声有色地讲道。

实际上，所谓的队列包括停止间和行进间的动作，通过眼、嘴、手、臂、脚、腿等肢体将军人的雄姿、风采，一一彰显。

今天训练的是科目一，班长边讲着要领，边给我们示范着。

站在一旁的我，除了神情专注、目不转睛地盯着班长的示范外，心里也在反复地揣摩着关键性的动作要点。似乎看到了自己的身影在默默无声中，用心体会着每一个分解动作，思考姿势是否完美、标准、到位，与大家的配合是否协调、默契。觉得这一切也并非太难，但要做到像眼前军姿绝佳的班长那样，要走的路还很长，还得经过千锤百炼，才能将这块毛坯铁，脱胎换骨转为钢，最终成为绽放璀璨光华的钻石。

两个多小时过去了。一直站着的我，逐渐感到两腿有些乏力、酸软，直至变得如荡秋千，摇摇摆摆，心烦的那种思潮也犹如层层的涟漪，荡漾开来……这对于在家过惯了衣来伸手、饭来张口生活的我，这种枯燥而又乏味的训练，不能不说是一种全新的挑战。

其实，队列训练的那种艰苦、苛刻与严酷的程度，我事先根本无法想象。有时因为一个不规范的动作，不仅要练上百次，甚至还要采取非常手段，即一种近乎“整容式”的强化训练。有些战友因从小不注意走路姿势，走路时两腿略呈螺旋状，夹不紧。为了矫正这一毛病，除了白天正常练习“直立，两脚并拢，两手扶膝做两膝向正前方的下蹲起立运动”之外，晚上还得坐在椅子上，尽力用小腿夹住书，坚持一定的时间。还有些战友在走路时，有胸脯挺不直的毛病，假如矫正不好，会直接影响气宇轩昂、仪表堂堂的军人雄姿，因此，班长专门制作了一块长方形的小木板，捆扎在我们的后背上，但时间长了，后背磨破了，一出汗就像撒上盐似的，疼痛难忍……

就这样，大家一忍再忍，一周的时间就挺过去了。

为了检验前段时间的训练情况，我们班又专门加练了一次队列动作的集体合练与个人的分列式。

记得那天下午，训练科目刚刚结束，本应可以下课回到营区休息，但班长并没有这么做，而是要求我们都留下来，对一周来的训练项目进行一次测试与考核。我明白了，班长用心良苦！

这突如其来的一招，或多或少会有些让我手忙脚乱。不过，我还是很快镇定下来，因为我心中有数，我的姿势、音质、动作在班里不是第一，也是第二，就是考核到我，也不必担心，相反还能展示一下自己的水平与身姿！

“全体都有，立正。”班长喊道。

“稍息。”

好像出状况了，原来有两个老乡像没有听到口令似的，仍然笔直地站在那儿。班长看了一眼，然后轻轻地走到他们的面前，低声说了几句，至于讲了些什么，我不知道，但我却能猜到八九不离十，因为他们的反应的确要慢于大家，所以叫他们不要过于紧张。

第一个被点到名的叫王小进，他为人和气、忠厚、老实，善于表达，性格属于活泼不够，但内敛有余。人聪明，智商高，学什么像什么，他是我们同乡四十人中，唯一的一名中专生，即使三年后退伍回到家乡，也能享受城里人一样的生活，做一份不错的工作。

他按照班长的口令，不停地做着各种不同的动作。最后班长对他做了点评。

接下来，我们大家都没有想到，班长竟然一下子点到四个人，一同对科目一、科目三和科目五分别进行队列动作的练习。

不过，在训练中，有位同乡在模拟班长向上级首长“报告”时，因声音太低，被班长狠狠地训斥了一顿。

他满脸通红，仍然站在原地，一动也不动。于是，他又来了一遍。

“这才像个军人，你看你，刚才声音小得跟蚊子似的，以后要大声点。”站在那儿的老乡，虽然点着头，但能让我们看得出，他有些尴尬。

“大家都要注意呀！在对领导报告的时候，声音一定要清脆、洪亮。”说完，大家都笑了，他也笑了……

考核结束后，大家忍着浑身的酸痛，松下腰带，迈着沉重的双腿，一步一步回到了营区……不过，你发现没有，无论是说话，还是走路，都有了点军人的风姿了！

六

我只身离家，怀着一颗对理想追求的心，远行来到了部队，至今，进行队列、队形的训练已有两个星期了。

新兵的队列、队形训练，练的是耐力，耗的是时间，换来的却是汗水与煎熬。一天操练下来，体力透支得厉害，连饭都不想吃，只想上床睡觉，好让疲倦的肢体得到休息。只有在那时，躺在通铺上，睡在被窝里，才感到那颗心是暖洋洋的，行为是自由自在的，心绪也才会变得轻闲、平和。

其实，那也是释放压力的一种方法。让人从疲累走向轻松，从浮躁走向宁静，从烦恼走向快乐。

但不管怎样，训练有多么的苦与累，日子有多么难熬，训练的进程总是伴随着时间的流淌而前行。一晃又到了星期六，这也是我们抵达部队后的第二个星期。

当天下午，在班长的指挥之下，我们又来到了训练场。但大家一进场地后，人人的脸上都泛着点微微的红晕，那种紧张、恍惚的神态却明显一改往日，大家的情绪也犹如雨后天晴一样，变得高涨、活泼起来。因为大家知道，新兵连的生活，每天都是在训练中攀爬，在汗水里进行。爬累了，走倦了，多么渴望和休息日来一个深情的拥抱，静下心来调整自己的心情，放松一下自己劳碌的双脚。

按照新兵连的统一部署和安排，下午不再安排新的科目进行训练，只要将两周来所练的项目，整体拉练一遍即可。

由此，随着班长的一声口令，队列、队形的合练就拉开了。

大家的动作，规范、到位；军姿，威武、洒脱；声音，整齐、有力。特别是从队伍中发出的那种齐刷刷的脚步声，犹如军乐团击打的鼓点，热烈而昂扬，铿锵而划一，仿佛连大地都震动了。其实，这种脚步声，就是每位军人所特有的一种情怀，一种信仰和一种血性。因为在部队，出操、训练、吃饭……甚至演习，每天都在步调一致的脚步声中行进。

不过，来得早的冬日晚霞，却打断了我们的合练，练习也由此在天空的灰裙之下，拉上了帷幕。

队伍解散后，我摘下棉帽，用手擦了擦前额上的汗，便拿着帽子，就直奔营区的宿舍，为晚上班务会上的专题发言做准备去了。

专题发言的内容在上午的训练课上，班长就布置了“我为什么要穿这身军装?”这道题目，主题明确，思路开阔，可从不同的角度分别进行阐述。当然，想要论述得准确、透彻，让人心服口服，不是件容易的事。想要让人佩服你，更是件难事。这让曾经当过代课教师的我，似乎看到了自己有这种能力和水平，不敢说在全班稳获第一，但确保前三名是不成问题的。不过，眼下尤其重要的是要认真准备，找准切入点，选对论点，各个击破才是真功夫。

于是，回到宿舍后，我赶紧将帽子摆好，腰带放好，在自己的床边坐下，利用晚饭前的一个小时，思考一下晚上的发言内容。

我不停地思考着，整个人都沉浸在苦思冥想之中，一会儿为脑中所整理出的内容而感叹，认为观点新鲜、生动，有说服力；一会儿又摇摇头，心存疑虑，认为这条、那句文字表达缺乏深度……看似简单的问题，怎么会越想越复杂，越理越没有头绪呢！

时间随着我的思绪一分一秒流过。经过深思熟虑，我将答题的主要内容，一一地记载到日记本上。修改后，又默读了一遍，这才放心离去。

晚上七点钟，一声哨子的长鸣划破了沉静的夜幕，新兵的班务会在灯火明亮的长屋内开始了。

我们十二名新兵分成两排，抬头挺胸，双眼平视，双臂成一定的角度轻放于大腿的上方成军人坐势，两两对面而坐。而班长面朝大家，坐立于两排队形的顶端。

班务会，是军队《内务条令》规定的基层行政例会，原则上每周召开一次，由班长主持，晚饭后进行，一般不超过一小时，主要是检查、总结一周的工作、训练或其他。

开好班务会，不仅可以提高战士的自我管理、自我教育能力，而且更能激发战士的主人翁意识，增强部队的向心力和凝聚力。用班长的话讲，很多“基层”对班务会都有形象的比喻，比如：是引领战士成长的“小课堂”、给战士做思想工作的“小门诊部”、相互激励的“小加油站”等等。可以说，战士们的成长、进步离不开班务会。

会议开始了，班长将本周来科目的训练、平时的生活等方面进行了小结与点评。对实际的总结有深度、有力度，对个体的点评既留面子又留不足。整个回眸准确、到位，意义深远，让大家懂得了什么是国威、军威，渊源于哪里等等。班长一段讲评后，语速又渐渐地放慢了。

“军队这般钢铁的纪律、严格的训练与艰苦的磨炼，使你们成熟得更快，对祖国爱得更深，对人生、对社会、对使命职责感悟得更多……”班长的嗓门越来越高，但大家听得非常认真，脸部的表情都跟随着班长言语的高低而起伏跌宕，一会儿面带微笑，点点头；一会儿又脸显深沉，摇摇头，处处感到“团结、紧张、严肃、活泼”的气息。

班长说完了，接下来是各人的专题发言。

班长要求，每人的发言时间控制在五分钟以内，能脱稿讲的最好脱稿，发言时，要声情并茂，富有感染力。发言的顺序从班长左边的第一个人开始，依次按顺时针转动。而我坐的位子恰好正对着班长左边的那位同乡，因此不难算出，我是最后一个发言者。多巧啊！我暗暗自喜，因为我不仅能先听到别人怎么讲，而且还能从中吸取他人的长处，真是一举两得！大家各抒己见，我听得津津有味，的确有些观点非同一般。在听的同时，我也默默地补充和完善自己的发言内容。

大家一个接着一个，按照顺序发言。快到我了，我深深地吸了口气，呼了出去，又吸了口气……

“下面请吴晓明同志发言！”班长突然讲道，让我有些纳闷，在全班所有人发言的过程中，班长从未单独直呼其名，也许……

时间不让我多想，于是，我迅速站了起来，以非立正姿势站着。

“一个刚刚走在十七岁、青春年少且多梦的我，因为向往，所以走进军营。因为喜欢，所以穿上这身绿色的军装。向往与喜欢，诠释的不仅是当代军人的价值，更是当代军人的一种荣誉。而这绿色，却又是充满生机的色彩，是充满希望的色彩，在平原，在山区，在大海，在蓝天，在祖国大江南北到处都有你的踪影。从我穿上这身绿军装的那天起，就明白了这身军装的责任与使命……”我用演讲的口气才开了个头，班长和战友们就给了掌声。

“当兵是一种自豪，穿上这身跃动的绿色，你便有了铮铮铁骨，一身浩然正气，方显英雄本色。当兵更有一种力量，能筑起绿色防线，经过风吹雨打，仍不改变自己的理想和信念，用忠诚和奉献，筑起一道坚不可摧的钢铁长城……”又是一阵鼓掌声。此时，我的心态是彻底放松了，声音也是越来越响亮，要表达的内容也是应有尽有，真的行如溪水，流畅、自在。

“战友们：你的付出，我的努力，就是一首无言的歌、一幅壮丽的画。当百花盛开的时候，写在大地上的和煦春风是军人；当清晨放飞白鸽的时候，写在曙光里的绿色橄榄枝是军人；当夜深人静的时候，写在人们睡梦中的甜蜜笑靥还是军人；当发生特大灾难的时候，写在抗灾前线的英雄赞歌还是军人……即使将来你、我告别了军营，但是，这样的经历，这样的感动，会是我们一生美好的回忆。战友们：让我们一同携手并肩，数年面对杳无人烟的大山，数年面对波涛翻滚的大海……从军报国，投身于火热的军营，为了国家的利益和安全，用我们的行动和事业谱写一曲奉献的乐章，光荣地履行好保卫祖国的神圣使命吧！谢谢！”我的整个发言结束了，一阵热烈的掌声，良久。我深深地感受到了这是对我认可的掌声，是对我祝贺的掌声，同时这掌声也是大家发自内心世界，对军队、对军人的一种敬畏与仰慕。

此时的我，眼睛却不免一热……为了感谢大家对我的鼓励，我毕恭毕敬给大家行了军礼，然后，微微地一笑，又坐到小板凳上。

专题发言就这样随着我演讲的终结而全部结束了。班长站了起来，作了简短的小结。一堂生动活泼、别具一格的班务会，在大家的共同努力之下，成功地画上了句号……

七

班务会结束后，我们的一切又恢复了正常，各人又以自己的兴趣爱好支配着行动，愿意干什么就干什么，想干什么就干什么，能干什么就干什么。

自从到了新兵连，晚上都是九点钟吹熄灯号，九点二十分正式就寝。实际上，哪个班也不会在九点二十分就准时睡觉的，一般都要违规一小会儿。比我们大三四岁的班长，也从未批评或讲过什么。部队都是年轻人，年轻人都喜欢说说笑笑，谁也不会老实巴交一上床就睡觉。大家躺下后，总爱你一言，我一语，你讲一段家乡的趣闻，我哼一段家乡的小调……那一个个截然不同的音符、笑声与话语，使这间屋子处处充满了温馨。当听到值班人员的脚步声时，大家都会自觉地压低笑声和说话声，知道该到睡觉的时候了。

睡在地铺上的我，今夜觉得特别舒服，特别惬意，也特别踏实，而且睡得比任何一次都要香甜，第一次感觉到就像睡在自己家里的床上一样。因为明天又是星期天，不必担心早起床、出早操、整理内务等，自然而然地心里也就放松了。

第二天，早饭后，安排自己要做的第一件事，就是给家里的亲人、父母亲，写封信，报告这里的情况，好让他们放心！

当我静静地坐到桌前写着的时候，我的内心里却不知不觉涌动出难以抑制的冲动，也许是太想家、太念亲人了。那股潮流恰似汹涌澎湃的浪花，奔涌而出，泪水纷纷落下，重重地掉落在信纸上。

我想到了家人，特别是那不知疲倦的母亲……

我的母亲1932年生于苏中平原一个偏僻的小村，家里穷得叮当响，生活举步维艰。在母亲还不足十岁的时候，外婆家又增添了一个男孩——我的舅舅，这对于本来就一贫如洗的家庭无异于雪上加霜。后来我才知道，我的舅舅是从母亲的伯父家抱过来的，好让外婆家有个传宗接代的人。

1949年的解放浪潮，如狂风暴雨席卷着华夏大地，当然，苏中平原也不例外，革命让穷人见到了光明，看到了希望，正如焦渴的土地，迎来了细雨与琼浆，百姓的生存空间有了生机与活力。刚刚解放时，按照土改的政策规定，凡是家庭成分是贫农的，可由政府赠予，获得地主或富农家的部分资产。我的外婆家也享受了这一待遇，从政府的手中拿到了两间瓦房和一亩五分地。

那天，我的外婆兴奋到了极致，喜极而泣，他们忍辱负重，含辛茹苦，不就盼着这一天吗？这一天终于来了，哪能不喜极而泣？见人就讲，逢人就说："我做梦都没有想到，会有这样的大好事，还是共产党好啊！"如此的喜事，让外婆一家人畅快了好久，也由此一家人的贫寒生活总算一时得以缓解。

随着年龄的增长，我的母亲开始上学了。不过在那个解放不久的年代，人们的观点不可能从封建社会的制度中解放出来，

“重男轻女、男尊女卑”思想依然顽固。一个女孩想要享受更高层次的文化和知识教育几乎不可能，家庭经济艰难暂且不谈之外，就是有钱的大户人家，也只会让男孩上学，何况一个穷苦家庭出身的女孩呢？

我的母亲同样没有能逃脱旧制度的束缚，厄运也落到了一个还不满12岁的小姑娘身上。她只上到小学就辍学了，而从事耕田牧渔。母亲曾跟我讲，那天，她很伤心，不吃不喝，无数次地滂沱痛哭。她痛哭自己从此与上学无缘。论天赋、智商，母亲绝对是块学习的料子。可她的一生，文凭就是小学毕业。从我记事起，母亲没有用一句性急的话语、半句的怨言对待她的父母，她认了，这就是她的命运！

母亲的勤劳、善良和手巧，是村里出了名的。据说，她之所以嫁给我爸爸，是因为我的奶奶很有“心计”，早就看中相好的，有意娶我妈来做儿媳妇。于是，在媒人穿针引线之下，母亲和我的父亲结婚了。说来也巧，外婆家与我的奶奶家不仅同住一个村，而且还同住一个组且同一排的住宅区中，两个住家只相隔一户，真是“近”上加亲！婚后，由于我的父亲在外地工作，我的母亲只能和爷爷、奶奶、叔叔、姑姑住在一幢四边墙都是用烂泥巴堆积起来的四间半茅草屋里。虽然那个时候家庭人口多，经济拮据，日子清苦，缺吃少穿，但一家人仍把日子过得有滋有味。

我的母亲先后生育两男一女。我是长子，和弟、妹相差三四岁。就在弟弟刚出生的时候，母亲迫于无奈，只能将刚好三岁的我，托付给我的奶奶，我再也无法投进弟妹连续占着的母亲怀抱。年幼的我，不知有多少个黑夜，大声哭着要跟妈妈睡觉，母亲答应了却背着我在乡间的小道上来回走走、转转，转得我不知不觉地睡着了，到第二天醒来，我仍然睡在奶奶的身旁。久而久之，我也渐渐地理解了母亲的苦衷，明白了她为什么"不管我"了。其实，那份割舍不断的牵挂，每每从母亲无奈的眼神里总能让人看出，是多么的希望自己的儿子能回到自己的怀抱中，只是那时我太小、不懂而已！

在这个家庭中，我是长孙，是爷爷奶奶的命根子。自从有了我以后，整个家庭变得欢乐喜气，处处弥漫着欢声笑语。特别是我的爷爷奶奶都像换了个人似的，整天乐哈哈的，精神畅满，对我无比宠爱，用心呵护。不管是串门，还是走亲访友，甚至去田间劳作，都把我带着，逢人就讲："这是我的长孙！"我也由此成了爷爷奶奶的影子。

现在想起来真有趣，不过在当时于这个家庭而言，长孙的出生确实是件大事、喜事，更是件了不起的事……因为这个家的香火可以传承下去了。

少年时期的我，正值大集体的年代，那时乡镇都叫人民公社，村叫生产大队，组叫生产小队。实行的是合作社，村民都叫社员，一不能经商，二不能务工，都是靠挣工分吃饭，出集体工是要打分的。打的分就是工分，年底分粮时，就按工分积累的多少进行分粮，分得的粮食就称为生活口粮。我们这个十口之家，虽然同在一个锅里吃饭，但年终的核算都是以自然组合的小家为个体，实行独立核算。我的母亲作为我们娘儿四个中唯一的劳动力，不管一年三百六十五天怎样去辛劳耕作，靠她全年劳动所挣来的工分，想平衡队里所扣除的口粮成本，都是不可能，所以找钱是必然的，也是必须的。

那时的母亲真是很累、很苦。累了一天，连早点睡下伸展一下身体，也是奢望。因为她每天起早贪黑像个学生上课和放学一样，辛苦而有序，回到家后，不是忙着切猪草，就是去自留地干活，经常是一人挥耙舞锄、挑粪浇水。施肥、治虫、锄草、放水，母亲几乎全能。忙完这些还不算，她回家还得打理家务，带好弟、妹、我三个孩子……沉重的农活，岁月的艰苦，过早地在母亲原本红润光泽的脸上留下了沟壑纵横的皱纹而使母亲日显苍老，以致后来得病，因医治无效而过早地离开了人间。

都讲儿是娘的心头肉。十几年过去了，我的脑海里还深深镌刻着那段历史。

那个大跃进的年代，正是物质极度匮乏的时候，全家人吃的就是能映出人影的稀粥或掺入山芋的薄粥，一个月下来也只能吃上几顿用大麦磨成的“苋儿”饭，菜都是自家腌制的。可我的母亲每次在吃粥前，总会先用勺子从锅底里捞一匙稍稠的给我，或从自己的碗中将沉淀在底部的那么一点点米倒给我，基本上不让我吃大人饭，喝大人粥。

每逢春节，忙了一年的母亲和家人才得以歇息，吃了一年素食，才有口福吃点肉。全家十几口人，就买了几斤生肉。我们家有个习惯，平时或过年过节时，吃的菜都是以自然小家为组合，由奶奶掌勺分成一份份。各自的父母领着全家，一起就餐。而我的母亲却在吃菜时，倘若夹住一块肉，总是舍不得自己吃，不是给弟弟、妹妹就是给我。她看着我们仨吃肉常常问：“肉香不香？好不好吃？”当听到天真、幼稚的回答声时，她笑得开心极了，似乎也品尝了肉的香味，最终自己却只能吃一点剩下来的汤。我想这就是母爱的最好诠释，朴实而深沉的一种付出！这种爱，是多么温柔、伟大而纯洁！

时隔不久发生了一件事，有个情景依然很清晰，那灯光下的身影，一直埋藏在我的心底。

那年，我才八岁，眼前的农事、家务事已经把母亲忙得不可开交，她走起路来都得小步快跑。可没有想到另外一件事又发生了。

屋里孤灯昏黄，灯光在屋子的四周留下了许多暗影。当我在朦胧中睁开眼睛的时候，我看到了母亲坐在我的面前，她望着我，一串泪珠从她的眼角，扑簌簌地滚落下来。那时我还不知道发生了什么。后来我才晓得，我得的是脑膜炎，高烧一直不退，前后有一个多星期。我的母亲却整日整夜地坐在我的身边，还不时用冷毛巾敷在我的额头上。

在我的记忆中，我的母亲从来没说过她如何如何地爱我们、疼我们，验证了人们常说的：大爱无言……每当到了大暑天，晚上乘凉时，母亲总会不停地替我们扇扇子。若被蚊子叮咬，只要搔几下，母亲就能发现，不是用扇子驱赶，就是帮我们挠挠；每当秋风刚起、黄叶飘飘的时候，煤油灯下，坐着的这个人一定是我的母亲，她一针一线地为我们缝着过冬的棉衣和鞋；每当到了春风拂动，桃花、梨花、油菜花绽放的季节，她又开始为我们……

我们渐渐长大了。母亲虽然读书不多，但从我记事起，母亲就把从书中悟出的道理，用独特而通俗的方式演绎出来，她教我做人，教我成长，犹如一盏明灯，为我指明前进的方向。

1968 年的夏天，那时我还不到九岁，刚刚放了暑假。那天，我吃过早饭后，又准备去队里干农活——栽秧。

“儿子，你是不是又要去队里干活？你知道吗？今天全家人都休息一天，集中力量把家里这几亩自留地的秧，栽一下。”母亲走过来轻轻地问道。

当时我没有立即正面回答是去还是不去，因为我不想当着那么多长辈的面，说出自己的心里话。其实我也知道，只是装着未听见而已。于是，我把母亲拉到一旁。

“妈！我还是去队里干活吧，在家里做，又拿不到工分，何必呢？”我说道。回答确实是有点天真、幼稚，甚至可笑，但不管怎样，当时心里有一点是很明白的，因为我是长子，有多帮助母亲分摊担子、多挣一点工分的责任，以便到年底少找一点口粮钱。

话音刚落，母亲的脸色瞬间变得阴沉、严肃起来，两眼发出极为深邃、耀眼的光。这是我第一次看到母亲眼里有如此强烈的光，是我从未见过的光，是从母亲的心里迸发的，因此如此的穿透了我的心，又如此的耀眼。

“儿子，你有这种想法，我能理解。不过，有一点你要始终记住，我们是一个由十几口人组成的大家庭，就是一个集体，不管做什么事，想什么问题，都要全家一盘棋，不能由着自己的性子来啊！”简短的一席话，胜读十年书。我的精神和良心被母亲唤醒，让我明白了全局与局部的关系——人不能光想着自己，为自己活着，还得想着别人，为别人活着，大家好了小家才会更好！

记得还有一次——那时的母亲已经是一家社办工厂的工人了——她的同事们一个个都穿着漂亮的确良衬衫，特别引人注目。回家后，我劝母亲也买件穿穿，可她却说：“过日子要勤俭节约，不能大手大脚，钱要用在刀刃上。”

这就是我敬爱的母亲！

而今，我离开了家，离开了你们，远行来到这山坳之中。作为儿子，我虽然不能长伴在你们的左右，照顾与孝敬，但我们的心是相通相连的，就跟血浓于水、水融于血一样，血水缔造的亲情，永远都会坚实而又厚重。

而今，我别无选择，只能忍着心中的伤感，按捺住心中的难受，收敛起心中的激情，边擦着眼角的泪水，边给你们写着这封入伍后的第二封家信……

八

自从那封家信寄出后，我天天都在等待、期盼家人的来信。

一天、两天、三天……过去了。我明知信件的来回往返，需要跨越两个省的距离空间，就是在家人回信不耽搁的前提下，最快到达我的手上也得需要八天左右的时间。虽然我也知道，等待是一种无奈的选择，是一种痛苦的煎熬，但对我而言，等待又是一种最为热切而又真诚的盼望。因为这种等待是一种勇气和力量托起的源泉，能让内心有一种幸福和喜悦的感慨，所以这样的等待又是心甘情愿的。

因此，我一旦有空，还是隔三岔五地就去连部找通信员询问是否有我的家信。时隔一周后，我终于从连部通信员的手中接过父母亲给我来的信。

没有错！是我父亲的笔迹。我迫不及待地打开信封，取出回信，边慢悠悠往回走着，边专注地看着来信的内容。看着看着，我的情绪就像大海里的潮水一般，开始活跃起来。无声无息的文字，时而就像穿越时空的一种大爱，既温暖着我的心窝，又让我感受到了绵延不绝的幸福；时而又像穿越时空的一种音符，既激励着我的人生，又让我感受到了生命的一种律动……

面对此信此语，此情此爱，我感动不已，振奋不断。虽然我们相隔千里，但父亲的那种高大、坚挺、沉稳、慈祥的模样，尤其是那一堵让我依靠的背和一副让我可以入睡的胸膛，就定格在我的眼前，那种幸福感，让我感到完美与永恒。因为可以依靠的那个港湾对我的心灵和生活都将会产生极为震撼的感应与共鸣，现在更是如此，所以，我可以在这里放手一搏了。

来信还讲到，为了经营好这个家庭，让它更有人气，就在我走后的第二个星期，我爷爷奶奶的户口也从如东农村老家迁到我参军前的那个生产队。

看完信后，一时难以平静的我，再次体味到在岁月的光影中，这无形、无声、超越时空的连接，犹如雨后的七彩长虹，让遥远的亲人好像近在咫尺。所以说，信不仅能拉近空间的距离，更是连接我和家人的桥梁与纽带。从此，我每隔十天左右就会给家人写封信，与他们交流，毕竟家和亲人的爱是人类最温煦的港湾，是人们心灵最温暖的栖息地！

这就是一个军人的最低愿望！

但不管是想念也好，感怀也罢，岁月的河流总会静静地从身边流过。一晃，新兵连生活离集训结束仅剩下不到一周的时间。虽说二十来天的新兵连生活，每日被哨音箍得紧紧的，训练艰苦、单调、枯燥无味，还有晚上的站岗放哨，但通过亲身的学习、训练，我却渐渐地发现自己在部队的每一天，都是艰苦与快乐同在，付出与收获并存，紧张与活泼相随。在这里，只有在这里，我才会有这种强烈的感受，才会真正体会到什么叫吃苦，什么叫信念，什么叫尊严。在这里，只有在这里，才会让我对部队的认识愈来愈深，虔诚和仰慕也愈来愈深。

其实，今天，我从军，还有一种沁人心脾的感动，因为部队不仅仅是一所年轻人的大学校，不仅仅是一所锤炼、洗礼人的大学校，它更是一种思想的阵地，更是一种精神的阵地，更是一种灵魂的阵地，更是一种境界的阵地。感动的同时，特别是军人有模有样的气质与形象，整齐如一的动作与步伐，精忠报国的胆略与情怀和一往无前的雄心与壮志，却重重复复地盘桓于心头，使我更深刻地理解什么是军人的价值，什么是军人的使命，什么是军人的责任。

因此，军人的责任、价值、使命，自然只有军人最能读懂，因为他们把身心全部融入保家卫国之中，把身心全部融入军营之中，把身心全部融入平时的训练之中。

这就是一个军人所特有的职责！

我们的训练仍然在祖国的腹地中进行着，虽然新兵连的训练已经进入倒计时，但大家对训练的劲头、热情与吃苦耐劳的精神却丝毫不减、不竭。

今天是新兵连训练科目的最后一课——射击。上午对射击科目进行了提枪——趴下——瞄准——击发等分解动作的多轮练习，下午就赴靶场进行实弹射击，实际上是对训练结果的一次检验与考核。

于是，在当天下午两点，首次参加实弹射击的我，和全连新战友一样，着装整齐，束着腰带，背着钢枪，挺着胸膛，我迈着坚毅的步伐，唱着军歌，辗转四十分钟后，来到了靶场。

靶场位于山谷之中，四边环山，叠峦起伏，脉脉相连。由于是冬季，朔风骤起，林木震撼，不时地发出一种呜呜的声响，那凛冽的寒风拂过脸颊是疼疼的。但是，那一望无际的高山密林，却仍然是松柏挺拔，青青翠翠。那山色，那绿色，那云色……以及我们的到来，恰给这苍凉的冬日带来了生机与活力。

当我跨入靶场的那一刹那，首先映入眼帘的是一座悬崖峭壁的山，刚好在靶位置前，侧壁挡弹尤为合适。而壁前竖着的靶位，同时可供二十人实弹射击。我们刚到不久，就听到连长高声喊：

“全体都有，立正，向右看齐，向前看！讲一下，请稍息！”

新兵连长在实弹射击前作了简短的动员，他的声音虽然洪亮、有力，但讲了些什么我却一句也没能听进去，因为此时此刻，我太紧张了，似乎感觉呼吸都困难了，脑子里一片空白，就连握着步枪的两只手也在颤动。

“砰、砰、砰……”实弹射击开始了，一声声刺耳的枪声，回荡在浩瀚的山谷中，震耳欲聋，我的心仿佛在不断地被撕碎，那颗心都快跳出来似的。紧张过度的我，呆若木鸡地站在那里，一动不动，心里一直在嘀咕着，反复告诫自己，不要紧张，不要紧张，但心却怦怦直跳。不过，还好，我被分在最后一组，每组由二十人组成。

此时，站在一旁的班长，或许是出于他带兵的多年经验，或许是他那火眼金睛，看出了我心思，便转过头来。

“第一次参加实弹射击的人都会有一点紧张、慌张，这很正常。”他轻轻地跟我讲道。

“你可以做一下深呼吸，别太急，慢慢放松。再说了，你平时训练又是那么认真，只要按照平时的练习去打，肯定能打好，出成绩。要相信自己，对自己要有信心！”他对我又一次安慰道。

我边听着，边点着头。

心情越是紧张的时候，时间越是喜欢跟你开玩笑，不经意间，该到我们这组上场了。站在前面的排长在一个一个点着名字，当点到我的名字时，第一遍没听到，第二遍又没有听到，我仍然傻愣愣地站在那里。班长在一旁急得狠狠地推了我一把，我这才踉踉跄跄撞入了射击位置。

俗话说得好：开弓没有回头箭！上场后，我不知为啥，刚才紧张情绪还处于极致，而此时却一下子没了。剧烈跳动的心，也放慢了，趋于平和；胡思乱想的脑子，也开明了，变得清晰。好像在忽然间，我竟心定如冰，神清若水，顿时，脑海中那每步射击的要领，也都鲜活起来，仿佛感受到这次实弹射击的考核，就是一堂普普通通、平平常常的训练课。

我趴在射击土堆后面，不慌不忙，有条不紊，一切行为都在自己的掌握之中。按步骤要求，先装上子弹，再将枪托紧抵住自己的肩膀，调整好呼吸……准备就绪，眼下就等首长发号施令。

“打开保险，开始射击。”只听到连长一声令下。

啪、啪、啪……一号、二号、三号、四号、五号、八号、十二号……位置的枪声都响了，唯独还有我们后面的五个靶位没有击发。我仍然在耐心地瞄准着，当枪管由高位向低位移动，与靶心成三点一线那一瞬间，我扣动了扳机，只听“砰”的一声，就这样打响了入伍以来的第一枪，打响了人生中的第一枪，也打响了印象难忘的第一枪。片刻后，司靶员报出了七环。

这七环，虽然看似成绩一般般，与高标准十环相比，还有不小的差距，但对一个刚刚参军不久，并且射击的训练还不到一周时间的我来讲，已经是很了不起了。我不仅很满意，而且也满足了。

好的成效，必有好的心情；好的心情，必能大增信心。信心越增，越有，越强，越打越好。紧接着，一发、一发……又一发子弹从枪膛中不断地射出，居然最终十发子弹打出了八十二环的好成绩，其中有一发，我竟打了十环。结果名次在全新兵连的前二十名，我又笑了。

全连的射击也随着我们这组最后一颗子弹的击完而圆满地画上了句号。但这段经历，我不会忘记，这平生又一个第一次，永远都会悬挂在人生的天空中，永远都会镌刻在岁月的丰碑上，让我读不完，享不尽……

九

昨天的实弹射击，过程看似让人惊吓，使人担心，但最终结果却令人兴奋，令人满意，毕竟在全连两百多人当中，我的成绩名列前茅。

从那刻起，这成绩犹如一缕拂过心灵的清风，一直缠绕在脑际，高兴、激动，尤其是那种成就感，久久挥之不去。但我总能在关键时刻，把心动的情绪压制下来。我心中藏的，脑中想的，战友一点也看不见，摸不到。因为我懂得，这点成绩算不了什么，更值不得摆谱与挂齿，毕竟我的射击总环数在全连新兵中还不是第一名。

因此，从今天早上起床直至现在，我之所以能心平气和，感到一身轻松，不光是因为昨天射击角逐的原因，更是在清晨，山里恰巧下了一场小雨夹雪，给我带来了一股寒爽之气。其实，这股寒爽之气犹如一句句“警告语”，渗透到我的五脏六腑，不仅给我清明的启迪，更给了我一种宁静的力量。

所以，在我看来，寒爽之气的魅力就在这里。

我静静地坐在床边上，眺望着门外那如帘的雨幕，思索着下一个驿站将会有怎样的艰难……

天幕下的小雨夹雪，逐渐地转为小雨。由于天气的原因，今天上午的队形训练被取消，改为以班为战斗集体，进行打背包的科目练习。

自从来到新兵连，必训的项目都已全部展开，有些科目通过考核而结束，但唯独紧急集合至今未能拉练过。然而今天这一举动，却弄得我有点百思不得其解：是不是连里有意安排的这个训练，晚上有状况？还是因为下雨而安排的正常训练？不过，有一点，我坚信无疑，心里亮着，紧急集合在新兵连结束前必搞一到两次，因为这是军人的必修课！

所谓的“紧急集合”，是在极短的时间内对所属部队或一定范围内的人员按规定的着装，配带相关武器或装备进行集中。其核心是快、静、齐，三分钟内须整队出发，因而对保持部队的战斗力以及严明的纪律性有着重大的意义。

于是，班长又把我们集合起来，进行了一次简短的示范。

“今晚有可能要进行紧急集合，到时请大家机灵点！”班长小心翼翼地环顾了一下屋里的四周，然后轻声地对我们说道。

顿时，长屋内的空气一下紧张起来，大家的表情似乎突然变得严肃、紧急，异口同声地说出：“哇！真的吗？”接着，有的同志一声不吭，不停地练习着；有的同志六神无主；有些同志看似胸有成竹，但大家对他们的水平却心知肚明；还有的同志装着若无其事的样子……

因此，到了晚上，大家带着猜测，带着想法，带着对第一次紧急集合既充满神奇又充满惶惑的心态，在睡觉前都在为此而准备着，那种忙得不亦乐乎的气息，弥漫着整个宿舍，整个床位。而我也不例外，虽然对此次紧急集合心中有着“小九九”，把可能要出现问题的每个环节，每个细节都进行了一番分析与思考，但还是俗话说得好：天有不测风云！不怕一万，就怕万一。毕竟这是军旅生涯中的第一次紧急集合，心中还是有些忐忑不安。

寝室里九点半准时熄了灯，大家都脱了外衣，钻进了被窝里。

“今天夜里会不会真的要搞紧急集合？”我听到旁边床上一位战友的问话。

“不知道。不过班长都讲了，我看，可能性较大！”我低声回答道。

“嘘！别说话，连长来了！”班长小声制止。

连长那“笃笃”的皮鞋声越来越近，房间里静得犹如无人之地。

门被轻轻地推开，接着一道手电筒的亮光射了进来。

“你怎么穿着袜子睡觉？脱了！”猛然听到连长的问话。

我偷眼一看，只见靠门边有个黑影慢慢地坐了起来，想必是在脱袜子吧。

“你们想快是好事，但用投机取巧的办法来赢得时间是不允许的，下次抓到，罚你们跑二十圈！”

连长讲完关门离开，他的脚步声渐行渐远，想必又是去另一个长屋进行巡查。于是，我赶紧又坐起，把刚刚脱下的棉袄、裤子重新穿好，然后再穿上袜子，不过，棉袄的扣子还是没敢扣上，好随时准备在连长再次查房时快速脱下。或许是大家太想取得好的成绩，为班里、为排里增光添彩，连长刚才的话大家都没有入耳、入脑、入心，依然能听到黑暗中有不小的窸窸窣窣的穿衣声……

一阵忙碌，全副武装好了，大家又待在被窝里，等待紧急集合的哨声。忽然，一阵“笃笃”的脚步声又在走廊上响起，虽然屋内一切照旧，静得连根针掉到地上都能听得见，但我却有一种预感，可能这次连长来，将有新的动作与不为人知的举措，果不其然！

“都起来！”连长大声喊道。

我们从被窝中稀里哗啦地站了起来，在手电的光照下，一个个穿戴整齐，整装待发，就像正在演练集合似的。

“衣服都穿好了，你、你还有你都背着水壶、挎包睡觉。”连长再次喝道。

我忍不住要笑，但当笑声快到嘴边时，还是赶忙变成一声咳嗽。立时，咳嗽声四起，犹如民族乐器的二胡声，此起彼伏，抑扬顿挫，萦绕耳际，回荡心肠。眼望连长，那严肃的脸上一丝笑意也没有。

“衣服都脱了，上床好好睡觉。”连长很严肃地说。

我们在连长的一而再、再而三的批评与教育之下，出于无奈，也只能听从与服从。大家没精打采地拿下身上背的、带的，脱下胆战心惊穿好的衣服，重新睡下。十一点、十二点，一点、两点，怎么一点动静都没有，大家都撑不住了，眼皮直打架。

“可能今天不搞了，一般都在十二点以前搞。”班长说了一声。

我也松了一口气，实在熬不住，不知不觉睡着了……

突然，“嘟嘟嘟！”急促的哨音与“轰隆隆”的床板声，响彻耳膜，我“唰”的一骨碌坐了起来，好在只要穿上棉衣、棉裤就行了。在没有任何光线可借用的情况下，只听见大家的动作声，嘴里不时发出的嘟囔，还有……我立刻抓起背包带开始打背包，一边打一边想：三横压二竖，好容易在慌张中打完了，在背包带上压好鞋子后，一个鲤鱼打挺从床上蹦到地下穿好鞋，背好包，扎好带……这时，听到有些战友在小声地喊：“我的帽子呢?”“我的衣服跑哪儿了?”“我的袜子怎么没了?”“我的鞋子怎么剩了一只了?”“我的背包绳不见了!”……而此时的我，也顾不上这些了，背着背包直冲门外。

终于来到集合地，居然我到达时，操场上还不到二十人，我又一次笑了，“功夫不负有心人”啊!

片刻，大家都到齐了，操场上虽然有威严的“立正，向右转，跑步走!”的口令声，但声音都压得很低很低，这让我纳闷，为什么呢?后来才发现，紧急集合是夜间的训练科目，是不能开灯的，同时口令声，讲话声，答应声……也必须都是低声。

全队集合完毕后，大家随着连长喊起的口令，沿着崎岖山路跑了三公里，便回来整理队形。结果是洋相百出：有扣子扣错的，有袜子只穿了一只的，有的干脆就没穿袜子，有的把衣服穿反了，有的鞋子穿得是一只大、一只小，有的没找到背包带只好抱着被子跑，更狼狈的是我的邻床战友，他是提着裤子跑完全程的……战友们开怀大笑的同时，我的内心却充满了歉意，回到宿舍后才发现我拿错了挎包。

在连长总结、点评之后，东方已泛起了一片鲜红的朝霞……

啊！新的一天又开始了。

十

屈指一数，我离开家乡将近一个月了。而这段时间以来，我每天都像上满了发条的时钟一样，一个劲地走着。难有闲暇的我，今天终于要和相拥了一个月的新兵连说声“再见了”，从而迈入人生的下一站。

短短一个月的新兵连生活，虽然苦但却充实，虽然累但却快乐，虽然难但却幸福。因为通过坚强毅力的磨炼，吃苦精神的培养，我从思想、心态、举止，到作风，都来了一番彻底的重塑……真的！令我感动，令我回味无穷。

我怎么也忘记不了入伍的第一堂课，连长用铿锵有力而又语重心长的话告诉我们：军营是盛产英雄、收获理想的地方，优秀的军人都富有精湛的武艺和超群的胆量，渴望在狂风暴雨来临时接受考验，酷爱下达和执行钢铁一样的命令。我读懂了“武艺练不精，不算合格兵”。我更明白了：有了猛虎蛟龙，国家才太平安康；有了忠诚卫士，人民才得以幸福无忧！

我怎么也不会忘记入伍的首堂训练课，班长用那浑厚洪亮而又不太标准的普通话告诉我们：队列训练的目的是端正军人姿态，保持严整的军容，养成整齐划一、令行禁止和严格遵守纪律的习惯，培养迅速、准确、协调一致的作风。我读懂了“基本功不扎实，不算合格兵”。我更明白了：国威、军威，来自军队的钢铁纪律，严格的训练。

我怎么也不能忘记入伍的首次班务会，班长用那热情洋溢而又感人肺腑的话告诉我们：作为基层最小的行政例会——班务会，它的作用不可低估……我读懂了“军人的成长与进步，班务会的作用功不可没”。我更明白了：班务会不仅是战士思想的阵地，也是灵魂的阵地，更是境界的阵地。

我怎么也不可能忘记入伍的首场实弹射击……

这一个又一个的第一次，就像一首隽永的小诗，就像一支经典的歌曲，就像一幅历史的长卷，悬挂在人生的背景上，镌刻在脑海中，荡漾在心湖中，激励着我，一往直前——因为军人付出的是辛劳，吸取的是精神，收获的却是一种百折不挠的气概和风范！

今天看来，尽管军营的生活并非我想象中那么美好，没有闪烁的霓虹——灯光普照，没有繁荣的闹市——人来人往，有的只是紧张乏味的训练，不辍的学习教育……但军人的那种精神，那种意志，那种追求，深深地打动了我。那种同志情、战友情，亲密无间，深深地感染了我……正是这些的注入，让我找到了军人特有的气质与情愫：什么是真正的奉献，什么是真正的无私，什么是真正的崇高！

新兵连啊！你让我感叹。因为我的青春，带着多年的心仪、追求和责任，在一个冬日以一种全新的姿态绽放，并将影响我一生的路。我想象到那颗激情燃烧、火一般的心又像脱了缰的野马任意地驰骋在绿色青春升华的沃土上。头顶着神圣的军徽，身背着畅通的电台，手握着命运的话筒……还有戴上军功章时，那种自豪、幸福的微笑瞬间，都已深深扎入了这片土壤之中。

然而，却在今天，我就要离开了！离开营区里的无一不熟悉、无一不亲近的一草一树、一花一石，林荫幽径……离开习惯了大口嚼的馒头，离开紧张而有序的艰苦生活和一起摸爬滚打的战友们。似乎在这一刹那，我的双眼不由一亮，迸发出惊人的神采：

喊一声，基地啊，好练场，憧憬之源；
呼一次，战友啊，好兄弟，手足之情；
哼一曲，远方啊，好去处，告别之歌！

此时此刻，面对这刚刚了解而又熟知的环境与建立的人脉关系，虽然多了些离愁，多了些感伤，多了些激荡，但我还是感悟到，岁月的甬道总是要从头顶上悠扬而过。还是北宋的苏东坡说得好：人有悲欢离合，月有阴晴圆缺，此事古难全。可见离别总是人生难以避免的一件事。既然如此，又何必为暂时的离别而感到忧伤呢？明白了这一点，也就不会再怨天尤人了！

大概在上午十点钟的时候，一声哨声响起，我们一班在班长“一、二、一”的口令之下，昂首挺胸，迈着整齐的步伐，又一次来到了既熟识而又让人感慨的训练地。

站在直线加方块的绿色方阵中的我，眺望着眼前这座形影不离的静默大山，思绪万千，感怀无限，一种难以抑制的冲动犹如潮水般从心底纷纷涌动……

我流连于山谷之间，迷恋于绿色之中，听到了大山深处那起伏中的寒冷山风，留给我心绪的微澜；闻到了树林中那一缕缕沁人心脾的淡淡芳香，留给我灵魂的抚慰；感到了一种蓬勃向上的生机，这种生机渲染着，提示着，影响着我，给人以旺盛、坚毅、健朗的生命力，温暖着我的心灵，朗照着我的每一步，使我变得更加沉稳，更加达观，更加自信……

“大家注意了。立正，向右看齐，向前看，报数——”只听见连长大喊一声。

我猛然一惊，迅速跟着战友一同列队集合。

“唰，唰！”此时的大家，我的战友们，个个挺胸收腹，人人目光炯炯有神，几乎在同一瞬间，用同一姿势，迸发出同一的音符。身临其中的我，第一次触觉到军姿是那样的优美、动人、协调，动作是那样的老到、有力、敏捷。

特别是那刚毅、遒劲的足音，我尤其喜欢谛听，的确别具一格。五公里越野拉练，齐步、正步、跑步，早操走队列，会操，虽然各有各的距离，各有各的高度，各有各的节拍，各有各的“音符”，但都演奏出了一种协调，整齐出了一种威严，沉实出了一种振奋，运动出了一种豪迈，奏响了一种坚强。声声脚步都跳动出伟大的中华民族之魂，可以说这是我们这个时代的最强音，并且又是一种包容着理想，凝聚着责任，喷发着激情，体现着力量，充满着爱国主义和革命英雄主义的大气十足的足音。

足音绵长，这种足音也是军人生命的一种流淌，是军人心灵的一种跳动，是军人情感的一种表白，更是军人精神的一种象征……

是啊！这就是中国的军队，永恒的军魂，用行动践行军徽的庄严；这就是中国的军人，鲜亮的身影，用生命谱写着英雄壮歌！

“下面请新兵连指导员讲话！”连长继续讲道。

“讲一下，请稍息！”礼毕后，为人亲和、具有较高政工干部水平与素养的指导员高声说道。

紧接着，指导员讲了两层意思，一是以排为单位，进行一次佩戴领章、帽徽的集体宣誓；二是收拾好自己的行囊，下午两点半在此集中，宣布新兵去向方案。

队伍解散后，我们便来到了班长的床铺旁，成“一”字队形展开，等待最为激动，最为振奋的那一时刻。

班长的一番赠言后，我们各自从班长的手中高兴地接过那闪光的五角星和红彤彤的领章。顿时，这长屋犹如欢乐的海洋，人人脸带微笑，兴奋、畅满，人声鼎沸。有的爱不释手地把帽徽、领章拿在手上，反复地抚摸着，看着；有的已把五角星端正地佩戴到棉帽上；有的已把红领章仔细地缝在衣领上；有的穿戴整齐，拥到军容镜前，对着镜子，梗着脖子，扭着身子，左右拧着，争看自己的新形象……

为此，就在宣誓完的那一刻，场上的气氛却突然变得没有欢呼声，没有笑语声，更没有拍手声，唯一有的是战士眼眸中的泪水。我明白了，从这一刻起，你就是一名真正的军人，一名真正的战士！

下午两点半，我们大家都拎着行李，背着背包，全副武装准时来到了训练场，列队集结。新兵连的连长作了简短的告别致辞，然后宣读了下连队的人员名单。

我被分到通信连。

集会结束后，我们并没有急于离开训练营，而是自觉地放慢了脚步。

此刻的大家，没有笑容，带着离别的无奈与伤心，带着分别的滋味与心痛，将军人那特有的豁达与情感都化作彼此间的祝福，轻拍着战友的肩膀，说一声："祝你往后的日子一切都好！"

就这样，新兵连的生活在悄无声息的时光中结束了！在汽车引擎发动的那一刻，我没有过多的表露，没有过多的诉说，更没有过多的口号，只有那噙满泪水的眼眸中似乎在暗示着什么，提醒着什么，回忆着什么。只有那久久挥舞着的双手，别了，我的战友，别了，我的班长，别了，我的新兵连……

十一

上车后，我们的军车沿着林道，穿越在盘旋的山路上，慢慢而行。虽然窗外是一片让人眼花缭乱的流动风景，山川与河谷绵延而过的每一个转角都会出现一种无法预料的美丽，但当下的我们却无暇顾及这些，好像人人还沉浸于新兵连的过往之中。

但不管怎样，还是那句老话说得好：天下没有不散的筵席！

是呀！这就是一个摸得着，看得见的事实。因为服从命令是军人的天职，纵使心中有万般的不愿也只能放下，仔细想来也是，也是这个理！又何必紧紧地抓住不放呢？断了线的风筝，只能让它飞，放过它，那也是放过自己。自古以来一切人和事，都是聚散终有时，有来就有去，何必强求呢？我终于明白了这个道理。

于是，我那紧皱的眉头又重新舒展，一种轻快、清新的感觉，直抵心上。我欣然超然，如有所得，分明看见了历年来通信连战友留下的脚印，看到了通信连的身影……我轻轻地咳了两声，唱起了："满山的松树青哟青，满山的青竹根连着根……"不一会儿，静谧的车厢像晴天霹雳一样响起一片欢呼声。大家有的拍手，有的跳跃，有的跟着唱……在欢声笑语中我们来到了连队。

此时的连队门前，彩旗飘飘，锣鼓喧天，到处张贴着欢迎新战士的标语，好不热闹。于是，卡车也停了下来。到了，这就是我的新起点、新驿站，从今往后，我将在这儿演绎拳拳赤子忠诚卫国的情怀，将在这儿奏响生命的每一个节拍，将在这儿用行动谱写华彩乐章。

带队领导一声令下，我们一一地跳下了车。

其实，眼前这座营区只有前后两排平房，南北两侧呈一字形展开，屋檐相对，窗与窗相望。房顶用红平瓦铺叠而成，墙砖不仅粗糙而且剥蚀，从留下的印迹可以推测，有过值得怀念的岁月。

放眼望去，远处灰色的群山，环抱着这座威风凛凛的军营。那种惊奇之感，那种难于言述之情，都倾诉于我的笔端，自豪，只有自豪！我就要在此扎根、驻足，与山、与战友同呼吸，共命运，携手守东疆。

来到教室后，我们从第一排的座位依次地坐了下来，然后，将棉军帽统一、有序放在课桌上，等候着连领导的讲话。

片刻后，欢迎会开始了。走向台前的第一位领导是指导员，他从连队当初的建立讲到今日的发展，听后使人一目了然。那种亲近的感觉自然多了几分，我认真地端详着他，高高的身材，白净的脸上长着一对大大的眼睛，不仅文质彬彬，更具有军人的那种特殊气质。虽然讲话的语速不快，但富有感染力，能给人以心灵的震撼、激情的感染和尚美的情怀，引人入胜。尤其是他深沉的目光和清澈的眼神，能掀起大家心中的一片片涟漪。这让我突然想出一个词来：顺心。什么叫顺心？这就叫顺心。希望顺心，事事顺心，处处顺心，最终事业顺心。

紧接着，连长又走到台前，对坐在我们后边的其他人，分别做了介绍，原来他们都是全连的骨干与精英。

“新战友们，大家辛苦了！近一个月的新兵集训生活虽然单调、乏味、艰苦、苛刻，可这只是你们入伍的前奏，成为军人的必经之路。真正的军营生活，是从下连队后开始的，也就是从此刻开始，这里就是你们的家，大家至少一起生活三年。希望你们在这三年当中用心去感悟军营中的一切，珍惜这段美好的时光……为此，我代表全连的同志对你们的到来，表示最热烈的欢迎！”他足足讲了半个小时。

连长是浙江人，还不到三十岁。虽然不是我们想象中的那种高大、威猛的军人形象，但讲话却高亢、有力，举手投足都具有军人的风采，绝对是个武官人才。

经过他们俩的介绍，我知道了不少。这个连，因多次在野外的训练保障中，面对种种险恶环境，辗转奔波、连续出击、不惧困难，甚至不怕流血牺牲，出色地完成了一个又一个任务，曾多次荣立集体一等功、二等功，是全团的老典型、老先进。

欢迎过后，班长带着我们四处走走。营房被槐树、杏树、桃树怀抱着，对面就是连部食堂，后面有个养猪场。两房之间有一条小溪。我顺着弯弯曲曲的小溪望去。远处是连绵的山脉，突兀有致，蜿蜒不紊，隐约的黑色中透着少许的威严，层层的油绿中又透着几分少女般的妖娆。小溪的源头大概就是那里吧，小溪优哉游哉地流着，哗哗作响，弹唱欢迎的乐曲。小溪从密林里又流到一个池塘，一塘碧绿仿佛是一块无瑕的翡翠，塘面平静得像一块明晃晃的镜子，倒映着红瓦绿树、蓝天白云。我被这一切陶醉，融入了大自然的神韵。

沿着营房边的水泥路，一边走，班长一边介绍。不知不觉就来到了自己的新班宿舍。

我被分在二排一班，这是个优秀的集体。全班人数不多，但却来自全国的九个省。他们的文化程度大多数是初中毕业，看上去个个朴实、忠厚。

不过，更巧的是和我同分在一个班的还有一位是我的老乡，这也让我由衷地高兴，因为一人在外，人生地不熟，同班能有个老乡，不管处于何时、何处，遇见何事，总可以相互帮助，相互关心和提携。想到这些，的确有些兴奋。

走进宿舍后，班长对床位做了安排。可能是新兵的原因，我们全部被安置在下铺。

而我的床铺又是那么巧，正好与左边排长的独立床，相依傍靠在一条直线上。据讲，他毕业于军校，是江苏人，与指导员是同乡，身材也是高高的，不过瘦而长。由于我们是初次相见，看似为人亲和，有点知识分子的模样，但绝对没有架子。

到此时此刻，我终于完成了由普通老百姓向一名“准军人”的转变。现在想起来，真有意思。

要实现这一转变，需要改变许多不良作风。行走、坐卧，都要讲个姿势，接人待物要讲礼节，言谈举止要讲文明，每时每刻要讲警惕……仅仅一个月的新兵训练，虽然我白净的脸上浮出红色的豆豆，有的顶着白点，有的顶着黄水。入伍前的英俊没了，变为军人的面孔，粗糙的皮肤透着油黑。但身子骨却硬朗了，意志坚强了，这使我有了战胜一切的决心。

有人讲："当兵后悔一阵子，不当兵后悔一辈子。"

而我却说："当兵教育了我一辈子。"这比什么都重要。这就是军队的魅力，一种力量所在。

其实，人生就是如此，现在的风平浪静是一种曾经沧海难为水之后的平静。就像瓷器的釉面，是经历了烈火考验之后的平静。

十二

刚巧，下到连队的那天是工作日的最后一天，按条例规定，晚上为班务会日。

这次班务会，由班长讲，自拉自唱。由于我们刚刚到班，班长又将下午“新兵欢迎会”上连领导所讲的那些内容，稍微做了压缩与提炼，又重复了一遍，然后给我们提了几点要求和注意事项。不到四十分钟，班务会就结束了。

第二天是星期天，我整整忙了一天，洗衣服、买日用品、理发、给家人写信，同时还抽空去了趟特务连，会会老乡，谈了点私事。我之所以备感时间紧，是因为连里有个统一的规定，每周日的晚餐必须由各班自行组织，自行安排。同时班里也要求所有战士都得参加，一起动手来解决“入口”问题，这点与新兵连不同。其实，“自己动手”，说穿了就是改善伙食，比如：可以蒸饺或下水饺或蒸包子或下面条或加工班里自己种植的蔬菜……以便让大家吃得好、吃得爽、吃得舒服。

这种好事，于我们长在物质极度匮乏的年代且又处于长身体阶段的青年而言，是何等的及时与必需。难怪年轻人一到征兵时，都抢着报名，争着去部队呢！

我和大家的情况八九不离十。二十世纪六十年代，我们一家四口人只能和爷爷、奶奶、叔叔、姑姑住在一幢四边墙都是用烂泥巴堆积起来的四间半茅草屋里，经济拮据，日子清苦，缺吃少穿。全家人吃的就是能映出人影的粥，一个月下来也只能吃上几顿用大麦磨成的“苋儿”饭。到了七十年代中期，家境稍有改观，但平时几乎还是以吃素食为主，只有到春节时，才有口福吃点肉。大过年的全家十几口人，就买几斤生肉，可以想象，一个人只能吃上几块肉，而实际上，我们的父母亲最终只能喝上一点剩下来的汤尝尝肉香味罢了。

可如今，我远离家乡，来到了部队，来到了军营。无论是在新兵连，还是在这通信连，在家平时很少见到荤腥的我，虽然不敢说在这儿，每顿都能吃上肉，但敢讲在这儿，每天都能吃上肉。

记得刚到新兵连才几天吧，那天是周日。部队有个不成文的规定，一般情况下，星期天均为伙食改善日。那顿晚餐吃的是菜肉夹心包子，包子又白又大，一个足有半斤。各个排、班都提前整队到饭堂前，战士们就像过节似的，个个快活，人人喜笑颜开。进餐时间一到，战士们犹如一群饥饿的小羊羔，蜂拥而进，刚刚抬来的一大蒸笼热气腾腾的包子，瞬间就被洗劫一空。有个河南籍的农村兵一口气吃了十一个，真有点让人叹为观止。如今很巧合，这位战友与我同处一个连，只不过他被分在一排，人长得高大魁梧，给人一种结实、强壮、憨厚的感觉。不过，现在的他，食量却大减，远不如刚来时。由于他性格开朗、健谈、好相处，闲暇之余，我们有时还把此事作为“幽默笑话”与他开开玩笑，当然，仅此而已。

当下，老连队的生活比新兵连好多了，不仅表现在伙食的标准上，更重要的是食物种类多了，烹调技术高了，自给的余地也大了。正如我的一位同乡战友给我讲的一番话："我选择了军人这个神圣而又崇高的职业，选对了！我要用实际行动与好好干事业来回报军队给予我的一切。"

是啊！这句朴实无华的话语，我听后，心却为之一热，那真是一种沁人心扉的感动。感动的同时，我认为那真是肺腑之言，是对军队的一种敬畏。因为这位老乡的家境极度贫寒，是当地出了名的特困户，所以，长期以来因家境的原因，他被当地百姓"敬"而远之，大家甚至把他看得一文不值，觉得他一辈子都没出息。可想而知，他那种郁闷、烦恼是何等的纠结，何时是个头啊！于是，几乎对生活快失去信心的他，毅然决然鼓起勇气，壮着胆子，报名参军。在乡政府的大力支持之下，他最终应征入伍，离开了家乡，远行来到部队。兴许他的命运会随着他对事业不断的追求而改变。

我衷心地祝愿他好运！

时间飞逝，不经意就到了下午四点半。我从老乡那儿回来后，又马不停蹄地来到了连部食堂帮厨——这又是我人生当中的又一个第一次！

今晚的晚餐是水饺，我由衷地高兴，因为小时候，家庭里日子过得十分艰难，别说吃顿水饺，就连像样的一顿米饭平时都很难吃得上。

水饺虽然我爱吃，但都得自己动手，自包自食。我原认为这不会是个难题，难不倒我，皮子有了，只是包包而已。可是，我放目望去，什么都没有。没有现成的皮子，只有白白的面粉；没有现成的馅，只有洗净的青菜与肉。这让我纳闷与不解，噢！原来部队包饺子与北方人一样，饺子皮必须现场人工擀，擀成圆形。我平生从未见过，而且也从未听说过。因为在地处苏中平原的家乡，即便要吃水饺，饺皮也都是用面机挤压而成，再用菜刀切成一块块方状，紧接着，很简单，只要包一包就完事了。

班长见全班人员到齐后，就立刻布置任务：谁找菜刀，谁找面盆，谁找面板，由哪两个人剁馅，由哪几个人和面、擀皮……新来的同志负责学包饺子。动作要快，要保证各个工序的到位。我一下子蒙了，不知为啥班长要搞得这么神神秘秘，紧紧张张，不就是一顿包饺子吗！

我抬头一看，其他各班也是如此。虽然饭堂内看似风平浪静，但隐蔽的那种惊涛骇浪的气息仍然可以嗅得出：人人表情怪异，个个都像好斗的公鸡。面对此情此景，我还是疑窦丛生，愁眉不展。

原来却是，连队只有两口大锅，哪个班先包完了，哪个班可以先煮，有谁愿意自己的班掉在后头呢？当然，谁也不愿意，谁也不心甘情愿，因为在军人的辞典里，就没有“输”字，不管是平常的训练，还是日常生活中的每个细节，都充满着无声的竞赛，见红旗就扛、见第一就争已成为军人的习惯。

于是，全连六个班的同志，都抢着找工具，工具自然不够用，这倒也难不住我们。没案板把桌子洗洗干净，没擀面杖就用空酒瓶子……在我看来，这哪是在包饺子呀！就是一场比武，一场竞赛，一场高地的争夺，一场与时间的赛跑……

紧张而有序的“战斗”大概花去一个小时，来自五湖四海的兵，包出的饺子也自然形状各异，但只要摆放整齐倒也不难看……一场没有硝烟的战斗终于结束了！由于班长指挥得力，安排有方，环环紧扣，大家齐心协力与努力，我们笑到最后，由此也走进了第一方阵。

其实，就是这么一顿集体包饺子，在人们看来，就是一件再平常不过的小事。但在此时，身为军人的我却明白了一个道理：包饺子虽然是中国人的民俗，吃固然是目的，但包的过程更为重要，因为它是一个集体项目，一种充满欢乐的集体活动。在轻松愉悦的过程中，大家不仅把心紧紧地凝聚到一起，更能让那种相互间的友情得到加深与强化，从而使战友情，情深似爱情，情浓胜亲情，情义超友情。久而久之，大家会更加明白：什么叫相互帮助，什么叫团结友爱，什么叫集体精神，什么叫……

十三

“嗒……嗒……嗒……嗒……”一阵悠扬的起床号划破黎明的寂静，吹亮了天际，吹醒了军营，也吹启了我军旅生涯中又一个新的征程。因为今天，是我来到老连队正式开训的第一天，也是将心中埋藏了多年的渴望，扎入到这片雄性沃土的第一天。

来到连队后，第一堂课自然是早上的出操，站军姿、练步伐、走队列。

起床后，我似乎总能感到有一种强烈的冲动，一种发奋与向上的力量和一种追求的激情在心中升腾，在心间流淌，在心底荡漾，而不停地撞击着心扉，涤荡着刚过休眠期的每一个细胞，竟让那睡意、梦中的种种不快与烦恼，荡然一空。

第一次和老兵们合练，我的心里总是有种忐忑不安的感觉，这并不是说我的队列、队形的基本功有多么差而不可与他们比试，却是我想象不出，和这些老兵一起出操，练习队列、队形会是一种什么感觉？效果如何？然后才是技术上的问题，是接近？是落后？还是超过他们……

于是，在规定的时间内，我们来到了操场。在班长的带领下，随着阵阵的口令与应答声的响起，我们与老兵之间的配合，那种默契程度居然超乎想象，步伐整齐划一，声音响亮合拍，就连那行进中的身姿也是如出一辙，直立而高耸……这完全出乎我的意料。

站在一旁观训的连首长，每每看完我们一节表演后，总是面带微笑，向我们连续不断地点头，示意“OK”。当然，我们新入队的几个兵在默默地行进中，也不时地点着头或微微一笑，说明我们这帮“新兵蛋子”还行!

其实，仔细想来，今天之所以能有这种效果，应该归结于新兵连，那段短暂的兵之旅。虽然新兵连的生活枯燥、乏味、艰苦、苛刻，让人不堪回首，但它不仅教会了我们怎样去获取军人精湛的武艺和超群的胆量，而且还教会了我们怎样把自己锻炼成一个真正的男人。今天，在直线的绿色队形中，这些都得到了释放与验证。

用完早餐后，我们来到连部教室，准备接受第一堂专业课的训练。

今天给我们上首堂课的是我们排的排长。

在指挥员的统一安排下，我在讲台前的第一排坐下，从挎包里取出书、笔与记录本，端正地放在课桌上，等候着排长的授课。

当我抬头时，首先映入眼帘的是讲台上那台立着的绿色方盒，且在它的左上方还扬着犹如一只羊角的天线，我的心中满是新奇与神秘，这不就是电影《英雄儿女》中主人公王成用的步话机吗？看到它，我好像瞬间来到了烟火弥漫的抗美援朝战场。

我仿佛看到了王成面对美军的重重包围，毫不畏惧，用步话机向指挥所高喊“为了胜利，向我开炮!”的英雄形象；我仿佛看到了坚守无名高地的将士们，一次次打退数倍于己的敌人的进攻；我仿佛看到了为了使命，为了和平，在用尽弹药的最后一刻，王成拉响了爆破筒，冲向敌群，与敌人同归于尽的英雄壮举；耳边仿佛又听到了“风烟滚滚，唱英雄……人民战士驱虎豹，舍生忘死保和平！”那首脍炙人口的《英雄赞歌》……

此时此刻，我真正地感到了一种精神，一种穿越时空火焰不熄的精神，一种震撼心灵、催人奋进的精神在我的心中燃烧着，在那个年代，在那个高地，能有这样的军人，很让我感动。这就是军人，一名战士的无私奉献，英勇顽强，不怕牺牲，视死如归的伟大精神。同时，也让我更加深刻地理解什么是军人的信念，什么是军人的尊严，什么是军人的责任。今天，我找到了满意的答案，也找到了不惧死亡的归属……

一阵感动，一阵敬畏……似乎我来到了战火纷飞的战场，但我还是听到了授课教员的一声：“开始上课了！”由此，我不得不收敛起心中的激动与感怀，重新回到了课堂。

教室里一片静谧，静得连窗外的山雀，在树上嬉闹的扇翅声都听得一清二楚。在两声轻得像从天边飘来的清嗓咳声后，教员开讲了。他先对这堂专业课做了陈述与说明，实际上就是一个开场白。接着，他直奔授课的主题，边讲，边在黑板上写板书：一、步话机的发展史；二、工作原理；三、怎样使用。我也不时地在笔记本上记上重点内容，以便课后及时消化与理解。

讲着说着，说着讲着，教员渐渐地用手打开讲台中间放着的那个“玩意”的前盖，只见他将那方块盒顺时针转过 180 度，正面对着我们。果然，我事先的猜测没有错——就是一台步话机！它是我们排目前用于训练的主要器材。

据排长介绍，该机采用了半导体的先进技术，具有结构紧凑、坚固，电耗量小的特点；具有体积小巧、玲珑，重量轻便于携带的优势；具有超短波宽频带、收发兼用，通信距离远的性能。由此而广泛地用于全军通信训练、通信保障之中，成为通信部队的主打装备，成为通信兵手中必备的武器。

虽然这堂三个小时的课，教员讲得认真、仔细，声情并茂，我听得也用心、专注，但过后，我却是一头雾水，糊里又糊涂，不少内容让我百思不得其解，别谈整个步话机的构成、原理与如何工作的，就说什么叫“半导体”，什么叫“超短波宽频带”，什么是“主频放大电路”，它的作用是什么……如此种种，我犹如雾里看花——花非花和水中望月——月非月。

坐在座位上的我，一动也不动，神情呆若木鸡，两眼直盯着那不愿作答的步话机。

“你今天彻底地把我难住了!”我自言自语道。

顿时，那种前所未有的挑战与压力，让我晕沉沉地寻思半天，感到茫然，甚至怀疑是不是脑中哪根筋搭错了，搭岔了，脑海里一片空白。但我心里却非常清楚，牵动着这颗心的缘由是因为基础知识的匮乏与缺失。

我又一次徘徊在人生的十字路口，留给自己的有两种选择：一是稀里糊涂混过去；二是打破砂锅问到底。一向不服输的我，不仅要读懂它，而且还要读精它，让它听从我，服从我，为我所用，因为我懂得“武艺练不精，不算合格兵”的道理……

山区的冬天，明显比家乡的气温要低得多。晚饭后，我毅然决然拎着挎包来到了连部学习室。

静静的夜晚，我静静地坐在连部教室里，静静地回忆着教员课堂上讲的一句句话，静静地看着手记的那一页页、一段段……一颗沉默、放松而又自然的心沉浸在白天授课的过往中，思索、游离于书本知识的海洋中。一句句看似平淡的话，一段段看似结论的章节，却能融会贯通，闻一知十，触类旁通，由此及彼。渐看渐懂，渐行渐知，我又一次深深地体会到自己对书有一种难以言传的感情。

不知不觉，夜已逐渐消失殆尽，一窗灰蒙蒙的月光下，偷着几抹柔冷的幽光，在我的世界里没有倦，没有累，更没有苦，只要允许，我有需求、想法，我愿意这样和你相望，和你交谈，和你沟通……

如此的静夜啊！我为了心中的理想、自己的专业与心爱的事业，不知历经了多少个不眠之夜，读懂了一个又一个知识点，破解了一个又一个难题，也解决了一个又一个问题。的确是，那种纠结的或喜悦或心酸或幸福的心情，在每个阶段，不同时期，演绎出不同寻常的故事，在我个人的文字中，都能感受到，甚至触摸到。

由此，在通往挑战自我的征途中，我也开始懂得：在这个世界上，其实没有什么攻克不了的难关，关键看你有没有好学上进的意识，有没有刻苦钻研的精神，有没有不达目的誓不罢休的坚强毅力。正是抱着这样的人生信念，我今天又成功了！

就在我欣慰、感叹的同时，似乎在一刹那，我又找到了一种精神、一种意志和一种追求，对生命又灌注了无限的激情，而重新让我相信自己的追求，相信自己的能力，相信自己的水平，相信未来的美好——让人生在绿色中永恒，让绿色在人生里闪光！从而也让自己的生命变得更有价值，更有色彩，更有意义，更加幽远……

十四

离中国人的传统节日——春节只剩下三天。如果按照我们家乡的风俗与习惯，自进入腊月的二十夜，队里就不安排出工了。忙碌了一年的男男女女、老老少少都可回家歇歇，喘口气了。

在我们那儿，还有个让人难以理解的传统，虽然大多数人家靠挣工分来维持生活，孩子又多，日子过得非常清贫，但到了过年却都得遮一遮寒酸，宁愿花光一年节省的钱，也得让全家人过个好年。因此，每逢节前，尤其是前一周内，年味迅速浓醇起来，各家各户都为准备年货，忙得不可开交。

家乡人过年首先要做的第一件事是“蒸馒头、做糕点”。

动手的那天，不管天气状况如何，天刚蒙蒙亮，家庭主妇们就起床了，不是刷蒸笼、洗糕模，就是倒面粉……等准备工作就绪后，便开始蒸馒头做糕点了。

其实，蒸馒头有不少学问。在前一天的晚上，就得用一个缸把面粉先放入，然后再将已经发酵的面水倒进，再加入适量的水后，用手进行嵌面、调和。这一过程既费时又费力，一般都由男人来完成。经过一夜的发酵，缸里的面会变得犹如吹起的气球似的，鼓鼓的，并且还能闻到一阵阵麦香味。

提起做馒头，我母亲还真是个内行，有一手的好活。就说揉面吧！她能很麻利地用双手从缸里捧出发好的一大团面，准确地放到预先用干面粉铺平好的桌面上。然后使劲地揉，等表面光滑有韧性了，做成条状，再用刀切成一小块一小块的，撒上干面粉，再揉几下，一只扁而圆的馒头就成了。此时，可以把馒头做成各种花样，实心的、包心的、开花的、龙头的……当蒸笼装满时，就可以放到蒸锅上，再经过个把小时锅膛火的燃烧，白嫩而又香喷喷的馒头就出笼了……

不仅如此，还有些传统的习俗，尤其是每年的除夕守岁，别样有趣。

腊月三十（月小则为二十九）是除夕日，俗称“三十夜”，前一天为小年夜，多数人家都要拜祭祖先，以示“慎终追远”之意。除夕当日最为忙碌，全家老少都会赶着掸灰尘、扫房子，在门户上贴上春联、门神、大红喜笺，在堂屋内挂上中国结，贴上年画、顺遂条、窗花，布置相应的饰物，并常将“福”字倒贴，取“福到”的谐音口采，还要按旧俗在檐头口插上用红绿色染就的“芝麻秆”，图个“节节高”的吉利。

晚间，各家用蒲包装上石灰，在屋前屋后及场头打上“元宝囤子”，称作“麒麟脚印”，用来表达对来年五谷丰登、粮食满仓的向往。晚上敬祖、接灶之后，合家围坐共吃一桌丰盛的“守岁酒”，席间畅谈亲情，其乐融融……年夜饭需多煮一些，剩余的做“陈饭”，锅巴要留整块的，称“饭根”，并用一陶盆装盛，上面插柏树枝，缀上白果、铜钱、剪纸等，称“陈饭盆”，置于神柜上，祈求“年年有余”。

临睡前，长辈首先要给晚辈分发红包，称“压岁钱”，是长辈送给孩子的护身符；其次在孩子的枕头旁边放上糖果、枣子、长生果（花生），保佑孩子在新的一年里健康吉利；然后，再分放好新年第一天要穿的新衣和鞋袜，以及要戴的新帽，这代表着长辈对晚辈的一种美好祝福。

也有些人家彻夜不眠，坐以待旦，被家乡人称为“守岁”。

可如今，家乡的那些事，那些传统的生活方式，只能留在脑中，印在心中，成为人生中最为美好的回忆。

还是干脆不想这些了！

时间过得真快，我下连队一个星期了。无论是在训练的时间上、强度上，还是在训练的科目上、体力上，与新兵连相比，都没有那么紧、那么大、那么多、那么强。但我们受训的项目，学习的内容，却都不同，要求学员不仅要有扎实、过硬的基础知识，而且智商要高，反应要快，特别是对有些知识点的理解与把握，倘若你不去花费一番功夫，熬上几夜，要想达到预期的效果，绝对是件难事。这也让我想起了在入伍前，为什么要招一小部分特种政治文化兵进入坦克部队的缘故了，也许它的作用就在这儿。

自从来到老连队，开始有一段时间不太习惯，感觉好压抑，做什么都感觉束手束脚的。但后来渐渐认清了自己，认清了这里的人和事，使得我的学习、训练、生活等一切都跟上了节奏，与大家的时间同步、合拍。

因此，那天上午八点半，我们又来到了教室。

雪后的山区，到处银装素裹，绝对是耀眼的雪世界：群山也披上了白雪皑皑的外衣，营区中树枝上也结满了洁白晶莹的六角花，那天际间不时地随着没有遮拦的西北风的阵阵吹动而闪闪烁烁的雪花犹如天女散花，打着旋儿翩翩起舞。虽然那景色银光四射，很美，就像一幅阳光洒在大地上挥毫泼墨的中国画，但这种气候、情景却让人从心里折射出一种透凉透凉的冷，好像不时地有丝丝的寒风，滑过我的脸颊，有种让人打冷战的感觉。

怪不得，今天的气温好像比昨天又低了几摄氏度，我不由自主地将两只冰凉的手轻轻地揉搓了几下后，便从挎包中拿出学习用品。

授课又开始了。

“我们先复习一下前天所讲的内容。然后抽几位同志上台复述其工作原理以及对报话机的操作与使用。”排长讲着。

紧接着，教员响亮、奔放而又吐词清楚的讲课声，泠然如水击石，叮叮咚咚如雨打芭蕉，清脆地回荡在教室里，响彻于我们的耳边。我一边认真听着，一边用心记着，为接下来的登台演示默默地准备着。

“下面哪位同志先来！”教员讲完后，便放下了手中粉笔。我惊怔地侧过头来，看了看身边的战友。

当教员的最后一句话宛如清远的音符跳跃在琴键上，低回辗转，淡淡消失在空气里的时候，教室响起了一阵轻微、杂乱的翻书、翻本声，每个人的神情各有不同。有的淡定自如，胸有成竹；有的忐忑不安，把握不大；有的恍惚紧张，不是不会；还有的装着若无其事，反正不懂……

不知道什么时候，阳光从玻璃外透了进来，模糊而柔和的一缕一缕白光，仍似清晨稀薄的雾气。

即使我靠近窗口，也没有感觉到阳光的明媚与温暖。

良久，都没有人主动举手，示意上台讲解与演示。

“还是由我点将吧！”耐着性子的教员对着大家讲道。

“重要的时刻终于到了！”虽然我也有点紧张，但看着周围的战友，我还是有点沾沾自喜，因为我已经做好了准备，准确地说，通过近两天的不懈努力，我将报话机一些似懂非懂或根本不懂的内容与章节，从头做了梳理、整理，并通过资料的查阅和向他人的请教与解读课本，难题、问题都得到了解决。满有信心的我，不知怎么了，本能地捂着嘴偷偷一笑，那股高兴与傲慢的劲不自觉地彰显出来，多么希望被点的第一人是我呀！

一会儿，我的同乡储呈国被教员点到了。只见他漫不经心地迈着步子走向讲台。平时的他，特别是老乡在一起聊天的时候，大家都称他为“大姑娘”，因为他性格内向，讲话少，即使要讲话，他不仅害羞，而且脸还红。但他的智商还可以，是位高中毕业生。

阳光从树梢筛落，摇曳跳跃的光斑如灿烂的星子忽明忽暗，此时此刻，我同乡战友的那颗心正好合此情。

他走上了讲台，在报话机前停下了脚步，动作陡然沉重，就连那双眼睛都像缺少了勇气，也不敢直面扫视一下我们。似乎让人能感出他的窘迫神情，还没有开始讲话，他就满脸通红，额头上渗出的汗珠顺着脸颊往下流，真是难为这位“大姑娘”了！

迫于无奈，他还是开声了。他那一句又一句的话语如同轻柔的音符，时而流畅，时而间断。不过还好，随着时间的走动，他那颗煎熬的心也慢慢地平静下来，直至最后，特别是对报话机操作的讲解，虽谈不上完美，但足以说明他已具有了动手的能力。

当电源“咔嚓”被关掉时，教室里响起了有力的掌声。而这掌声反而搞得他不知所措，还没有站稳的他，连忙用手擦了擦额头上的汗水，向大家敬了个不太规范的礼。那种眼神、那种举动，让坐在台下的我们，看了有些别扭，但不管怎样，即使有多少个不愿意，谁都会有人生经历的第一次，况且当下，他克服了心理障碍，终于跨越了这道坎，走过来了。我还是由衷为战友鼓掌、喝彩！

接着，教员又接二连三叫了四位战友相继登台讲解与演示。不过，我很纳闷，看似寡言少语、性格内敛的教员，他对上台人选的确定，好像在事前，心中早已盘算或思索过。他所定夺的四名战友分别来自河南、安徽、山东与浙江省，并且都是清一色的高中毕业生，天资也不错。但在实际的操练过程中，就其水平，相比之下，河南与安徽籍的两名战友稍有逊色，特别是河南籍的那位战友，讲话吞吞吐吐、意思表达不清，让人搞不懂，听不明，但对机器的操作还算熟练。完毕后，站在左侧的教员还是一如既往地带头予以热烈的掌声……

一阵掌声后，满以为自己有机会能被教员点到名，但到头来，未能如愿。这些我都不想了，只是有一点让我感到特别懊悔，为什么在教员“点将”之前，自己不主动举手呢？虽然我感到有些遗憾，但在教员简短的点评中，我平时表现还是被涉及了，同样也得到了教员的肯定与表扬。一颗不平静的心，总算得到了安慰。

就这样，一堂紧张、有趣而又生动的复习课，在教员的点评声中圆满地画上了句号。

二十分钟休息后，我们又回到了课堂。按照课程内容的设置与安排，应该学习新的专业知识——密电码的写法、构成与记忆的技巧。

其实，电报的诞生时间还不算长。1837 年，由英国人库克和惠斯通设计制造了第一个有线电报系统——电文直接指向字母。也就是说，用二十六根电线接通二十六盏灯泡，分别代表二十六个英文字母。某盏灯亮一下，代表某个字母。收报人把灯明、灭的情况按次序记录下来，就会得到一组相应的英文字母，也就知道了发报人要表达的意思。这一发现。虽然当时还处于试验阶段，但最重要的一点，是让人们知道电报这种东西的快速和便捷。从那往后，随着电报事业的不断发展，美国人莫尔斯运用电磁学原理，从中找到了新方法，也由此出现了轰动美国、英国和世界其他各国的“莫尔斯电码”，它成就了电信史上最早的编码，并很快风靡全球。十九世纪后半叶，莫尔斯电码已经获得了广泛的应用。

原本电码的设置，是为了“众所周知”，向通用化方向发展的。但是随着电报在军事上的应用，需要保密，于是，各种各样的“密电码”应运而生……在讲课的过程中，教员还加入了一些有趣的小故事，用许多亮丽的色彩来营造不同时代的动感，使授课的内容更丰富，更具感染力。

我听完这堂课后，有一点激荡起心中的不安，就其课本内容而言，抄报文兴许没有多大问题，而最大的难处是如何记住那些密密麻麻、叠叠重重的数字密码，并且是厚厚的一大本呀！论我的记忆力，我自然心知肚明，这不是我的强项，为什么呢？因为一提起“记忆”二字，至今有个小故事让我记忆犹新。

那是在上小学三年级的时候，端午节的前一天下午，我们的语文老师刚刚教完一篇课文，是毛泽东的名作——《为人民服务》，吩咐明天来校早读时，所有同学都得记住全文，并要求在明天正式上课前，由所在组的组长督促、检查到位。可是我回到家，晚上不知反反复复读了多少遍，就是记不住，不是漏字就是丢段。渐渐的，我信心大减，心烦意乱，索性不记了，洗了洗就上了床。孩提时的我，却是懵懂少年，本想明天起个早，再利用点时间，多读几遍，可是一睡就把此事忘得一干二净，差点连早读课都没能赶上。最终全组十个人只有我一人未能过关，下午放学后，我被“挽留”了……

虽然“记忆之事”一晃过去多年了，但只要一触及那件事就像影子一样，在我的世界里若隐若现、沉沉浮浮，任尴尬煎熬，任岁月蔓延。不过，如今已长大成人的我，也习惯用回忆疗伤，用勤奋替代鲁钝，让心头隐约的残片、阴影逐渐沉淀、消退在过往之中，以此给自己留下一片海阔天空。

我收完学习用具，正迈步走出教室时，教员回过头，颜面略带微笑，和我讲了一番话：“晓明呢，你聪明好学，听课也很认真，等春节过去，我想单独对你进行一次检查、考核，看你对码子的记忆达到一个什么速度。”心中无数的我，也只能点点头！就这样，从那天起，我又踏上了新的征程，以一颗执着的心去前行、去奋斗。

十五

一晃两天又过去了，今天正逢除夕，是我在部队将要度过的第一个新春佳节，也正是我人生中远离他乡，远离父母，第一次孤身一人在外过年、过节，心中的那种兴奋与好奇吊足了自己的胃口。

除夕这天，全团的每个营、每个连，都忙着为年夜饭做准备。说是准备，其实很简单，就是以连为单位组织写对联、出谜语、开晚会、包饺子，营造吉祥喜庆的氛围，好让战友们在一起欢欢喜喜、热热闹闹地过大年。

我所在的连也不例外。在吃早餐的时候，指导员对晚上的整个活动又做了一次部署，并要求对所有演出节目再进行最后一次彩排。

许是年到了，太阳暖洋洋的，天气出奇的好，明明在这冬季，却似乎能感到丝丝春意。营区披上节日的盛装，无论你走到哪个连、哪个排，甚至无论是哪个班，处处都喜气盈动，洋溢着欢歌笑语。大家忙着打扫卫生、换对联、糊灯笼、拉彩条、挂谜语，说的、唱的……全连上下都雀跃了，倘若你置身于营区内如画的风景里，静静地站上一会儿，便会不觉地沉醉，心中也会瞬间激发出那种熟悉的温存与幸福感。

过年吃饺子，是中华民族的传统习俗。下午三点，我们班跟其他班一样，所有人都聚集到饭堂，而干部和几位军嫂早已等候在这里。整个大厅人潮涌动，热闹非常。放眼望去，每张桌子上都摆了事先洗好的切板、菜刀、和面盆、擀面杖以及调好料的白菜猪肉馅，而用于制作饺皮的面粉，就在饭堂的中间。可以说万事俱备，只欠东风。

包饺子是个集体项目，需要的是团结与协作，体现的是一家人的温暖与亲昵。在班长简单的分工后，各负其责。老兵们会包饺子的人较多，几乎人人都能露一手。他们包揽了从和面、擀皮到上馅的流水作业，新兵当中会包饺子的人却很少。不知所措的我们，显得有些尴尬，就在为难之际，站在一旁“观战”的一位军嫂看穿了我们的心事，笑嘻嘻地向我们走来。她是我们连副连长的爱人，是位地道的山东人，据老兵讲，她包饺子的技术绝对一流，十分麻利，果不其然！真让我们大开眼界了。她在操作的同时，还能耐心、仔细、不厌其烦地教着我们。我们也偶尔包上几个，只是包出的饺子形状各异、大小不一。用军嫂那句形象的话，叫作“从爷爷辈到孙子辈都到齐了”，一句话，虽然把大家都逗笑了，但我却在想，连队组织干部、军嫂和我们新老兵一起包饺子，可谓用心良苦，其实包饺子不在于好看赖看、包多包少，只在于过程，大家来自五湖四海，可以边包饺子，边唠家常，边讲家乡趣闻，边哼家乡小调，从拘谨到放开，敞开心扉，畅所欲言，到最后使大家其乐融融。一年积累的话语，带给大家许多感慨和遐思，使人获得一种舒展、熨帖的心境，致使大家陶醉于这一真爱与暖情的过往之中，在过程中收获了开心和快乐，让大家体会家的滋味，这就是集体活动的意义所在。

其实，家就是一首多味的诗，只有你用心去品尝、用心去体味、用心去“细嚼”，才能阅出其中独特、非凡而又幸福的趣味。

天黑了，食堂里熙熙攘攘，喧闹不休，欢闹的气息尽扫冬天的严寒，仿佛点燃了黑夜，周遭分外暖和。

会餐的时间到了，每张桌子上都一样地放着鱼、肉、鸡蛋和平时难得一见的菜品，这些菜品汇集了新老兵的见识，是各自家乡的特色菜，也是他们的拿手菜。连长的一番话后，新兵与老兵，战士与干部，干部与军嫂，战士与军嫂，欢聚一堂，以水代酒，举杯祝福，共庆佳节。

晚上八点，联欢会便拉开了序幕。

最让人紧张而又有趣的活动是对联比赛。参加对联比赛，除了班与班、排与排之间的挑战外，还有兵与兵之间的对抗，而这个“兵”是一个混合体，没有新、老兵与战士干部之分，不过军属不能参与。活动虽然还没有正式开始，但整个室内每个人的征服欲都被激发出来了，智慧与战术的对垒跃跃欲试，酣战让人窒息……

一班、炊事班、一排、二排……班班排排都抢先登场，挥笔泼墨，而淡然自若的班、排胸有成竹，回答流畅自如，准确无误，双方的实力几乎是旗鼓相当，不相上下。这会儿，兵与兵的对峙又开战了。在我们连素有“秀才”之称的二排二班老班长抢先一步，研墨提笔：“武艺精良，威震边疆寒敌胆。”真是秀才遇到兵——有理说不清。上台应答的竟然是一名新兵，挥笔写下：“军歌响亮，胸怀故土暖民心。”对联一开场就技压四方。兴致勃勃的我，觉得有意思，好戏还在后头呢！在一旁观战的老兵——

连副指导员也坐不住了，他上前一步，亮相了。只见他紧锁眉头，挽起衣袖，提笔蘸墨："民间疾苦，笔底波澜；哀愁托离骚，生而独开诗赋立。"对联一出，全场掌声雷动。紧接着，只见连队文书不慌不忙、略带微笑上了场，一气呵成，挥笔写道："世上疮痍，诗中圣哲；孤忠报楚国，余风波及汉湘人。"对联刚落笔，全厅响起一声"哇"，沸腾了。因为在这两组对联中，其中一组是郭沫若对唐代大诗人杜甫的赞颂；而另一组则是屈原一篇抒情长诗《离骚》中的两句，全书共370余句，2400多字。如果你缺少对古诗、词、文的通读与研究，要想对上，确实是件难事。全场再次报以热烈的掌声。一时间，个人的比赛也同样不分伯仲，难分秋色……此时，名次已不再重要了。

随着活动的有序推进，四周的墙壁上，用细绳挂满了一副副大红对联，与其说副副对联是比赛的结果，倒不如说是兵者之间喜迎佳节的一条互动纽带，让人在亲身接触与感受后，更深刻地理解什么是军人价值，什么叫军人的友情、亲情与手足之情！

扑面而来的生活气息，是连队出演节目的独有特色。对联比赛刚刚结束，活动室内的笑声、歌声又是跌宕起伏，高潮更是一浪接一浪，一浪高过一浪。一排一班的相声《我是一个兵》，以生动、风趣的语言和"土得掉渣"的表演，反映了连队报话员、卫生员、炊事员生活中的点滴趣事，或夸张、或俏皮、或幽默的表演风格，引得大家捧腹大笑。二班那首耳熟能详的歌《人民军队忠于党》，是肖民的代表作，其节奏鲜明，铿锵有力，唱出了当代中国军人的心声、精神与境界，为"保卫祖国做栋梁"。二排一班的那首独唱《好男儿来当兵》一出场，便引来了官兵、军嫂们的一片叫好声，特别是伴舞的那几个战友踏着欢乐的节奏，巧妙地将队列训练、体能训练、轻武器射击的动作糅进音乐的节奏中，虽说动作有些生硬，不太优美与飘逸，但对他们而言，已经了不得了……

最出人意料的当属连部官兵“高超”的表演才能。音乐剧片段《白毛女》的演员们一出场，便博得了热烈的掌声，战士们和所扮演对象的神态、说话及走路的样式，与电影里出现过的形象几乎如出一辙，特别是通信员扮演的杨白劳、副连长爱人扮演的喜儿以及二排排长扮演的黄世仁，惟妙惟肖，显示出高超的演技……这也让我看到了杨白劳在困顿中的豁达，在艰苦中的坚韧，在逆境中的乐观，是杨白劳在贫穷艰辛的生活里得到的音符……

晚会在音乐老师——指导员爱人独奏曲《绣金匾》中落下了帷幕。

虽说这军营中的除夕之夜，没有家人推杯换盏的热闹，也没有年夜饭那么多丰盛的味道，更没有“砰、砰、砰……”的鞭炮声，但却能把一个传统的团圆节过得有声有色、有滋有味，让大家忘却了思家之苦、思亲之痛，这就是一代又一代军人以营区为家，以战友为亲人，以“一家不圆万家圆”为奋斗目标的生动写照。

爱在细处，暖在实处。部队的年味，就是别样的浓！这正是我军旅中需要阅读的一篇活色生香、引人入胜的精彩之作。

第二天，长了一岁的我们，早早就起了床，换上了崭新的衣服，在宿舍前排着队，好像有什么人要来似的。正当我们纳闷的时候，只见远处有一群人正向我们走来，原来是团首长拜年慰问来了。他们像村子里左右邻居串门似的，带着物品挨连、挨排、挨班拜年。每到一处，第一个动作就是握着战士的手，问寒问暖，像对待自己的孩子一样，关怀备至。正是这温润的微笑，温暖人心的言行，让我备感这个大家庭的温馨和温和。

一会儿，意犹未尽的我，又随着值班员的哨声，走进了饭堂，那油香油香的饺子味弥漫了整个大厅，香气扑鼻、沁人心脾，我真有点馋涎欲滴了……

十六

清晨，东方泛出的一抹淡淡的云霞，好像在跟人开玩笑似的，时而若隐若现，时而又若即若离，太阳似乎还在地平线下沉睡着。

而我几乎每天都在这个时候就醒了。揉揉眼睛，伸伸懒腰，打打哈欠，躺在床上，竖着耳朵，开始接受与谛听“嗒嗒嘀嗒……”高昂、激越、气势磅礴的军号声。但这几天来，由于还处于春节放假期，与平时相比，军号声响起的频率不仅低，而且号音的种类也少了许多。我明明知道情况特殊，但心中那种习惯性的期盼还是如约而至、悄然走来，好像没有了军号声，心里就堵得慌，像失去了什么似的，那种强烈的眷恋感越来越浓，越来越深。也许这就是历练军旅、洗礼铁血的人，都被军号那种振奋人心的魅力所吸引、所迷惑的缘故吧！

是啊！军号属于军人。虽然我当兵时间不长，但从绿色方正、直线加方块的组合中，我悟出了军号是军人的象征物，是每一位战士的向导，是永远发光的灯塔与航标。从我入伍的那天起，那悠长的起床号、熄灯号、吃饭号、集合号、冲锋号、疏散号、防空号等一串串高亢的军号声，就成了我军旅生涯中最鲜亮、最优美的音符，正是这一个又一个跳跃的音符奏出的和谐一致的音波，波及了我的行动、我的言语、我的理想……才让我仰慕，感怀无限……

记得刚当兵的第二天，天亮不久，一声嘹亮的起床号声犹如雷前的闪电瞬间划破长空，与早晨的霞光一起出现时，我惊叹了，那真是天籁之音！仰而望天，我感到了那是一种原始生命的律动，一种蓬勃向上的气势，一种热血喷涌的豪情；俯而听之，那是希望之声，前进之声，告捷之声。因为南昌城头的“八一”枪声，黄洋界上的炮火声……天安门广场的礼炮声，哪一个胜利不是军号在召唤？哪一次成功不是军号在指引？军号声声，山河变，打下了一个崭新的中国。

“军号是战争之魂”，这是拿破仑说过的一句话。这句话还是我在新兵连时，连长在讲课的过程中，所涉及的一句经典话语。虽然当时连长只是简单讲解，而我却把那句话当成了名言，盘桓于心头。于是，我怀着崇敬与好奇的心，开启对军号缘由、含义、乐声的旋律以及韵味的研究，用心去感悟这其中的奥秘与神奇所在。

那天正好是星期天，也是我到部队后的第一个休息日。我走出驻地营区，一缕明媚的阳光照射在我的身上，我顿时感到一股暖流涌遍全身，发觉今天阳光的透彻与干净，蓝天白云也格外让人心动，脚步都变得跟心情一样的轻松、轻盈。我沿着“军民大道”一直往前走，尽情领略着独自走出来的许许多多的美妙：我看到了远处群山峰顶的轮廓越来越近，越来越清晰；路两旁的梧桐树，荫翳交叠，还有那营区中特有的身材轻柔细长、姿态婆娑动人的树木……在结满洁白晶莹花朵的衬托下，宛如一幅天然的画图，美得我心旌摇荡，令我陶醉、令我备感舒畅……

不一会儿，向左转，绕过大礼堂，我便来到了团部的图书馆。其实这座图书馆很简陋，全是就地取材，用山石堆砌而成的墙面，老屋架构，平房六间，开间较大，呈东西走向，与礼堂平行。

我走进馆内，安静自然天成，只能依稀听到自己至轻的脚步声。虽然里边看书的人不少，但大家坐立整齐、井然有序。

我顺着书架，仔细地在书架前穿行，将目光从一本书挪到另一本书上。一会儿在架前驻足，用手轻轻地摩挲着那些书的扉页；一会儿，又迈着步子，向前走着、走着……结果我所目睹的内容几乎与军号毫无相干。于是，抱有一线希望的我，赶紧穿过阅览室，来到了藏书的地方——图书室。在我一阵光顾后，只见那位热情、大方的图书管理员向我走来，主动询问我的来意。然后，在她的建议之下，按照检索书名的方法，我带着查阅的书号，跨进了藏书厅……

当我立定于厚薄深浅颜色字体不一的书册前，总觉得那一个个跨越时空却又永不消弭的名字背后，仿佛都有一个宽袍舒袖长发飘飘影影绰绰的身形。军事理论、术语、常识，新闻报道、小说、散文……随手一笔，就把那些年代久远的渊源、故事，那方浩如烟海的历史的天空凝滞于这小小的斗室方寸内。于是，思绪伴着时光倏忽远去，唯有岁月的流景站在落满烟尘的扉页上，与我默然相对。恍惚间，我竟不知道身处何处，今夕何夕了。

不到一个小时，我就找到了几本涉及军号知识的书籍。我如获至宝，来到阅览室，在窗户边的座位上坐下来，逐字逐句地品阅起来。心急的我，一口气就囫囵吞了个大概。所有的视线和心绪立刻便被书中生动、精彩的描述深深吸引……

据史料记载，人类自从有了军队，就出现了军号这种特殊的乐器。它以规定的号谱或按号谱吹奏的号音来表现信息的内容，用于传递简短命令、报告、报时以及识别敌我和发放警报等。在1858年，英国设计了盘绕两圈细管体的军号，作为正式军号，为轻步兵传令服务。而我国的军号有着非常悠久的历史，是由古代的角演变发展而来。

虽然当下没有炮声与硝烟，没有战壕与阵地，没有军号与厮杀声，但战争的痕迹却从字里行间渗透与显露出来。我仿佛看到了司号员手中高高举起的飘动着红穗带的军号，看到了军号声中千军万马一齐勇猛冲杀的壮烈场面……继而历史的画卷顿时鲜活起来，那些情景就在昨天，就在眼前。

1934年川陕苏区的反围剿中，红四方面军第九军直属队不幸脱离了大部队，面对兵力少与敌军的重兵把守，他们急中生智，巧妙布兵，让号兵连呈一线展开，每隔十米一个号兵，配合全队，结果一举攻占了前沿，敌人束手就擒，以小的代价取得了大的战果。

1939年冬，胶东军区五旅十五团，在松山镇战斗中，巧妙地在松山镇四周，设置了多个司号兵组，每组两人。采用“军号攻击法”，声东击西，让敌人搞不清我军到底有多少兵力，只觉得大军压境，惊恐万分，闻风丧胆，军号的震慑作用又一次得到了充分的发挥。

直到朝鲜战争的初期，军号声再一次吓得以美国为首的“联合国军”胆战心惊。有这么一件事：在我军战俘营里，我方管理人员询问一美军战俘：你们营长是怎样被俘的？他回答说：你方到处都是莫名其妙的怪物在叫，把我们吓蒙了，结果只能举手认输——成为俘虏。这么一讲，看似很有趣，但征途上的军号的确有了魂，有了神，有了灵，其作用不可估量。

军号不仅让美军怕了，英军也不例外。1951 年 1 月 2 日晚十时，我志愿军某团七连固守釜谷里南山，英军“来复枪团”向七连发起了七次大规模攻击，其损失严重，弹尽粮绝，仅剩七人。情急之下，司号员——郑起代理指挥，灵机一动，突然吹起了冲锋号，结果让英军纷纷抱头鼠窜，退到了山下。这场战斗，打出了国威，打出了军威，谱写了一曲气壮山河的胜利凯歌……

这是多么感人的画面啊！

小小的军号，你无论是处于哪个年代、哪个时期，还是长征路上的红军、抗日烽火中的八路军、三大战役中的解放军或是跨过鸭绿江的志愿军……他们都在军号声中鼓舞士气，激扬勇气，军号响到哪里、传到哪里，哪里就有希望，哪里就有人间春色。

为之渐懂的我，明白了军号传来的是光明之声、胜利之声；释放的是正义之音、和平之音；蕴藏的是力量的旋律、厚重的旋律；注入的是“声咽”之情、肃穆之情……那清脆响亮、声声入耳的军号声，又一次让我深深体会到军号声就是祖国的呼唤、人民的呼唤、党的呼唤……

此时此刻，我的心里满是军号，满是激发斗志、催人奋进的英雄旋律，也憧憬未来。在今天，战争年代的军号声虽然像一首隽永的诗，永远地悬挂在人生的背景上，留着细品，但注入更多具有军事美学色彩和军旅文化激情的军号声，在和平时期又一如既往与时代的脚步合拍、齐进，与军民的呼吸同频、共振，回荡在平原、丛林、峡谷、海洋……回荡在军人的生活中，流淌在军人的血液中。因为那是一种不怕牺牲、无所畏惧的精神象征，更是革命英雄主义精神的奏鸣……

“嗒—嗒—嘀—嗒—嘀—嘀—嗒—嘀……”如期而来，悠长的起床号声打断了我的回忆。一眨眼，今天是正月初六了。当最后一个鲜亮、明快的音符的余音还在空气中袅袅地传播的时候，我从床上一跃而起，新的一天训练又开始了……

十七

春节刚过，我们便从班长的手中接过训练计划，人手一份。其内容不仅排得细而且具体，甚至有些重要科目都细到某一天的某个小时要干什么，达到一个怎样的水平等等。据老班长讲，自从他当兵到现在，像今天这样如此之细，还是头一回碰到。至于为什么，有何原因，大家都不得而知。

俗话说得好：无风不起浪，事出必有因。就在开训后的第二天，初七的上午，大家正在为野外对抗训练做准备，排长却突然接到通知，不仅取消了上午的训练计划，而且还要求我们原地待命。这一突如其来的消息，真把大家搞蒙了。全排，甚至全连，上上下下，每个人都不知道发生了什么。

原地待命还不到半个小时，我们就来到了连部会议室。

刚刚坐下不久，连长和指导员就急匆匆一前一后跨入了门槛，走到台前。原来他们俩是刚刚从团部开会回来。而此时的我，却有一种预感，一定是上级有什么重大部署或行动，否则连部的领导怎么会这样着急而马不停蹄地接着开会呢？

其实，我的心里隐隐约约有点数了。因为这段时间以来，我非常关注《解放军报》，尤其是有关中越边境方面的报道。一直以来，中越两国人民在长期的反对帝国主义、殖民主义斗争中，结下了深厚的情谊，本来两国的历史关系和友好往来应当源远流长。但自从胡志明主席逝世后，越南当局竟视我国为“最直接、最危险的敌人”，采取了反华、排华、仇华政策，公然挑起领土争端，制造边境武装冲突，残酷迫害和大量驱赶在越华侨，频繁进行武装挑衅，骚扰我边境，侵入我境内，打死打伤我边民及边防军，制造流血事件。从去年的 8 月至现在，据不完全统计，越方武装挑衅达 700 余次，入侵中国领土 160 余处，打死打伤中国军民 300 余人，严重危害中国边境地区人民生命财产安全，破坏我国边境地区和平与安宁。对于越南当局的这一倒行逆施，我国政府一直以两国人民的传统友谊为重，再三提出规劝和警告，但越南当局却置若罔闻，并且进一步加剧中越边境的军事挑衅活动。面对越军一而再再而三的军事挑衅活动，我方在忍无可忍的情况下，政府和中央军委做出了实施自卫还击作战的决定。

于是，上个月的 13 日，中央军委下达集结命令，解放军二十万军人奉命集结在云南至广西的 772 英里的边防战线上。时隔 12 天后，也就是 25 日，我军已完全封锁了中越边境的全线。看来这一仗是非打不可了，至于何日开战只是个时间的问题。

果然不出所料！

在动员会上，连首长首先传达和学习了军委和军区作战命令及政治工作指示，宣讲军委作战命令的重要意义和对越作战的正义性，明确作战任务和夺取作战胜利的有利条件；接着又把学习贯彻中央军委的命令同与党中央在政治上保持一致结合起来，同爱国主义、革命英雄主义教育尤其是“五种革命精神”教育结合起来，同大讲我军光荣传统和学习本单位英模事迹结合起来，同学习往日作战中涌现出来的英雄人物结合起来，同揭露控诉越军反华侵华、搞地区霸权主义的罪行结合起来；最后才明确了上级的要求。这次去参战，并不是我们连的所有人，而是只抽调部分最优秀的战士，作为技术保障人员充实到前线部队去……通过动员教育，干部战士加深了对越防御作战重要意义的认识，激发了爱国主义精神，增强了英勇杀敌、敢打必胜的战斗热忱。

此时，恰巧一束阳光从高大玻璃窗的纱帷缝隙里射出，将连部会议室分为两半。由于光线的原因，只见连长和指导员端坐在台前的地图之下，隔着长方形的会议桌，眯着眼睛端详着台下的我们。这一瞬间脸部表情的细微变化，不仅让我看懂了一些意思，更让我感到了空气中的那种团结与紧张的气息。不论是新兵、老兵，还是班长、排长以及几名连副干部，任何人都不苟言笑。大家都知道，这次会议的结果如何，对于是否能顺利完成抽调任务都将极为重要。

其实，于我而言，其结局怎样，我并不在乎，也并不关心，因为这是领导的事，是他们的职责所在。

但在会议期间，连指导员讲到某次战役中发生的两件事情，却让我的灵魂受到了巨大的震颤：一是有位干部因为怕死，竟临阵脱逃，结果被判刑。二是还有位战友假装生病到医院住院，试图逃避上前线，被发现后，虽然当时没对他做出处理，但年底让他退伍了。他本来是可以提干的，前途充满着光明，但在关键时刻，却没能好好把握住自己，从而酿成了终生的遗憾。我即使知道在军人身上，也有人性畏缩与贪生怕死的一面，但作为一名军人、一名共和国的卫士，理应听从祖国的召唤，在祖国最需要的时候，义不容辞地挺身而出，将个人的生死置之度外，这才是军人的本色，这才是军人所应担负起的神圣而又崇高的职责！想到这些，我不禁心潮澎湃、热血沸腾，并感到祖国考验我的时候终于来到了，此时不将青春与热血献给祖国母亲更待何时？

于是，会议结束后，全连的指战员求战心切，斗志昂扬，人人都要求上前线，要用实际行动来捍卫祖国的尊严。我便和战友们一道，将求战书（或血书）和遗书写好，一一交给了组织，静待挑选。那一刻，我由衷地生出一种“风萧萧兮易水寒，壮士一去兮不复返”的万丈豪情。

两天后的 2 月 6 日，上级批准了我连上报的请战人员，并要求在 2 月 12 日前到达指定的部队。

在获批的人员当中，有一位兵在我们团，乃至全师、全系统都是有名的，他时任某班班长。

说到这位名人，时间还得倒退到某年的那天。在即将到来的新年前夕，皖南山区下了一场罕见的大雪，那场雪给国防通信线路造成了严重故障。根据上级命令，本连派出了现任班长的他，和另一位刚入伍不久的新兵，一同外出抢修线路。他们俩入伍的时间相差一年，而年龄却都是十九岁。受领任务后，他们俩顶风冒雪、不畏严寒，以最快的速度赶到现场，在极其困难的情况下，冒着难以想象的风险，及时排除了机线故障，保证了指挥、电台的通信顺畅。然而就在他们俩往驻地返回的途中，由于外部环境极其恶劣，尽管他们顽强地与大风大雪搏斗，但无情的大自然还是吞噬了那位才入伍几个月的新兵。他才十九岁，是多么美好的年华，但却永远地留在了那满是风雪的群山上。幸好老班长因抢救及时，终于从死神的手上抢回一条命，但至今却让自己的身体背上了“残疾”的字样。

一想到这里，我的心里就感到一种疼，一种钻心的疼，就是铁打的心肠也会碎裂……

可如今，老班长，他又一次听从祖国的召唤，义无反顾地踏上自卫还击战的战场，用生命来续写血书中所写的：生为党而战，死与阵地存！

我们的老班长，他姓应，是安徽人，兄弟姐妹四人，他排行老三。据他讲，全家八口人共住三间半土坯草房，并且墙的四周还有好几处缝隙，风常从屋外灌进来。若遇到雨天，外面下着大雨，里面便下着小雨……可以想象出，他的家境是多么的困难！

出身贫寒的他，身上始终保持着吃苦耐劳的精神，并且做任何事都能以身作则、兢兢业业、任劳任怨，塑造了一个军人应备的坚韧不拔的品质。正是这种人生的历练，他不仅练就了一身过硬的本领，而且还学会了怎样去带兵。所以，该班几乎每年都被上级嘉奖或表彰或记集体功。

记得春节前，我刚刚被分到通信连。由于我初来乍到，对新环境、新训科目以及与老兵之间的相处与沟通……存在诸多不适，让我时常总感到压抑与郁闷。就在那时，是班长读懂了我，看出了我的心思。于是，在接下来的几天内，只要班长一有空闲时间，就和我促膝谈心，从讲故事开始，逐渐引申，再讲到做人的道理、人生的哲理……有这么一句话至今都回荡在我的记忆深处："人生就是这样，快乐自然令人向往，痛苦也得承受。你必须学会去品尝，这才是真实的人生之路！"正是这句抚慰人心的话，明亮了我的心灵，影响了一辈子的生活态度。

就这样，一生中刻骨铭心的全团选"秀"活动，在悄无声息的时光中圆满落下了帷幕。

可是，名单公布后还不到两天，却出于前方形势所迫的考虑，时间就是命令，时间就是吹响战斗的号角。因此，团里、连里都没有来得及为奔赴战场的勇士们，举行什么有模有样的活动，他们就于2月8日的晚上，急忙地踏上了南去的列车，直奔对越自卫还击战的战场……

写到这里，我突然搁下笔，不由自主地想起了那首军人常唱的歌曲《我是一个兵》，不由得想起了军人的使命、军人的职责、军人的情怀、军人的承诺，不由得想起了老班长留下的话：天下虽安，忘战必危！

十八

过了正月十五，连队的年味也变得越来越淡，甚至淡得让人难以承受。从早上起床号的响起到晚上的灯灭，每个人都像一只旋转的陀螺，高速运转着：队列、体能、射击、收报、发报……以及野外模拟实战的训练，应练的科目尽练，应训的项目全训。一切的一切都今非昔比。

训练是基础，也是将来打赢胜仗的关键。在训练这个网络的体系中，通信又是最为重要的一个节点、一个环节，它对全局的走向具有举足轻重的作用。因此，平时的训练不仅艰苦，而且严谨。通信专业虽然有内容，摸得着、看得见，但练起来却十分费脑，而且更为苛刻。特别是那种高强度的脑力劳动出乎大家的意料，让我事先根本无法想象……

自从进入该科目的训练，我们几乎每天要用一大半的时间面对密密麻麻、杂乱无章的数字、数码，从头到尾，由后向前，一页又一页、一遍又一遍，不停地记着、写着，写着、记着……弄得每个人都好像成了傻瓜似的，目光呆滞，开口、闭嘴谈的、讲的、说的都是那些枯燥、无味的数码。就连每天早上起床后，那些吸附于枕巾上的一根根乌黑发亮的青春发也好像在帮助主人讲话似的，再这样下去，都成秃顶了！虽然看起来是句玩笑话，但刚刚训练不久，还真是发生了一件有趣的事情，一度成为大家茶余饭后议论或开玩笑的话题。

我们班里有一位河南籍的战士，他与我同龄，都是新兵，不过他是一个城市兵，有个性，善于保健。那天，起床号刚好响后。

“不好了，我怎么掉了这么多头发!”一声尖叫声，突然在我的左上床腾空而起。

由于刚刚起床，大家还处于朦胧之中，被这突如其来的声音吓了一跳。

“啊！怎么回事呢?”几乎在同一时刻，大家异口同声道了一声。

处于下床的班长，迅速直起腰来，在他床前驻足。还是那句俗话说得好：姜还是老的辣！毕竟是位经过多年摸爬滚打的老班长、老战士，经验丰富。他看了看头巾和那位兵，终于看出点名堂来。

“没有什么关系，是因为用脑过度而引起的掉发，是一种正常现象，你不必担心。”班长用安慰的口吻说道。

从这往后，几乎所有的新兵都不同程度地出现过类似的现象。久而久之，大家都习以为常，只是在闲暇之余，偶尔的，大家会把“小应掉发”之事拿出来，当作笑料说说而已。

煎熬的两个多月，在默默无语的时光中，还是流过了。

我们通过放稳脚步，一步接着一步；通过调整心情，一次挨着一次。接二连三，步步次次，次步交叉，终于完成了枯燥、无味而又具实战意义的专业课程的学习任务，那种紧张的心情与疲惫不堪的身躯总算可以放松与缓解了。

但时隔一天，才感到了疲倦的身体开始舒展、温和起来的大家，却万万没有想到，计划赶不上变化快，紧接着迎来了第一次通信专业全方位、高标准、多视角的测试与考核。据连队首长讲，因为形势所迫，实战所需，各类训练科目的操练必须提前完成，随时听从召唤。所以说，对这次封闭式学习与训练，要进行一次检阅与评估也是情理之中的事。

那是4月的第八天。天，格外的高，格外的蓝，一片蔚蓝伸向遥远的苍穹。而那远处的山坡上，又是满目青山，百花争艳，绿叶与红花相衬……在阵阵的微风中，掀起层层的绿浪、花波，起伏跌宕，一直放肆地铺向尽头。这天景、气景、山景的绚丽，真是大自然的骄傲啊！

4月真好！不仅风景如画，而且人爽，心情愉悦、轻快，看来今天的考核，在这天时、地利、人和的气氛中，成绩一定差不了！

于是，在排长的指挥之下，我们统一着装，又一次来到再熟悉不过的教室，但这次与往日不同，每个人，每个同志都要经受一次没有战火与硝烟的考验与磨炼。

教员们把科目考试分为两次进行，也就是每个学员必须经历两个轮回的考核，最终才能得出各人的成绩。

坐在座位上的我，由于是下到部队后，首次经历这样的场面，这样面对面地考试，刚刚放松的心情，突然又趋紧，变得纠结起来，觉得有一种无形的压力从心底涌出，快速上升，笼罩着我、压迫着我。那种气息、氛围，让我窒息、难受，有点坐立不安的感觉。

考核开始了，由于学员的人数不是很多，采取的方法是：两人一组，一对一相互考核，外加一名监考员。

按照考试规定与要求，我又挪了挪位子，在待考区域坐下……当我不时地听到我的战友用那高亢有力的声音报出那一个个、一组组已经熟悉的数字与汉字时，我的心犹如溅起朵朵的浪花，动了，那又是为何呢?

因为电码是保障军队作战指挥与控制的一种通信联络方式，传来的是胜利之声。“八一”南昌起义的成功，四渡赤水、抢渡乌江、佯攻贵州……跳出重重包围，抗日战争、瓦解敌人……捕捉有利战机，寻歼进攻之敌，哪一次胜利与成功不都是来自于码子的发送与传递，打下了一个红彤彤的新中国。

因为电码释放的是“人间正道”的哲理光芒，传来的是正义之声。战争不仅是政治、军事、经济的较量，更是道义和真理的较量。在份份报文中，不仅包含了信念、理想、希望的“理”，而且还包含了符合人类生存与发展、和平与安宁进步的“道”，鼓舞着千千万万的人，为美好幸福的明天而奋斗。

因为电码蕴含着“光明在前”的力量源泉，传来的是希望之声。无论是处于哪个年代，进行的哪次战争，勇士们都在通信畅通声中激扬勇气，鼓舞士气。电波传到哪里，哪里就有人间春色……

由此可见，电码通信不仅是战场指挥的主要渠道，更是战场情报传递的基本保障。否则，战争的胜败也就不言而喻了。可以想象出被视为千里眼、顺风耳的通信兵对一场战争的输与赢，是何等的重要!

我，虽然思绪万千，但还是很快收起了心神。在稍做准备后，与同组的山东籍兵，迅速离开位子，来到了考试的现场，在桌前呈面对面坐立姿态，迎接科目的测试。

刚刚坐下的我，心里还是有些忐忑，但这种情绪我已经习以为常、不足为奇了，因为我每每遇到考试或测试或独立作业与操作时，都会有对环境的反应，好像成了我的影子。不过还好，这种条件反射，就是那么一刹那，过后就是“雨过天晴，风轻云淡”。

“滴、滴……计时开始!”考核便拉开了大幕。

坐在桌前，我的表情显得镇静与沉稳，从容地从桌面上将报文轻轻地拿起，让纸张的底端与桌面成30度放置。就在放好的那一刻，我狠狠地吸了一口气，觉得浑身有股力量，有股充足的力量，就像快要出膛的子弹，就等扣动扳机了。接着，我用高低适中的音调，快速而又坚定的语气，从报文的第一组，由前往后，边译边朗读着，并且一气呵成，直至终结。

其实，对专业——报文的翻译或收发的考核，其内容并不复杂。任选上百组码子或文字，作为互译或抄写的基本单位。但对学员的要求是，既要有速度，又要看准确率，追求的是两者统一。正是如此，大家给我们这些通信兵取了一个雅号：疾驰者!恰如其分。

是啊！大家之所以能走到今天，站在这个舞台上，用心去面对，接受考核，挑战自我，你可曾知道，我们每个人的背后都有一些不为人知的故事。

我，曾经的日子，拂着微风独坐窗前，在冥冥中不断地捕捉灵感，埋头苦读与苦记，反复耕耘。其中的滋味，我都一一品尝过。

虽然今天我又取得了一个不错的成绩，向高峰之巅，又迈出了重要的一步，自然为之喜上眉梢，满心欢喜。但更重要的是，在这块精神与灵魂的高地上，用我们的行动与表现，展示了通信兵所具有的那种力量，那种英姿和那种品质与情怀。

这就是当代军人实现自身价值的最高境界！

而我！之所以这样，身着军装，把身心融入这所大学校，是想达到心灵深处的那种觉醒、超脱和升华，体悟那份不灭的军魂，让自己变得更加成熟，更加老道，更加坦然，更加达观……

十九

我远离家乡，只身来到部队，不经意，七个多月过去了。那真是“光阴似箭，日月如梭”啊！

自从走进军营，我几乎将所有的心思、精力和时间全部用于学习、训练与生活。因为我深知我是一位来自农村的兵，懂得以后假如复员回到家乡，能找到一份像样的工作，在部队必须加倍付出艰辛的劳动和汗水，必须先行，快人一拍，抢人一步，心中的放飞的梦想才有希望变为可能与现实。

也许是对未来怀有美好憧憬的原因，直至现在，我几乎都是“两耳不闻窗外事”，成了一个“宅男”。不过，当遇见或听到有意义或感兴趣的事情时，我也会为此而心动。

有件事还真的让我碰上了。

在一次与老兵的交谈中，我惊喜地发现，离我们营区不远处，有一个很有名的旅游胜地——琅琊山。自从那以后，我的心真动了，因为我长到这么大，从未出过远门。在家时，连我们的县城都很少去，别提还到什么名胜古迹去观光游览。再说我从小就喜欢读书，喜爱动笔，写点“豆腐块”作品什么的。于是，我想挑战一下自己，一来克服农村兵的胆怯，不愿走出营区的心理障碍；二来可利用自己对文学创作的爱好，走进自然，用心、用笔书写美好的世界！

8月5日，正好是星期天，我约了老乡，一共五人，请了一天的假，一同前往，出游观景。

虽然时下正值夏季，但8月的山区，随处都散发着沁人心脾的凉意，清爽、舒适、惬意，走到哪儿都是“画中行”。

我们乘着汽车，沿着山路，慢慢而行。凝目远眺，那山坡上云蒸雾绕，清新迷人，溪云浮生。而那瞬变的风云又在深蓝色天空中凸现，仿佛是天境在伸手召唤去天堂……

大约上午八点半，车缓缓停下，我们来到了心往神驰的琅琊山，访古探幽。

当“琅琊山”三个大字，赫然显目，映入眼帘时，我的心里不禁咯噔一下，这就是北宋大文学家欧阳修描写的琅琊山吗？门前的两侧是一片绿莹莹的草坪，沾满了晶莹剔透的露珠，它们快活地接受晨曦送来的礼物，舒畅地、忘乎所以地向上生长，在阵阵的微风中，掀起层层绿浪，像在不断地向我点头：远方的客人，欢迎您！

琅琊山位于滁州城西南约五公里处的群山之中，古称摩陀岭，系大别山向东延伸的一支余脉，包括琅琊山、城西湖、姑山湖、三古等四大景区，面积一百一十五平方公里。相传西晋时琅琊王司马佩率兵伐吴，曾驻跸于此。东晋元帝司马睿在称帝前也是琅琊王，曾在此避乱，故后人将摩陀岭改名为琅琊山。

我们随着欢快的人群穿过大门。不知为啥，那种久违的激情便油然而生。

啊！这里的山，静谧、幽深。有着江南的婉约、恬静、淡雅、逶迤起伏。这里的水，甘甜、清冽。清澈的泉水沿山而下，叮咚作响。似一古筝藏于山间，泠泠悦耳。这里的空气，新鲜……与其说是享受大自然的美，倒不如说是步入了艺术的殿堂……我忘记所有，尽情地呼吸着从翠绿的山上四周飘荡的浓郁香风，感到有点甜、舒服，使疲惫的身心在映满艺术韵味梦幻般的殿堂中得到抚慰。我抬头仰望着，那蔚蓝的天空中飘过的一朵朵白云，似乎瞬间我张开双臂就能触摸到那空中的丝丝云线。这不就是一幅阳光洒在大地上挥毫泼墨的中国画！

在琅琊古道中行走的我们，犹如踏进了一座精美的山水画廊。那古道始建于明嘉靖年间，全长约一千两百米，用青石板铺设而成，虽说已逐渐打磨了初建时的雕痕，但大部分石板依旧保存完整，蜿蜒于山腰，由低渐高，光滑如鉴，平坦而深幽。

而古道的两旁，却是风的潇洒，树的参天，山的稳重，水的柔情，花的浪漫，草的活力，石的灵魂；一束阳光，一缕清风，一朵白云，一片绿荫，一声鸟鸣……大自然的点点滴滴，无不展示着它种种平凡和细节的魅力，成了人们欢乐愉悦的源泉。尤其是那绿得深邃、绿得清纯、枝叶茂盛、苍劲挺拔的古树，亭亭如盖，形成了天然棚盖，晴天可以遮阳，雨天可以挡雨，犹如一个个绿色方队，守护着蔚然深秀的琅琊山，展示着英姿，展示着力量，它与古道相辉相映，构成了琅琊山上一道亮丽迷人的风景线。

我们五人，在不知不觉中，走进了醉翁亭。

醉翁亭，别具一格，吻兽伏脊，飞檐翘角，具有江南亭台特色。十六根柱子分立四周，亭内框门格花浮刻花纹装饰，檐下有古代故事的硬木透雕。它位于琅琊山的半山腰，初建于北宋仁宗庆历年间，距今已有九百多年的历史。据史料记载，当时，欧阳修因在朝中得罪了左丞相等一伙奸党，被贬至滁州任太守。时任琅琊寺住持的智仙，同情欧阳修的境遇，尤其钦佩他的文才，特修筑一亭供太守歇脚、喝茶、饮酒。时下年仅四十的欧阳修，“自号曰醉翁”，登亭“饮少辄醉”，故给此亭取名为“醉翁亭”。为此，芳名流传至今，成为“中国四大名亭”之一。

面对此亭此景，我能感悟到那时欧阳修的心境，这亭正如一杯绿茶，用来醒酒。醉的是外表，醒的是内心。

“有亭翼然临于泉上者”！我喜欢，飞翔的姿态，动感的美丽。在亭内的不远处，有一对遥相呼应的东、西两亭：上刻欧阳修撰文“醉翁亭”与苏东坡挥笔“醉翁亭记”，每字三寸见方，欧文苏字，可谓双绝，勒石为碑，流芳千古，何等名贵。不过，堪称一绝的还要数亭西侧“古梅”一株，传说为欧阳修亲手所植。虽然它穿越了岁月的风风雨雨，但却枝繁叶茂，兀然傲立着。它的长寿正好与苍竹，古亭，构成了一幅没有经过任何装饰的优雅古朴画卷，充满着生命的张力，彰显出大自然本色、纯粹的美！

一缕阳光透过树枝的空隙，点点地照在我们的身上。“叽叽喳喳”“叽叽喳喳”……一群调皮的麻雀在路边的树丛中叫个不停，那一个个小脑袋里充满了新奇，一会儿飞到草坪上，嬉嬉闹闹；一会儿又飞到枝子上，放出那赞美“自然”的歌声，声音里满含着清、轻、和、美，好像自然也含笑倾听一般。

再往西行，可见“意在亭”，取“醉翁之意不在酒，在乎山水之间也”之意。亭以四根栋木为柱，亭角翘起，呈飞腾之状。人工开凿的水渠弯曲绕亭，名曰“九曲流觞”。据讲是按晋代大书法家王羲之的《兰亭集序》中描绘的情形设计而建造的。九曲渠水来自山泉，从影香亭的方池注入，萦回往复，缓缓而流，经过九折八回，流出亭外。古人置酒杯于渠中之水，酒杯顺水而动，停在谁面前谁即取饮，并要赋诗一首。不难想象，当年欧阳修与文人墨客们一边饮着醇酒，一边欣赏着琅琊美景吟诗作对，别有情趣，确乎是人生的一大享受。

“叮、当，叮叮、当当”，一阵阵清脆悦耳的声音，离我们越来越近，听起来也越来越清晰，原来那是“会峰阁”顶层檐角挂着二十四个铜铃，在微风中，相互碰撞而金声四起。于是，我们本能地抬了抬头，望了望，原来是“南天门”到了！

其实古道的尽头就是山的顶峰，因为此峰居琅琊山的正门而取名为“南天门”。

紧接着，我们又沿着台阶缓缓慢行，穿过南天门，登上会峰阁，青峰黛岭，片片苍绿、清秀，曲径幽泉，起起伏伏，给人以诗意的安静。极目远眺，天高地阔，只见长江如带，钟山如罗。鸟瞰群山，层峦叠嶂，山色苍茫，绿荫如盖，云雾缭绕……让人心旷神怡，令人流连忘返。难怪欧公视宦海浮沉为云烟，山山水水间，把心灵沉淀得恬淡闲适，才有如此淡雅婉转的《醉翁亭记》，文是心境的渗透。就这样！是一个人赋予了琅琊山千古的生命，是千年的文化底蕴激活了琅琊山水的灵气……那古道、清泉、石桥、亭阁、寺院……在我的脑海中留下了永恒的记忆。

再见了！琅琊山，古朴而又清幽的琅琊山。你不仅是一座山，一座名山，也是一座净化人们心灵的山，更是一个欧阳修笔下著名散文《醉翁亭记》，传世不衰的地方！

傍晚时分，我们回到了连队。

二十

和往日一样，起床号又一次划破黎明，叫醒了军营。告诉军人，新的一天开始了！

我，本应在“嗒——”第一声响起后，就从床上一跃而起，穿好军装，做好出操的准备。可是今天，不知道为什么，我的眼睛怎么也睁不开，头疼又晕，口渴、喉部灼热，四肢无力，肌肉酸痛，无法动弹，好像是身体出状况了。

“是不是感冒了，发热?”我本能地将右手的掌心放到额头上，“好烫!”处于犹豫不决的我，“是跟队出操还是休息?”经过短暂的思考，迫不得已，还是向排长请了个假，这也是我入伍以来第一次开口请病假。

躺在床上，我还在反复地揣摩着感冒的原因，分析来分析去，问题就出在这两天上山的实地野练与作业上。由于训练紧张、强度大、路程远、出汗多而引发的感冒。但更奇怪的是喉咙都沙哑了，发出的声音都很小、很小。

早操结束后，战友们纷纷回到了宿舍。一会儿，我们的班长首先来到我床前，问长问短，问这问那，不是用冷毛巾敷我的头，就是给我端茶倒水……忙碌不停。渐渐的，我的战友、我的老乡也都走了过来，一下子把我的床围了个水泄不通。那一刻，我心动了，不知如何是好，只能眼巴巴地看着他们，带着满脸的微笑，逐一向他们点头，表示谢意！

在这个大家庭里，我们来自五湖四海，虽然有着不同的风俗习惯，不同的民族语言与不同的人生经历，但今天，为了一样的目标与一样的追求走到一起了，这不能不说是一种缘分啊！

其实，缘分是什么？恐怕很少有人能解其中的奥秘。在现实生活中，大多数人都会把“缘分”与“爱情”联系在一起，比如：喜结良缘、缘定一生等溢美之词，这种狭义的理解没有错，也无可非议。但在我们的一生中，却常常会有一种东西与我们的心灵产生碰撞，或是美目流盼，或是深情厚谊，或是非儿女之情。但在不经意间，它却让我们作了一次深深的回眸。佛曰：这就是缘。

是的，这也是缘，一种广义上的缘。缘来的时候，总是那么不经意，却又那么美丽，那么动人，那么深刻！而今，我们相遇了，在部队遇上了你们是我的缘！因为有缘，我们彼此懂得珍惜；因为珍惜，我们执着追求；因为追求，我们终于拥有；因为拥有，我们便有了分。因为有缘有分，我们便至于美好！

战友情，其乐融融！这就是“缘分”发酵的结果。

我的身体也可能是因为精神的因素，而似乎觉得好多了。

于是，我想，老是这样睡着也不是事，还是去一下医务室，请医生看一看。为此，在班长的帮助之下，我慢慢地坐床而起。刚刚准备下床，只见我们的排长和一位身材高挑，头发如云，明亮的眸子清澈见底，像有一泓泉水在荡漾着的女军官走进来。缕缕阳光与她身上穿的那套既合体、大方，又显庄重、威武的绿色军装，相辉相映，构成了让人眼前一亮的“景致”。他们一前一后向我们走来，当跨过门槛后，几乎把在场的所有兵，都镇住了，这也许是营区里的女人太少了，难得一见的原因吧！那种敬慕感只能是你知，我晓，无法用言语来表述。

其实，那个人就是我们连长的爱人，1973 年才调到团部医务室工作。我们大家都习惯称她为大嫂。因为年龄长我们十几岁，所以战士们开口闭口地叫她“大嫂”。

大嫂祖籍是山东人，从小跟随父母在军营生活，后来当了兵，提了干。尤其是大嫂有一手包饺子的绝活，让人羡慕不已。她从做饺馅，到煮饺子再端上桌，一条龙动作既快又好，什么菜到她手里都能做成可口有味的饺子馅。

据排长讲，有一天中午，当时她还没有调到我们团，正好处在探亲期。我们连队几个干部从训练场回营房时，部队早已开过饭，饭菜几乎都没了，可把炊事班长急得团团转，无从下手。得知此事的大嫂便招呼大家说，让炊事班战士别忙乎了，去一边歇歇，她包顿饺子来慰劳大家一顿。于是，说着说着，大嫂就动起手来。

大嫂放好切板后，从菜堆中挑了一棵重三四斤的大白菜，在水池洗净后就切起来，然后从家中又拿来她自己买回的猪肉，剁碎成肉糜，“三下五除二”，将葱姜油盐等调料拌入，饺馅很快就做成了。接着，大嫂又忙着和面、擀饺皮。大嫂擀饺皮却与众不同，是一次擀两只，叫“双擀”。不一会儿，便堆起满桌的饺皮。几个干部要伸手包，大嫂笑了，说你们几个还是歇着吧，我一个人包的饺子是规格大小一样、统一品牌。

看大嫂包饺子，如看魔术师表演一样，眼花缭乱。最有意思的是一种“双手合一”的包法，大嫂把饺馅放在饺皮上，两手向内一合一使劲饺子就成了。下饺子就更有学问了。大嫂在包饺子时，锅里的水就已经被烧开了，并在开水中放点盐，这样，可一边包着，一边下着。看着锅里的饺子，几个人都急不可耐地要尝一个，大嫂却大声说，不行啊！下饺子要三滚，加三次水后再烧开，浮上来的饺子才能吃。一顿饺子，从动手做料到吃到嘴，只用了半个多小时。

还有一件事，是二班的一位老兵告诉我的。连队战士生病，做病号饭是几十年一贯制的鸡蛋面条。那次周末，大嫂来到我们连队，正好碰上两个战士生病，炊事班长又要做鸡蛋面条了。大嫂说，这个习惯能不能改一下，可以包些饺子让生病战士换换口味。大嫂又是自己动手，结果包了许多素馅的饺子。当饺子端到那两个战士面前时，战士得知那是大嫂亲手所包，一时激动得泪花翻滚，连声说，大嫂，好大嫂，太谢谢您了！打那以后，连队的病号饭也变了花样，直至今日。

大嫂不仅饺子包得好，而且还有一副金嗓子。每年三十，大嫂都会准时来到连队和战士们一起过除夕夜。她的嗓子好，唱出来的歌声特别清脆响亮，就像珍珠落玉盘，悦耳动听……那甜美的歌声与战士们爽朗的笑声、赞叹声、吆喝声响成一片，如同天籁之音回荡在山谷里、营区中，久久不散，令人痴迷、陶醉，让沉寂的军营，顿时变得充满盎然生机。正如二排一班班长所讲那样：“我在这里当兵，每年最盼望的事就是嫂子来后给我们唱歌。只要一听见嫂子的歌，那种想家、寂寞与疲惫感就会立即烟消云散！”难怪今年的除夕夜，她把“喜儿”这个角色演得惟妙惟肖呢。

此外，大嫂对大家的关心更是无微不至，让大家赞不绝口。特别是营区里战士生了病，只要一个电话或听说了，她都会积极主动到连队去，为战士看病、诊疗，尽量做到让病人多休息，少折腾，早康复。也许她深知，更懂得这是一个特殊的人群与集体，担负着特殊的使命与任务。所以，她平时的那些言行、那些感人的事迹，都是用激情去召唤理想，用激情去激发战士的斗志，不愧是一名称职的军医，战士的坚强后盾和好大嫂！

想着、看着，看着、想着，不知不觉大嫂已来到我的床前，驻足。在一阵提问、检查、诊断过后，又给我注射了半针筒的液体，随后，又给了我一些药，吩咐我要按时、按顿吃，两三天即可康复。

耳闻不如一见！团里出了名的先进人物果然名不虚传。我长到这么大，还真的没有遇见过这样的医生。她对人是那样的和蔼，平易近人；对工作又是那么的负责，精益求精……的确，在今天，大嫂的那种品行、那种素养和那种精神，令我赞叹、感动与崇拜。这也许就是先进人物与一般人的差距吧。

三天过后，我的身体康复了，又投入学习与训练……

二十一

时间在一天天、一秒秒地从掌心中滑过。自从我走进新兵连的那一刻起，渐渐地就有了一种感觉，特别是脑中的四季概念——“冬、春、夏、秋”，似乎变得越来越模糊，越来越没有界限。因为从入队以来的每个清晨，我几乎都同样地习惯了在“嗒嗒嘀嗒……”的起床声中，睁开惺忪的双眼，忙三火四穿军装、刷牙、洗脸、出操、走队列……机械地从库中取出器材，不假思索地加入到训练的行列之中，就像一只小陀螺，日复一日，不停地旋转着。

大家都知道，这条兵之路不仅漫长，而且处处充满了辛劳与艰险。但八个月的军旅生活，却让我的体魄变得强健，意志得到了磨炼，永不言败的精神和品质得到了培养。即使我将来退伍回到家乡，也会感谢部队，感谢军营，感谢生命中这段当兵的历史。

走进部队，虽然我才有两百四十多天，但恰巧在今天，遇上了一件难以忘怀的事，它成了我人生中的一大拐点，让命运的走向也由此变得一片光明。

8 月 21 日，星期四，与我当兵出发的日子 12 月 24 日只相差三天，否则就是不同年而同日。

我和平时一样，吃过早饭，正在宿舍里准备今天外出野练科目的内容与器材。在无意中，我侧耳听到窗外的树枝上，好像有“叽叽喳喳”的欢叫声，我侧耳谛听，那是喜鹊之声。于是，我抬起头来，透过明亮的玻璃窗，只见那两只鹊子一会儿飞到草坪上，嬉嬉闹闹；一会儿又飞到枝子上，放出那赞美自然的歌声。

“今天怎么了，是不是有……”我不敢再往下想，再往下思。因为在民间，特别是在我的家乡，喜鹊象征着吉祥，有好事。俗话说“喜鹊叫喳喳，喜事来到家”，这也许并不表示确有其事，但至少反映了人们对生活中美好事物的向往。用现代语言来讲，是寄予一种心理的暗示与表象，而喜鹊只不过是人们感应生活的一种形象而已。

就在我注目的同时，忽然听见一声，“吴晓明！请你到连部去一下，连长和指导员说有事找你”，迟疑后，我随声应答。

“又有什么事，两个主要负责人找我谈?”我急忙放下手中的书，直奔连部办公室。

“咚——咚——”。

“请进！是你呀!”指导员说道。

我走到指导员的办公桌前，驻足，在他的示意之下，和他面对面坐下。在一旁的连长，见我来到后，平时的那副严肃、认真的表情，顿时也变得活泼、开朗起来。不是给我倒茶，就是给我递水。有些忐忑的我，只能不停地点头，嘴里说着，谢谢！一阵忙碌后，只见指导员满脸笑容开口讲话了。接着，连长又做了些补充，并讲了一些寄语之类的话。

此时此刻，毫无思想准备的我，要不是连首长在场，我一定会像个小孩似的，举起双手，狠狠地蹦跳一下。但我没有怎么做，却讲了两句话：一是感谢部队为我提供了这个舞台，让我有施展才华的机会；二是感谢你们这几个月来对我的教育、引导与培养，使我渐渐懂了怎样做一个合格的军人！到了结束语，我真的被这突如其来的消息打蒙了，实在是词穷，好像只会说“感谢”两字，除了“感谢”，还是“感谢”。

走出连部，我终于抑制不住内心的激动。

“我初战告捷，就要调走了！到南京军区某研究室去，先上学，后工作。”我对着天，大喊了一声。

据指导员讲，在这次选拔的过程中，坦克某师依照条件，上报军区近二十人，而我所在的连也报了三人，结果全师只获批我一人，多么不容易！于我而言，不能不说是一件大事，一件喜事，一件值得庆贺的美事。

在自我陶醉的同时，一种本能怀旧的暖流，却在心间纷纷涌出……

我想到了远在家乡的亲人，我的父亲和母亲，是他们用浸骨的亲情，用人类至高无上的爱，把我从呱呱坠地的婴儿哺育长大、成人。身为人父、人母的他们，为养我、顾我、护我竟日操劳、夙夜忧叹，可谓操不完的心、受不完的累、流不完的泪水，以至于后来为了我的前程，能换个城镇户口，他们不得不忍痛割爱，毅然决然地让我离去，让我在茫茫人海中，去摔打、去拼搏、去前进。特别在临别时，父亲的那番话，“儿子，既然选择了当兵，就要当个好兵。要记住，从走进坦克部队那一刻起，就得好好地学习，努力地工作，要对得起肩上所担负的责任。儿子，你就要走了，爸爸这辈子没有什么好送给你的，只能给你两个字：坚持，知道吗，坚持！”这句意味深长的话至今一直深深地藏在我的心里。不过在今天，“见红旗就扛，见第一就争”的我，总算有了回报，如愿以偿地实现了自己入伍时的愿望和你们的期望。

我想，此刻，你们二老的心灵是和我相通的，因为我是你们的儿子，你们的心中一定会有感应——和我一起分享用汗水换来的这份胜利喜悦吧！

“啊！”我长长地喘了一口气，望着那硕大的营区，是一片静谧，只有那条蜿蜒起伏的小溪怀揣梦想，走出曲折的山谷、秀美的山林，经过一个清潭，穿过营房门前的石桥，优哉游哉地流着，叮咚作响，弹唱着欢畅的乐曲，悦耳动听！

这里是我和战友们在闲暇时常到的地方，三三两两地坐在溪流中的石桥上聊天。那溪水清澈见底，大家忍不住掬起一捧，你泼我，我泼你，笑声也伴着晶亮的水珠在山沟里回荡。

举目环绕，四周连绵的群峰浮翠，葱郁苍茫，蔚然深秀。要是到了金秋的十月，那大山一定是一年中最美的季节。漫山遍野的枫叶红了，星星点点的野花缀满了山崖，把秋色装点得五彩斑斓。假如周末的时候，全连能组织一次爬山秋游，走到山顶。战友们拿出照相机尽情拍照，打开录音机又唱又跳。静谧的山沟里溢满了欢声笑语，多爽啊！可是我没有这福气了……

我边看着，边品尝着……也许是出于我要走的缘故，忽然间又感到有一种从未有过的心酸，那颗激动的心一下子纠结起来，历史碎片都像过电影似的，在我的眼前纷纷闪现……

我清醒地记得，去年寒冬的十二月，我们这群热血男儿，带着绿色的梦想，带着父母的嘱托，告别了故乡与亲人，踏进了绿色的军营。从此，我们穿上了这身绿色军装，担负起保家卫国的重任。

到部队后，我们又全身心投入到火热的军营生活中。永远都忘不了夜深人静紧急集合时，衣穿错鞋穿反的狼狈相；永远都忘不了在星星点点的夜幕下第一次巡逻、执勤时的紧张；永远都忘不了第一次实弹射击时的胆怯；永远都忘不了第一次野外专业训练就跟丢跑失的情景；永远都忘不了这幢充满舒服、温馨、惬意的寝室平房，因为它不仅把四面八方的战友集合在一起，使我们变成了一家人，变为了亲兄弟，而且它又是连接我生命、连接我希望、连接我成长进步的精神“行囊”中的“氧气袋”……军营里的点点滴滴让我永远难忘，一生眷恋。毕竟这是托举我梦想的地方！

让我再看一眼吧！我很不情愿地说了一声。因为离别在即，明天就要踏上东去的列车，离开这座军营，而将这里的一切，尤其是与战友朝夕相处、情同手足的一幕幕以及军旅生活的丝丝缕缕随之装入行囊，与我同行，伴我永远。但愿这终生难忘的军旅起点，永远是我——一个军人心中最美好的回忆……

由于内心的激动，我的眼睛也渐渐被泪水蒙住了……我回到了宿舍。

按照调令的要求，我明天上午就要离开此地，乘火车去南京，到新单位报到。于是，我先将心中的那股激情压了压，然后，在床上静静地坐了一会儿。打算今天上午将要带走的东西先收拾完毕，下午再去相关连队和单位，分别与我的老乡、亲爱的战友一一告别。

“今朝一为别，再会知何年?”

如今，一纸调令，犹如一道屏障，把我与亲如兄弟的战友分开，与汗洒过的沃土分开，与给我梦想的军营分开……但这种痛苦是暂时的，只是形式上的，空间上的，因为我还走在一条从军的路上，同样以虔诚而炽热的情感去思索和展望未来，以旗帜的方式向着心灵昭示，昭示着军人的忠诚和坚毅，昭示着军旅生活的传奇和美好。我们，每位军人所走的每一步，都能绽放成一段灿烂的季节，都能勾勒成一抹亮丽的风景，都能诠释成一种最为高尚的信仰和光荣！

啊！近八个月的光阴累积——多少摸爬滚打，多少挥汗如雨，多少“滴、滴、嗒，嗒、嗒、滴……”多少回心潮激荡……就像一页页日历，每一页都是回忆，每一页都有精彩，每一页都有心灵的铭记……

其实，军队，说透了，就是陶冶情操的熔炉，就是塑造灵魂的基地。因为，这里面有无数个数不完的如夏日般的火热数字“一、二、一”和“一、二、三、四”，这里面蕴藏着男儿的血气方刚，这里面充满了男儿的壮志凌云，这里面也留下了男儿的情、男儿的梦！

二十二

按调令要求，我明天就要启程去南京报到了，因此，在熄灯睡觉前，我把整理好的行李包都一一放到我的床边，以便明天一起带上。

一阵忙碌后，熄灯的军号声仍然和往常一样，准时响起。

刚刚躺下的我，显然有些亢奋，有些按捺不住那颗激动的心。我原本认为这种情绪会随着时间的推移而慢慢变淡，那颗心也会渐渐趋于安定、平和。但时间慢慢过去，我失算了，根本没有睡意，相反的，心里越是念着，越是心烦意乱，那种难受劲好像到了极致。于是，大约在夜里十二点的时候，我干脆起了床，独自来到了一座我熟悉的大山脚下，它就在我们团大会堂的后面。因为大会堂背靠大山，整个建筑依山势而建，由西往东沿中轴线逐渐升高。简单讲，它就建在大山的侧壁上。

我之所以来到这里，就是想和大山说说话，交交心，用“喊大山”的方式，来倾诉自己心中的烦恼与不悦。

其实，军人自有军人的性格，军人自有军人的爱好。军人的性格和爱好有些是很独特的，独特得让人简直不能理解。

我第一次“喊大山”，是来到新兵连后的第四天早上。记得刚到军营的头两天，对这里的环境、生活很不适应，再加上重复、重复再重复的队列训练，把我练苦了，心里别提有多憋屈了，想家的念头油然而生。

那天早上，我悄悄地起床后，便在晨光中发疯似的往营房后面的山头上跑，任凭石头在我的脚下滚落，任凭树枝在我的身上刮割，任凭寒风在我的脸上掠过，带着我的哀怨，带着我的泪水，带着我的思念……

在那白雪覆盖的山头上，在那寒风凛冽的山头上，我面向家乡的方向，默默地把心中的哀怨、心中的惆怅向千里之外的父母诉说。

不知什么时候，全班的战友来到了我的身边，班长轻轻地拍着我的肩说：“你要是心里难过，就对着大山喊几声吧，喊完后心里就会舒坦些。”

班长说着，便把两手围在嘴上，大声喊了起来。我愣了一下，也学着班长的姿势，扯开嗓门喊了起来。我对着大山喊，我的战友们对着大山喊，大山也对着我们喊，喊声与回音交融相汇在一起，似乎脚下的山头在晃动，在震颤。

在大山的回音声中，我把惆怅的乡愁摔碎，把凄楚的相思摔碎，感到心里亮堂了许多。

喊完大山后，班长告诉我们，这座营房也是老营房了，它建于二十世纪五十年代初。在我军史上这支部队称得上是凤毛麟角，所以，从这里送走了一茬茬优秀的土兵和优秀的干部，有许多许多。他还说……

那一刹那，我感到心灵受到了震撼，精神受到了洗礼和感染。我顿时想起了参军的誓言，想起了临别时父母的嘱托、乡亲的期望，想起军人的职责、军人的义务、军人的使命。感喟中滋生一缕雄风，一派倜傥，一种荣光。望着这座没有名字的大山，我仿佛看到古战场上吹角连营，旌旗在飞，勇士突奔，长缨向天；仿佛听到枪炮轰响，战马嘶鸣……

大山如同母亲，如同亲人，她最体谅我们军人，最理解我们军人。那一声声回音，就像是在和我们谈心，就像是在和我们说心里话。

此后的日子里，“喊大山”成了我的习惯，也成了战友们的习惯。大家郁闷了喊，惆怅了喊，想家了喊，高兴了也喊，训练间隙或是“打靶归来”都要对着大山喊上几嗓子。所以，我今天能有所进步，能有所作为，能有这样的心态，与这“喊大山”密不可分。因为“喊大山”，它喊出了军人的热忱，喊出了军人的激情，喊出了军人的刚毅，喊出了军人的坚强。它是军人心灵的一种跳动，军人真情的一种倾诉，军人生命的一种流淌，军人壮志的一种展现，是军人包容着理想、凝聚着责任、喷发出激情、体现着力量的最强音。对着大山，我们宣誓，大山也宣誓；对着大山，我们表白心声，大山也表白心声；对着大山，我们豪情激动，大山也豪情激动。“喊大山”犹如军人一首特殊的交响乐，交响出一种挑战自然、挑战困难、挑战自我、挑战世界的倔强之声、自信之声、威严之声、奋进之声。

今天我又来了，来到这山头上，做最后一次告别的“喊大山”，也许是我最后一次了。因工作的需要，我将于今天上午离开这座朝夕相处的大山。于是，我对着那座熟悉的大山，用尽了全身的力气，向它呼叫、向它呐喊、向它倾诉、向它话别，回音久久地回荡在寂静的山谷中……

时间稍纵即逝，不知不觉几十年过去了，虽然现在整天置身在繁华的都市中，但我还是经常想起当年的那座营盘、那个山沟和那山头上“喊大山”的情景，因为那是一种永不消逝的情愫，那是一种深扎在心灵深处的情愫，更是一种美好的情愫。

二十三

第二天清晨，我没有提前起床，早做准备，仍然和大家一样，一直等着起床号。因为我知道和大家在一起的时间已寥寥无几了，说不定就是最后一次与我的战友、兄长在同一屋檐下、同一寝室中，享受家的感觉；体味亲密无间、纯真的情谊；品尝此起彼伏、抑扬顿挫、优美动听的“夜间交响曲”；留恋夜间的咬牙、吧嗒嘴、说梦话的声音……

离别在即，满怀情思，缠绕着皖南山区的千丝万缕，心中的那根弦不经意又被拨动了，清幽绵长的余音让我不知不觉地跨出了门槛……

我最喜欢连队的晨景，舒展，开阔，秀美，迷人。一轮红日从东方地平线上冉冉升起，散发出轻柔的光晕，把整个天空染出一抹淡淡的橙色红。庄重的营区犹如熟睡的孩子，安详、幸福地躺在大地的怀抱中，享受着霞光的温存，让人觉得营区的天与地是那样亲近与和善。

放眼望去，道路两旁，一排排挺拔的白杨树枝繁叶茂，如同戴着军帽的卫士，静静地守护着军营的安宁。草坪上，那嫩绿的小草、艳丽的花儿沾满了晶莹剔透的露珠，带着欣喜，快活地接受晨曦送来的礼物，舒畅地向上生长，在清风的吹拂下，不停地向我挥手致意。侧耳听来，树林间那调皮的小精灵，时不时探出头来，边拍打着翅膀，边引吭赞美自然，此伏彼起，不绝于耳。还有那树叶的沙沙声、坦克的引擎声、汽车的隆隆声、战士的练武声……汇成了一支生机勃勃的“晨光曲”。

就是这样的“晨光曲”伴随我走过整整八个月，冬去春来留下了我的足迹，我的男儿之情，我的男儿之梦……如今，尽管有着太多的不舍，太多的留恋，可我知道，前行是我唯一的选择。

早饭后，由指导员主持，在操场上，举行了一个简短的欢送仪式。没有过多的表白，没有过多的诉说以及过多的寄语，但却处处弥漫着积极向上的连队文化氛围和朝气蓬勃的正能量。这样的欢送会，每年都要举行几次，因为通信连的兵要经过层层考核与筛选，是全团提干、升迁、调出人数较多的连队之一。

欢送仪式结束后，我带着对战友的无法言喻的留恋，望着那一张张熟悉而又强作欢颜、似笑非笑的脸蛋，和他们一一握手告别。

随着吉普车的一声鸣叫，我拎着行李，背着背包，在操场的正中间，向他们、向连队毕恭毕敬地敬了最后一个军礼。

车轮启动了，车下送行的战友频频向我挥动着双手，一副依依不舍的神态，却激起我心中的涟漪，如万箭穿心，伤心透了。一抹泪忍不住流了出来，一下子挡住了我的视线……面对这块土地、这方营区、这群战友，我深情地向他们挥舞着我的双手，由衷地喊道：

再见了，通信连！

再见了，亲爱的战友们！

祝你们一切顺利，一切安好！

此时此刻，面对此情此景，我深深地感悟到：军人告别中最简单的握手和挥手，却是人世间最让人心酸和动情的一幕！

军营在车轮的滚动中渐行渐远。那暖暖的阳光，透过明亮的玻璃窗，平铺进来，无数条光束，揉碎在我的身上，液化成一股股暖流，渗进我的肌肤。尽管此时，我已离开，但我似乎没有感觉到阳光的温暖，反而觉得有一股寒气从脚底滋生出来，直抵心底，一阵阵发紧、一阵阵难受。这也许是因为刚才的分别，但“天下没有不散的筵席”呀！

渐渐的，我的心情也随着车轮的转动而安静下来，直至静得听到了自己那颗跳动的心脏之声。不过，这跳动之音，我好像很久没有听见了。可现在，当我远离那个集体的时候，那声音又在耳边轻轻低吟，简单又纯粹。

火车远远地来了。我随着熙熙攘攘的人群穿过通道、检票口，载着对战友的思念，连首长的重托以及我心中时常泛起的那点秘密，踏上了去往南京的列车。

列车紧贴着广袤大地，犹如一条长长的巨龙在穿行着。身在其间的我，既感到在行走，又觉得在飞翔。我静静地坐在窗前，眼睛望着窗外，追随着变换的景物，漫游神州大地。初秋的景色已经被绿色染浓：一簇簇的草，挺拔的云杉，宽宏的杨树，曲美的柳树……无不让不同的绿色装点得风姿万种，我在想生命的色彩多一些绿色有多好，永远是充满了活力与希望。

我望着窗外远处的天空，是那么的蓝，仿佛刚刚洗涤过一样，朵朵白云悠然地飘浮于天空，形态万千，远远的、高高的，片片之间却互不干扰，白也白得透明，一点也没有沉重的感觉。白云点缀了蓝天，再加上远处时不时闪过的排排红瓦房、青瓦房，是那么的耀眼，那么的鲜明。就在那一片绿林中绕过一个弯子，便看到了成片、成片的住宅区，红顶的、蓝顶的，高的、矮的，错落有致。还有牲畜、鸟群和一望无际的原野……一切都是那么自然，一会儿在眼前一一闪现，一会儿又在眼前一一消失。这正是我军旅人生中需要阅读的世界，感受和体会行走的乐趣。

一站又一站地到达，而后又离开。虽然窗外是一幅徐徐展开的山水画卷，但有时眼前掠过的、飞过的，并不能都称之为风景，单调的，一路灰黄的色彩，可是我还是能让目光长久地留驻在窗外。

我在想……

一点一点串起的回忆，能不能重现在我的笔端，这样的怀想，会不会是因为对于年华老去的伤怀？一年的走过，就是一路的风景，能留在记忆中的确实很少，但当初为之心动的那些事、那些人，在你的心底一定会印上痕迹。

去年，12 月 25 日，我和我的老乡、新战友，就是乘着火车从镇江出发来到部队，开始了我人生未知的军中之旅。

我清楚地记得，稚气未脱的我，在登车的那一刹那，仿佛一下子长大了许多，同时也复杂了许多。既有高尚的品德，又有隐秘的卑微。坐在车厢里默默无语的我，除了骄人的精忠报国的胆量与情怀外，更有“一定要努力穿上‘四个兜子’”的想入非非。所谓“四个兜子”，浅显地说，那是提干的标志，那是一名军官的象征。往深里说，那是一种荣耀，那是一种成就，那是每一个当兵者梦寐的追求！我敢说，这是我们那代来自农村的军人心中，当时最隐私的“机密”。至少，当时我真是这么想的。但今天看来，这种“机密”并没有错，“不想当元帅的兵不是好兵!”

我之所以有今天，能调到军区去工作，还有一条——感染力极强的战友之情！就像石光荣式的绿色军装，武装了我的整个躯体，化作许多不可替代的动力，让我感奋不已。

我在新兵连，最先结识的几位带兵班长就具有这种魅力。他们虽然不大我几岁，但却比我成熟老练许多。仿佛与我天生有缘，他们永远是我打心里敬重和怀念的兄长。

来到通信连后，从连长、指导员到排长再到我们班长和老兵。除了部队赋予他们共有的灵性外，他们个个英姿勃发，性格各异：连长威严持重，具有北方人的性格特点；指导员深情睿智，有着江苏人的风范；我们的排长，据说他是某市军分区政委的儿子，但几个月的相处，我却根本看不出他有“高干”的影子，反而让我渐懂了他的涵养之深、水平之高；我班的班长坦诚幽默，十分精干，人品好，专业水平极高，干什么都举重若轻的样子……他们个个对我都特别的关爱与呵护，是哥哥对弟弟的那种情感。在我看来，他们好像天生就是带兵的料，比如会操、点检、拉歌什么的，凡“出彩”的活儿，上级老爱点他们的“将”……这真是我的福运。更何况与他们天天厮守，一起摸爬滚打，一起促膝谈心，一起分享世事荣辱。短短的八个月，不仅使我增加了许多当兵做人的见识，而且使我深刻体会了关于“战友”的分量和意义，致使我成熟、老练、进步……这些有趣的人和事，都像过电影似的，在我的眼前闪现。

如今！这军旅之路就像脚下的铁路，延伸而没有终点，“咣当咣当”的走着。

我的人生也正如这辆列车，又一次启程了，我深知，前面的路不可能风和日丽，但我懂得我是一名军人，会倍加珍惜这个光荣的称谓，以温暖相依的恬淡心境，去面对、去感受、去奋进……带着感恩的心走好新的人生之路，用微笑和收获回报培育我成长的那个军营、那些战友……

二十四

坐了还不到一个小时的火车，便到了南京站。

下车后，我沿着行人过道，跟着指路牌，一会儿左拐，一会儿右转；一会儿从地面上行，一会儿又从地下走。虽然绕得我晕头转向，但我压根就没有把“它”放在心上。因为此时，我最担心的是怕走错。毕竟我是个未见过大世面的农村娃，且又是第一次孤身来到这么大的城市！

我随着这趟列车的乘客，拎着行囊，慢慢地走出了出口，终于踏进了六朝古都——南京城。

此刻的我才松了口气，心中的那种紧张与胆怯的情绪，突然间犹如雨过天晴，变得清晰与豁达，由此而来的却是一种无以言状的兴奋在撞击着我滚烫的心灵。这下好了，我可融入这座古城，在这里追求我的梦想，在这里书写忠诚卫国的情怀。

出站后，我在站前广场的南侧停了下来，也顺便放下手中的拎包，用手擦了擦额头上的汗水，“好热呀”！明显感到这里的气温比滁县山区的气温要高得多，难怪人们都说，南京是个“火”城呢，总算今天让我闻到味了。

向前看，对面就是明晃晃的碧水蓝天——玄武湖。车站人来人往，而玄武湖成了等车旅客歇息的好地方，如果碰上阳光明媚的日子，在湖边静静地坐上一会儿，看着湖中亭台楼榭、云光游弋，旅行也就自然轻松快活了许多……虽然此时我无暇顾及这些，但却仿佛一下子感悟出这座古城不仅美丽、繁华，而且历史给予它厚重的底蕴，足能让这座城市魅力四射。

我从包中拿出调令，按照所指的公交线路，在广场的东侧走上了去往军区大院的17路汽车。

公交车在缓缓地前进着，站在车中的我，透过明亮的玻璃窗，神摇目夺地凝望着，一路美景好像影子一样在我的视线里如风驰电掣般掠过。那一片连着一片的楼宇，用自己的靓丽雕塑了城市的艺术群像；那一条接一条的道路，用自己的敞亮构筑了城市的跳动血脉；那一排又一排的“法桐”，用自己的绿色装点了城市的环境壮美……南京啊！初来乍到的我，虽然对你知之甚少，但映入眼帘的一切，分明就是这个城市最具强力的生命。南京人因为有了绕城一周的古城墙而串起的南京历史与风光，便拥有了生活的滋味，便拥有了饱满的情怀，便拥有了乐观的信念与值得珍惜、值得回味的朝朝暮暮的每一个日子。在每一天的黎明与黄昏，让这里的市民感到了浓古的气息与静谧的和谐。这对于常年身居闹市的人来说，真是一种奢侈的享受，当然，也是他们莫大的福气！

看着看着，不经意，“马标”站就到了。我跟着下车的人群，一手提着行李，另一只手拽着背包带，从车内走出。按照事先在车上问好的线路，继续向前走着，没走多远，便到了军区机关的南大门。

据记载，此地是昔日的国民党中央陆军军官学校和国防部旧址，1950 年 10 月 30 日，在此址的基础上，创建了南京军事学院，刘伯承出任院长，后兼政委。于次年的 1 月 8 日正式开课，招收学员七百五十八名。它的成立，也实现了历史上中国高等军事学府“零”的突破，成了新中国成立后解放军培养军事人才的最早摇篮，可谓是块宝地啊!

当我走近这座神秘的大院时，心中不禁一颤！我真是个幸运儿，从一名回乡务农的青年应征入伍，到今天来到这儿，与你无缝对接，零距离接触。我的心中怎能不感到自豪与兴奋呢!

在与门卫交涉后，我穿过了传达室，终于跨入了军区大院。

眼前的大院，让我感到最具特色、最具魅力的并不是古意浓厚的楼房，并不是笔直宽阔的水泥路，而是这里的绿色，几乎整个院子都被高大、粗壮、枝叶茂盛的法国梧桐树覆盖着，应该说，绿色才是大院最令人心动的一道风采。

在我的心里，梧桐树是一种很美丽的树。它不仅叶子呈绿色，厚厚的，一层盖着一层，每片叶子都闪着淡淡的亮光，似乎让人觉得每片叶子都有一个新的生命在颤动，而且树干笔直，还有一颗谦虚的心，不管把它栽到哪里，它都能撑起一片蓝天，护卫一片土地，长出一棵栋梁，奉献一生绿意。

春天，梧桐树抽出了嫩绿的小叶，将整个路道都笼罩在朦胧的绿雾中，人们经过这里，仿佛置身于绿色的海洋之中，享受着春天的绿意。

夏天，梧桐树伸展着茂密的枝叶，为人们遮阴，调节气温，走在那光斑点点的树荫下，觉得格外有趣、凉爽、惬意。

秋天，梧桐树上结满了带刺的梧桐果，像一个个桂圆垂直而下，那棕色的小果在金黄色叶子的衬托下，好看极了。

冬天，梧桐树枝头挂满了白雪，犹如一朵朵盛开的梨花，点缀着这银装素裹城市的一角，使人感受到一种童话般洁白、神奇的美。

梧桐树啊！你普通，却又不平凡，让人们看到生命在你的身上是如此的执着，青春在你的身上是如此的热烈。你的坚定足以使人感动，你的坚强足以给人信心，你的价值也足以值得珍重。

现在看来，这样的树，这样的绿色与这样的环境再相辉相映不过了。同时也体现了昔日军人的勤劳、智慧与远见卓识，才会有今日军区机关的生动与精彩。

我看了看手表，由于快到下班的时间了，我不得不将放慢的脚步重新增加频率，那段看似较长的南北大道渐渐地被身影抛后。左拐后，我在一栋办公楼前停下，一阵左顾右盼后，便来到报到单位——南京军区某部的办公室。

“咚、咚。”“报告！”

“请进！”

只见一位三十多岁的军官，满脸笑意地向我走来，很有礼貌地和我握了手，并取回我递给他的调令，示意我在桌前的那对沙发上坐下。于是，我将身上背的，手上拿的，一一取下，放到沙发上，然后往前一小步，半倚在座椅上。我利用他给我倒水的空隙，扫视了一下办公场所。虽然这间办公室不大，但其物品摆放却井井有条，环境也豁亮干净，看得出他们的管理非常严格！

他给我倒完水后，一边将开水放到茶几上，一边跟我讲着话，攀谈起来。他问着，我答着；他讲着，我听着。虽然讲话语速快且有着浓重的乡音，但他讲的内容我几乎声声入耳、句句入心，无一句一字模糊与隔膜。

原来是经军区领导同意，批准新建一个机构——南京军区某研究室。其工作人员从全区各大兵种中择优选调。而这次被选录的战士，一共只有十五人。据那位参谋讲，我是十五名战士当中，唯一的一名新兵，也是从某师报送的二十人中的唯一一个。并且我们于下个月 10 日，分为四个组，赴市内相关院校学习，时间为两年，考试合格者将被提拔为干部；否则，被淘汰，仍然回到原单位工作。

他那简短的一席话，我听后，虽然有一种压力加身，但我并没有去多想，反而让我感到它就是成事的一种动力，是对自己的一种鞭策、一种提醒而已。只要自己好好地学习与努力，保证每门课程的考试成绩在 60 分以上，自己那远大的理想不就可以如愿以偿实现了吗！

在不知不觉中，墙上的挂钟响了，我们的对话也由此被打断。

我原本认为这是正常的闹铃声，但我后来才知道，军区机关的上下班与基层连队不一样，无须用“军号声”来指挥他们的行为。其实，这铃声就是下班的“号声”。

随着钟声响起，那位张参谋叫我稍等片刻。我没有言语，点了点头。他那一言一笑，一举一动，处处流露着军人的那种神情，那种气质，那种风韵。在场的我，眼光里由衷地带着敬佩，满意地笑了笑。

他收拾完办公桌，并没有让我先去住宿的地方，而是领着我去了就餐点——战士食堂，先解决“温饱”问题。就这样！我们高兴地在树荫下、人行道上并肩地走着，边走边聊，边走边叙……迈着坚定的步伐一步一步向前走去……

二十五

在我报到后的第四天，调进的人员才陆续到齐了，一共二十五名，除我们学员十五名之外，其他均为清一色的干部：论文化程度，都是大学本科以上学历；论职称，有专家、学者，也有工程师与一般技术人员；论年龄结构，有三十岁左右的，也有近五十岁的老同志。一支“高水平，懂专业，老、中、青三结合”的团队就顺利组建完成。

记得那天上午，我们同住一间寝室的四个人，刚刚吃完早饭回到住处，就接到了部里办公室打来的电话——下午领导要召开首次研究室全体人员会议，要求我们着装整齐，自行前往，不得迟到。

说起“自行前往”。这一点机关与基层连队的差异却很大。军区机关的宿舍与办公区域既分开又远离，是完全互不相干而又互为独立的两个模块。而连队就不同了，大家的学习、训练、生活、睡觉……都在同一范围内，甚至几十人同处在一个屋檐下，理所当然需要有统一的管理模式与组织形式。

下午一点半，我们四人按照会议的通知精神与要求，从住处出发，同行前往。一路上，我们每个人的那种愉悦心情一直挂在脸庞上，不是说说笑笑，就是瞧这看那，感到这里的一切是那么的新鲜与好奇。兴许是因为有些事，在不经意间，开始；有些人，在不经意间，相遇。或许是因为新环境、新战友、新集体、新体验，给了我们新的憧憬……

开会地点在三楼的会议室。从一楼到三楼，都是木板楼梯，窄狭而又弯曲，走在上面有点“吱吱呀呀”，令人发思古之幽情。我们一口气爬到三楼，右拐后，穿过小过道，一间宽阔而又深长的会议室，呈现在我们的面前。褐红色调，一排排整齐而又古意浓浓的桌椅，让人感觉到了它的岁月与沧桑。无论从设计、形胜还是从历史、文化角度上看，这间会议室，甚至这幢楼都具有古朴与庄严兼容并包、和谐共生的特色，在视线里都呈现出一种历史的深沉。特别是主席台的上方悬挂着一张毛泽东穿着军装的画像以及两旁“提高警惕，保卫祖国”的对联，使墙壁上更多的空白，以无胜有，彰显出这间会议室的风格、内涵与魅力。

大门是开着的，跨入门槛后，我们按照事先指定的位置，走近自己的座位，将手中的笔记本放到桌面上，在那儿静静地坐着，等待会议开始。

午后的阳光，都涌进了这间厚重的会议室。坐在窗户边的我，明显感到心里有一股暖流在升起，但我却说不清到底为什么，是因人生中拐点的作用，还是因外界环境的辐射，还是因其他什么原因。

的确，人生很微妙，但又如一首唱不尽的歌！

两点整，参会的人员都到齐了，空气也十分融和静穆。只是一个很大的厅堂坐了不足三分之一的人，显得空旷而又冷清。

一阵清脆的脚步声引起了我们的注意，并且离我们越来越近。不出所料，是领导们来了。只听到响亮的一声：

“起立！”

“唰、唰！”我们从位子上迅速立起，眼观前方。在大家的注目之下，只见三位军人迈上了前台。

“请坐下！”走在中间那位首长（部长）很和气地讲道。

坐在部长右边的那个人，侧过头来轻轻地与他耳语，便开始讲话了。

讲话的那个人姓奚，是我们研究室的副主任，看上去是个严谨的中年人，四十五岁左右，有些谢顶，皮肤微黑，圆脸，讲话语速较快，眼底总是闪着智慧的光泽，看上去是位温文儒雅的男人。他着重介绍了今天会议的内容与议程。

紧接着，坐在部长左旁的那位五十岁开外的人讲话了。据刚才主持人奚副主任的介绍，他是研究室的一把手主任，姓尹，是从军区通信团调来的。他不但精通指挥自动化业务，而且懂管理会带队伍，是位难得的综合人才。他着重介绍了军区领导为什么要下决心组建这个研究室，以及组成人员的配备和下一步工作的设想。

我们的尹主任，粗线条，方脸，粗而硬的头发无法服帖，随意梳理的短发，显示出耿直的性格特点，典型的硬汉形象。如果不是刚才奚副主任的介绍，我几乎无法与他的学问联系在一起，甚至有些格格不入的感觉，根本想象不出他是位集文武于一身的人。

坐在台下的我，除了一边用心静静地听着，手中的那支笔也不时地在记录本上写着、画着，记下了不少内容，比如：指挥自动化是指军队指挥体系中综合运用现代电子科学技术和军事理论，融指挥、控制、情报、通信、电子对抗于一体，实现作战信息采集、传递、处理自动化和决策方法科学化，保障对部队和武器实施高效指挥的一种重要手段，以及在军队指挥系统中，主要运用以电子计算机为核心的各种技术设备，来实现军事信息收集、传递、处理自动化，保障对军队和武器实施指挥与控制的"人、机"系统……虽然被他流利的语言、精彩的文字以及铿锵有力的声音所打动，但就其内容本身而言，我听后，不是似是而非，就是有种对牛弹琴的感觉，根本就不能入耳、入脑。

渊博的知识，神乎其神的憧憬，他的那些话既讲得我犯糊涂，又让我一时有种压力加身的感觉，几乎平静的心湖又重新泛起了层层涟漪，忐忑不安。我面对这份全新而又具有挑战性的工作，虽然我已经成为一名工作人员，融入了这个大家庭，但到底能否胜任这份工作，这个话题，就像梦中的那一个个挂在空中的符号，不停地出现在眼前而又慢慢游移着……

事实上，有这样的想法与疑问是很正常的。因为我是刚刚从基层连队调上来的一名普通的士兵，既无这方面的专业知识，又无那方面的工作经历。

尹主任的讲话，在一阵掌声中结束了。

霎时间，会场又归于寂静。

端坐在主席台中央的常森部长应该讲话了。看上去他年纪六十开外，但给人的印象就是一位高级领导的范儿，绝对具有军人的那种气质与风范。他清了清嗓子，将身体稍微向上挺了挺，然后两手交叉着，便开口讲话了。

他的讲话，让我感兴趣。他那时而激昂的神情，时而幽默的言语，时而有趣的动作，明显表露了一位老战士，一名高级将领的内心世界及渴望实现"军队自动化"的决心与信心。

是啊！军人骨子里虽然透着正直、坚毅、勇敢和士气，但在当今的形势下，一旦发生了冲突与战争，光有这些已远远不够了。军队今后的发展要靠智慧，要靠各种先进的技术设备，要靠建立起的各类指挥自动化系统。自上而下逐级展开，左右相互贯通，统一指挥，协同作战，构成一个有机的整体。这样，才具有较强的生存与适应能力，才能打胜仗，这才是中国军队，才叫中国人民解放军！

部长的话响亮有力，掷地有声，拨动了在场每个人的心弦。接着，噼啪的掌声响个不停，热烈的掌声，为刚刚起步的“军队自动化指挥系统的建设”浓浓地增添了一笔。

就这样，我军旅生涯中最刻骨铭心的第一次研究室全体人员会议，在一片掌声中结束了，我默默无语地在记录本上写上落款日期：1979 年 8 月 27 日/周一/下午。

“1979 年 8 月 27 日”，在别人看来，只不过是一组数字，一个时间的定格而已，但对我来讲，却意义深远。因为从这“时点”起，我的命运将有可能随它而改变，准确地说，有可能提干而成为一名解放军军官。当然，人生当中，所有的输和赢，都是人生经历的偶然和必然，没有一个人能拍着胸脯说自己从没输给过困难和挫折，但有人会拍着胸脯说我能够重新站起来再与困难抗衡。只要以恒心和毅力跨越困难，胜利就在前方。也许荆棘丛生，也许风雨兼程，然而，只要锲而不舍，定能达到自己想要的目标。

战国时期的苏秦，不也是如此？当他在一个“妻不以我为夫，嫂不以我为叔，父母不以我为子”的环境下，硬是当上了六国的宰相。与别人在一样的环境下，不同的是，他选择了坚持。跨越了无数困难后总会有一片属于自己的天地。他在挫折面前从未屈服，他只有迈出前进的步伐才能化险为夷。

其实人生就是不停地跨越，跨越高山、跨越一切、跨越自我。在不断跨越的同时，也在不断超越，不断追赶。即使英雄迟暮，也要放下以前的辉煌追赶现在；即使落在最后，也要驰而不息；即使有无数困难，也要跨越巅峰。等到自己到了胜利的终点，再回过头来，就会发现自己跨越了多少荆棘，多少困难，多少泥泞的道路。蓦然回首，才知道自己跨越了多少难关，但成功只是一个逗号，最高的山，永远在自己的心中，只有不断跨越，不断追赶，才能超越真正的自我。

正如鲁迅说过的那样：不耻最后，即使慢，驰而不息，纵会落后，纵会失败，但一定可以达到他所向往的目标。

二十六

自从前天下午的那次会议后，我的身份悄悄地发生了变化，的确就像雨后的一道彩虹，让人生瞬间变得光彩夺目。由战士转换为学员，学习期限两年，全脱产。让一个离开校门达三年之久的多梦青年，又走进了一个新的驿站。

几年的艰辛酸苦、汗水泪水，终于换来了这样一个难得的机会。

前世今生，似乎是命里注定我能上大学。

当然，没有泥土就不会有大地，没有组织的栽培哪会有今天的我呢？

在十五名学员当中，我不仅年龄最小，而且兵龄最短，才八个多月。其他人不是1977年入伍的兵，就是1976年入伍的兵。其中，1976年的兵调进的人数最多，要占到总人数的一半。同时部里领导为了能给我们营造一个良好的外部环境，让我们静下心来潜心学习，认真读书，在人手十分紧缺的情况下，还派驻了两名年龄不足三十岁的军官与我们常年同步、同行，跟班走，对我们的生活、学习等全方位、多层面实施管理、服务与帮助。

派驻的两人，一人叫王庆平，另一位叫赵南阳，我们大家都习惯称呼他们二人为“教员”。他们俩的职称均为助理工程师，其职级也都是正连职。这还不算巧合，更碰巧的是，他们二人竟然都毕业于解放军国防科技大学，毕业后又同工作于二炮，并且今天又同时调进研究室工作。不同的是所学专业有所侧重，王教员偏重于计算机软件，赵教员则偏重于计算机硬件。

就此，一支由全区各大兵种组成的“学员班”于昨日上午正式搭建完毕。

由此，我便可俯下身子，走好地上的路。地上的路，不再是虚无缥缈的天堂之路，而是结结实实的求学之路。

第二天，早饭后，我回到了住所，准备一下上午要用的学习资料。我前脚刚跨进宿舍，后脚班长就跟了进来，他是来转达领导指示的。他用手做了一个姿势，示意让我出来一下，于是，我顺他其后，便走出了楼厅，站在楼前的那条路上。只见他转过身去，面朝正北，用手指了指前面的那排平房。

“经过部里领导与多方沟通、协商，决定从今天起，我们的学习场所就搬到那排平房的西侧。你看到了，就是平房中间过道的西侧，那两间。”班长认真讲道。

“我知道了。那排平房好像是司令部电影队的。”

“是的，据讲西侧的那两间房子是空着的。”

“噢!”我点点头。

“请你再通知一下其他几个人，叫他们准点到达教室，好像今天王教员要给我们讲什么事。”他临走前，继续吩咐道。

我望着眼前只有八分钟路程的那排平房，在阳光的映衬之下，总有一道风景，让人驻足。清晰可见的轮廓，在蓬勃舒展的树木拥抱下，静静地躺在大地的怀抱之中，仿佛就是一幅被缩小了的版画，使入目的秋色，透露出一种宁静的美、自然的美。就这般，我的目光被轻而易举地虏获了，那根心弦也被拨动了……辗转而过，在不经意间，我又一次感到了一抹清凉已拂过我的发梢，秋！淡淡地又来了。

由于时间的关系，我转身回到宿舍，刚好同住的三位战友也都回来了，于是，我把班长所说的那些"口信"又原封不动地做了传达。

其实，这间教室十分简陋，原来只是供机关战士阅读、看书的地方，就是个阅览室。虽然其硬件条件根本无法与办公区域中的那些房子相比，但其空间却视野开阔，使人感觉明快、敞亮。作为教室，学员的学习园地，的确是个理想的地方，不错的场所。因为这间教室的对门就是乒乓球活动室，跨出大门，就是一个标准的篮球场。再往前走，就是一片宽广、迷人、新奇的绿色广场。放眼望去，太阳光散发出一缕缕轻柔的光晕，把整个天空渲染成蔚蓝色。而四边，绿得深邃、树干笔直的梧桐树撑起一片蓝天，护卫一片土地，奉献一生绿意，似乎让人觉得生命在它的身上是如此的执着，青春在它的身上是如此的热烈，它的坚定与坚强足以给人信心……欣赏之后，让你不难发现，它不仅是一座军人、家属的露天电影院，而且又是一个军人的足球场……这样的场所、这样的美景，谁不心怀希望、快乐学习呢?

来到教室后，我们都静静地坐在自己的座位上。有的埋着头在看书，有的动着笔在做练习题，有的昂着头，目视前方，在寻思什么，也有的好像就在等待教员的到来……

王教员与赵教员非常准时，八点整就到了教室。两人轮番给我们讲了近一个小时的话。我听后，虽然那些条条框框没有什么新意，但它管用，具有可操作性。事实上，两位教员所讲的这些条款与规定，自那天报到后，领导在不同场合、不同会议上也都提过，但那都是些零零碎碎的要求，并不成文，不像今天这样系统、清晰、明了。

今天，两位教员的讲话不仅语气深沉，而且措辞也严厉。确实听后，使人回味无穷。有些条款让人高兴又充满向往，但也有些条款让人担心，甚至一不留神就会被淘汰出局。那其中蕴含的含义与厚重足够让人细细咀嚼与消化，从字里行间也真切地感受到有一种火热的气息！

事实上，我们的学习时间说是两年，全脱产，但与全日制的在校大学生相比，却又有差异。因为我们学习的专业、课程与内容都是根据目前研究室的工作所需而确立与设置的。其一，要将本科生四年的课程在两年内修完；其二，培训采用松散与跳跃的方式进行。把我们十五人分成四个组，分别到南京大学、南京理工大学、华东水利学院、解放军通信工程学校等四所高校跟班学习。所谓的“跟班”就是依据工作需要，实行跨届数选择专业课程作为我们学习的内容；其三，规定我们不能住校，说穿了，就是走读，早晚必归；其四，如果遇到没有课或其他无关紧要任务的，必须一律回到单位来，在规定的教室里自学、做作业。除此之外，还有一条，就是“不管是谁，只要期终考试有一门成绩不及格（不许参加补考），即退回原单位工作。全部合格者即提干，成为一名正式的研究人员。”

我怎么也不会忘记，当时听到这条规定时，手中的那支笔不由自主地掉到本子上，深深地叹了口气，“看来，这之前的传说，今天终究有文，成规则了！”有点蒙的我，虽然这几天来，对此类的信息有所耳闻，思想上、心理上也有所准备，同时也不止一次地告诫过自己：机会难得呀！必须好好学习。虽然看似决心很大，信心很足，但还是心神不定，毕竟我毕业于那个无须学习的特殊年代……

1976年6月，我从一所乡办农村高中毕业，回到了农村，成为一名所谓的“回乡知识青年”。虽然手中也有张高中毕业的文凭，但那个时代赋予我们这群人的知识，特别是一名高中毕业生应当掌握的那些东西太少了，净学了些过于强调“联系实际”的“三机一泵”的课程。高中两年，光开门办学的时间就达一年之久，物理、化学所涉及的内容微乎甚微，甚至连数学也不教书本上应学的内容，而是只学“优选法”……由此可见，论我的文化基础、根底与水平，淘汰是必然的，所以心中有那些想法与顾虑是很正常的。

但有一点值得欣慰，就在我高中毕业的第二年，经小队群众推荐，大队党支部的同意，报公社教委审核、批准，我被招为正式的初中民办代课教师。在执教的那段岁月里，我如沐春风，如鱼得水，在完成教学任务的同时，对高中的“数理化”课程内容进行了自学、补修以及参加各类课程的培训班。再加上入伍后，部队又十分注重战士文化水平与素养的提高，继而使我的文化课水平在原有的基础上有了长足的提升和进步，不仅效果明显，而且基础知识日趋扎实。

因为我深深懂得，古往今来，勤苦读书总是生命的必须，总是揭秘的魔镜，也总是让弱者获得信心和勇气……说到底，书与知识，是“精神的巢穴，生命的禅床”！

转眼间那段难忘的旧时光，虽然从掌心滑过，但无论时光怎么走法，我都会一如既往地用勤奋、智慧与耕作去让那颗纠结又不安的心，变得更加淡定、自然与轻松；用实际行动去证明自己是好样的，也是最棒的；用自己的双手创造出无愧于时代、无愧于历史、无愧于军队、无愧于领导的新业绩，努力谱写人生的新篇章。

二十七

时光总是无语，一直健步如飞地驰骋着，在不经意间就流过了我们的生命。

那年的 8 月 30 日，刚好是我们来到新单位的第七天，整整一周！虽然部里领导并没有明确指示和过硬的规定，要我们把学习生活安排得满满当当、扎扎实实，但我们十五名学员都十分自觉，从严要求，自我加压，几乎每天如此，工作地点就是“三点一线”：宿舍——教室——饭堂；工作任务，除了学习，还是学习。这对于一个刚刚从基层连队“玩”武上来的兵，与其说是一种岗位职责的调整，“兵”与“官”的变迁，倒不如说是一种“武”与“文”的更替和“动”与“静”的考验。面对这份全新而又富有挑战性的工作，我们良好的表现与行动的自觉，在这里得到了显露与证实，也许这就是军人的一种素质，一种蓬勃向上的气势和一种永不言败的追求。

俗话说：书到迷处不知累。由于来到这里后，没有缠身枯燥而又艰苦的训练，自然就没有了烦恼，也没了惯常的浮躁，心也静了，神也定了。一连数日，白天，我除吃饭和上厕所外就一头扎在教室里，看书、复习、做题或与其他战友讨论难点、疑点，相互帮助、共同提高……晚上，更是如此，吃过晚饭后，就只身来到学习室，继续拿出白天的资料内容专注地看起来，直至感到脖子酸了，才放下手中的书或笔，揉一揉疲倦犯困的眼睛，这才知道快到夜里十一点钟了，这一习惯似乎不知不觉地成了我每天学习生活的必备信号和规律，伴随着我。

初秋的南京，夜色特别迷人。那晴朗的天空像一匹柔软光滑的蓝色绸缎，如眉的新月印在蔚蓝的天上，似珠的星星稀疏散布在它的四周，星月互映，相映成辉。那天上的月亮是那么皎洁、那么温柔，真像美丽大方的仙女……特别让人感到惬意的是，当我迈出教室时，那股秋天的微风，凉丝丝，轻悄悄，扑面而来，拂过我的脸颊，透彻我的心底。那一刹那，我的那些朦胧的睡意竟被冲洗得一干二净。

我抬头仰望，大片的云彩环绕着清澈的天空，前两天的雨将这天空洗得清澈透明了，似乎正如这透彻的凉爽，让人舒服、愉悦。

路的两旁，法桐在夜色的笼罩之中，那枫叶却难免在灯光下透出和白天别样的深邃，我喜欢这种感觉，就像家乡一样，苏中里下河的秋。此刻的我，又处于兴奋之中，满眼的岑寂，满心的高兴，虽然如此，但还是不得不赶紧回到宿舍躺下，等待子夜的到来。明天，醒来的时候，又会是一个美丽的白天！

虽然我知道“学海无涯苦作舟”，求学之路有艰辛、有坎坷，却如何也抵制不住对它的向往。

我离开校门也有好几年了，但这几天来，通过对数学、物理等课程内容的复习与回望，又找回了当年学生时期的那种感觉、那种自信和那种底气，对渴望学好大学的基础与专业课程又拥有了那股热情和别样的韧劲……当然，学习于我而言，路途依然遥远，但心若在，梦就在；路在心中，路更在脚下。千里之行始于足下，只要我的脚步够踏实，信念够坚定，纵然前方路途坎坷、曲折，我也能够让自己的陌路开花，一路芬芳……

如此常态的我们，每天都坚守在这块学习的高地上。

记得那天，大概是上午十点钟的时候，我正和另外两位战友在一起讨论一道数学题如何求解。我刚好抬起头，只见王教员急匆匆地来到班里，他代表部里领导当场给我们宣布了一个振奋人心的消息。放假一周，让我们回家探亲。但有一条硬性规定，不管是什么时间回来，都得在下个月的 9 号前归队。就在王教员话语刚落下的那一瞬间，教室里立即爆发出雷鸣般的掌声——此刻，我本能地体味到这掌声的深刻内涵，它是一个兵对领导感谢的诚挚表达，也是一种真诚的流露，更是一种对明智之举的呐喊与认可，说明了官与兵心连心，官兵间亲如一家人的那种真情。

面对这突如其来的好消息，我整个人都愣了，觉得好像在做梦似的，就是一种幻觉，一种游离，一种遐思，似乎不敢相信自己的听力。然而，这种难得一见的好事居然让我碰上了，我真是三生有幸！因为部队有规定，“满三年军龄，方可探亲”。而我呢？军龄还不足九个月。一想到这些，我的情绪一下子兴奋了！那种谢意与温暖之感立马在周身的血液中涌动、加快、升温。虽然我离开家乡、亲人才八个月多一点，但对他们的那种思念却无所不在……

我的父亲出生在一个贫寒的家庭，在爷爷八岁时，太爷就撒手人寰，先天失明的奶奶艰难地拉扯着只有几岁的兄妹仨，作为长兄，我的爷爷用稚嫩的双肩过早地挑起家庭的重担。上帝为你关上一扇门，但总会为你打开一扇窗。爷爷虽一无所有，但他凭借着从小练就的吃苦耐劳、憨厚善良博得了聪慧睿智、开朗大方、堪称大家闺秀的奶奶的芳心。我的奶奶宽厚仁慈，作为长嫂，在两个小姑子出嫁时，她把自己的嫁妆分为两份给她们作了陪嫁，至今传为佳话。家境的苦寒清贫，父母的潜移默化，让我的父亲从小就变得刚强执着，好学善思，他深知知识可以改变命运，学习成绩总是名列前茅。初中毕业的他本可以如愿来到梦寐以求的如皋中学，但作为长子长兄，他想早点替父母分担，替弟妹解忧，于是毅然决然选择了免费的如皋师范，毕业后来到海安，成为一名光荣的人民教师。

父亲的勤奋与能干，可见一斑。父亲从执教的那天起，不管是干什么工作，从事哪个职业，都是尽心尽职，扎扎实实，任劳任怨。他的为人，他的执着，他的业绩赢得了群众的拥护和组织的信任，现在已是一名公社党委书记了。

而我的母亲呢，她是一位典型的贤妻良母，很平凡。从我记事起，母亲就从未停止过忙碌，注定要在辛苦和劳作中度过一生。

起初，由于父亲在外地工作，身在农村的她，每天除了去队里参加劳动、挣工分外，还得忙家务、种自留地、养护我们兄妹仨……虽然日子苦得如大山般的沉重，压得母亲喘不过气来，但她却没有半句的怨言，总是默默地忍受着，犹如一头埋头苦干的老黄牛，任劳任怨。

任劳任怨一般都是连用，但事实上，任劳也许不难，而能够任怨却不易。母亲干农活任劳任怨，做家务任劳任怨，年轻时任劳任怨，到了现在，在厂里工作还是任劳任怨。

母亲为了能给这个家庭增加一点点收入，长年累月利用晚上的时间，在灯光下，低着头，佝偻着身子，周而复始，轻轻地飞舞着手中的那支不足十六厘米长且纤细的钩针。千千线万万针，缠过来又缠过去。一坐就到深夜，如果遇到产品的期限极短时，那一坐就可能是个通夜呀。虽然一件件五彩斑斓的马甲、短袖、长袖、披肩、小包、帽子等钩针工艺品，从母亲的巧手中诞生了，但它的价格太低廉了，所挣来的收入，根本无法满足家庭基本的生活需求。

久而久之，这样的艰苦生活不仅造就了母亲善良、勤劳、真实与节俭的品质，而且她对我们仨更是呵护有加、关怀备至。是她用忠诚与乳汁，用永恒与无私奉献的爱，把我们紧紧地拉在手上，源源不断地提供着营养与水分，一同与我们穿越春天和煦的阳光、夏日呛人的炎潮以及共享秋季丰收的硕果和驻足寒冬里银装素裹的美景。四季交替，年轮滚转，母亲每时每刻都用伟大的爱，尽心尽力地在每一个日子里吐纳芳菲，让我们仨安康、舒畅……

这就是一个妇女最本质的财富，也是一个民族最基本的财富。我引以为荣。

作为儿子，我，永远都会记住。

“爸、妈，我马上就要回家，看望你们来了！”我嘴里喃喃着。

我赶忙收回思绪，着手考虑探亲一事。一是准备去长途汽车站买票，最好是明天的车票；二是给父亲打个电话，告知我要回家探亲；三是有时间上街给家人买点好吃的。

于是，我和大家一样，收拾完桌上的课本、资料等，便回到了住处，为启程回家做准备。

因此，一个远离他乡、身在祖国东南军营中的那个兵，又撩拨起心中的那种渴望和期盼——回家！因为他深知：家是温馨的港湾，家是故乡亲人对你的呼唤；家是至爱双亲期盼的双眼，是家乡的亲人对远方亲人的惦念；家是甜蜜的幸福，是心灵的乐土；家是漂泊累了，停泊休憩的海岸线；家是远走他乡时，心里永恒的梦想和挂牵……那急切的心意如春草般在心间惶惶疯长的他，早已飞回了地处苏中平原的故乡……

二十八

车票买好了，是翌日早上的六点二十分发车。电话也打过了，是父亲接的。吃的东西几乎也购全了，都是南京的土特产……想到的、应办的，全齐了。

第二天一大早，我背上行囊告别了军营，来到了南京长途客运站。汽车在一声鸣笛声中，那轮子有节奏地由慢到快，驶出了站口。我放下手中行李后，便在自己的座位上坐了下来，而跟随着车轮的疾驰，走上回老家探亲的路途……

我坐在座位上，靠着椅背，望着不够明亮的窗外，不时地有近处的灯光和远处的楼房灯光闪过……渐渐的，东方露出鱼肚白，几颗星星在晴朗的天空中慢慢不见了。那灰白色的天空中泛起了粉红色的霞光，而且颜色越来越浓，由橘黄色变成淡红色，又由淡红色变成粉色，一会儿红彤彤，一会儿金灿灿，还有半紫黄的颜色，还有些说也说不出，见也没见过的色彩，真是五彩缤纷！虽然我高兴得几乎一夜没有合眼，但面对这美景，我却不知疲倦，不感困乏。相反的，那颗心早已飞向了生我、养我，让我想念、让我眷顾和魂牵梦萦的家乡，苏中平原的那个小村。特别是曾经和我朝夕相处的那幢青瓦房，我对它有一种无法割舍的情感……

提起那幢青瓦房，它凝聚着长辈太多的汗水与智慧，是父母亲省吃俭用，用双手筑起的幸福花园，也是我高中毕业后，共度艰难人生的第一站，更是伴随我梦飞的起源地、自强不息的精神大厦。

我不是当地人，老家在如东农村，就在高中毕业的前一年，我们一家人的户口才被迁移到父亲工作的所在地。本应接着建房、安家，可是，因家里的经济状况不好，一时根本无力支撑这笔不小的开支。因此，父母考虑再三，建房之事必须向后顺延，就这样被搁浅了。于是，我毕业后，只能暂住于别人的家中。

时隔半年，到了 1977 年的春天，在父亲精心准备与策划之下，建房计划终于如愿实施。

开工的那天，热闹非常，人来人往。有瓦工、木工、电工；有帮助挑砖、运水泥的、搬木头的……那笑语声、号子声、电动声交集成一曲喜气洋洋的圆舞曲，悠扬、动听！处处洋溢着一派忙碌而又欢快的景象。

如此的场景，与当地人的风俗习惯有关。

据说，一直以来，不管遇到谁家建房，还是哪家盖猪舍、挖粪池或其他什么，全队人都会群策群力，鼎力相助，每户至少出一个劳力，分批过来帮忙，当下手、做小工。当然，也不需要给当事人报酬，只要把吃的问题解决了就行。

按照双方的口头协议，建房工期只需要二十天左右的时间，便能完成从打屋基、砌墙、盖顶，到室内外的简单装修。一幢四间半的小瓦平房终于竖了起来，我也由此告别了寄人篱下的生活，有了自己真正的家。

有个细节，我至今都清楚地记得……

就在房子收工的当天，我的父母亲用了一天的时间，把屋中、屋前、屋后的建筑垃圾全部利索地处置完毕。那时的二老已是汗流浃背，挥汗如雨，整个脸庞都是黑乎乎、脏兮兮的，剩下的只有那对眼皮还在不停地眨着。他们俩的那种姿势、动作与神态，让人一看，就觉得他们累得不行了，那两条大腿似乎支撑不住人的整个身躯。按常理，他们俩应该休息一会儿，毕竟忙了近一个月，太累了。可还是那句老话说得好：人逢喜事精神爽。两人一忙完手上的活，便又马不停蹄地把每间房光顾了一遍，然后他们俩又绕着新屋的四周来回走了几趟。边走着，边说着，边笑着，有时笑得都合不拢口。这也是我有生以来，第一次洞见他们二老有如此的亢奋心情。因为：

这是他们用心血和汗水写就的作品，每一粒文字和标点，都是父母最感人的诗行！

这是他们用风雨和阳光绘就的画册，每一页青砖与瓦片，都是父母最美丽的画面！

在新房落成后的第三天，父亲为了美化、点缀这幢青瓦房，从花卉苗木市场上，买来了多种具有观赏价值的小树苗和花木。我的父亲他不仅是个文人，而且还是个基层的领导干部，脑子灵活、好用，做事认真、细致、到位。他把买来的小苗分门别类地摆到要栽插的地方，然后再一个一个地挖坑、施肥、放苗、填土、浇水。当把最后三棵小树苗种在后院的两旁时，我的父亲好像突然想起了什么似的，连忙放下手中的工具，把我们兄妹仨招呼到一起。片刻后，只见他伸出右手，用手指着前方。

“这三棵小树呀，是我刚刚栽下的，就好比你们三人。往后呢，就看谁长得快，长得好，长得高，最后长成材……”父亲这段回味无穷的话，就像一首隽永的小诗，深藏在我的心底，足以用一生来品尝。

就在太阳与地平线在西方一颤再一颤地亲吻着的时候，忙了一天的父亲，准备收工了。他直起腰来，抹了抹额头上的汗，拍了拍身上的尘土。就在那一瞬间，我的父亲在夕照下，让我第一次捕捉到并发现那张有棱有角的脸竟变得越来越苍老，头顶上的头发也逐渐稀拉了。不知为什么，我心里突然一阵心酸，有一种难过的感觉，真的……也许就是在这个傍晚，我才第一次读懂了一个真正的男人，不光要有父爱，更重要的是肩上的那种责任，因为这种责任是永久的、不变的，更是沉甸甸的。

就这样，我的父母为了儿女，为了我们兄妹仨，终于建起了房，也算松了一大口气。他们的心也算是落了拍、定了根。

从那以后，

因为有了家，时刻才感到温馨；

因为有了房，才能到达彼岸；

因为有了灯，黑夜才不会茫然……我和她——那幢青瓦房，彼此为伴，如影随形，共同走过了短暂的两年。

在去年，就是我走的那天，那一幕就像发生在昨天似的。

12 月 24 日，是我出征前往部队的日子，我收拾完行李后，便出门来到和我一起共同度过时光的那幢青瓦房前，走走停停、停停走走，足足有二十分钟，那两只脚就像被磁铁吸引住似的，总是迈不开、走不出，不愿离开那幢青瓦房。其实我明白，那是人生的一种感情境界——留恋与不舍，也是人们生活的一种真谛与归属。毕竟这幢青瓦房给了我自由自在和安逸舒适的生存空间。

伴着那一声熟悉的刹车声，汽车终于驶进县城的车站，缓缓停在停车区，乘客纷纷拿着行李开始下车的一刹那，我也如释重负般的长出了一口气，啊！终于到站了，近八个小时疲惫的行程也终于结束了，离开八个月之久的海安，我又回来了。

下了车，随着人流走出车站。我放下手中的行李，只见等待在出口处的家人，我的弟弟和我的妹妹在不停地向我招着手，嘴里还在喊着……于是，我坐上了弟弟的自行车，沿着宽广的沙石路，向着还有十五公里路程的那个圆点，我的家乡驶去。

二十九

初秋的午后，大朵的白云，徜徉在蓝色的天空，而边沿上散射出那许多细细的光束，携带着浓浓的暖意，照耀着白茫茫的大地，让乡村的每一个角落、每一粒尘埃都感到和煦与惬意。就在踏入家乡的这一刻，我感到很庆幸，还有这么一段可供我休闲的午后时光，让曾经的思念与忧愁，烦恼与不安，在这温润如玉的光阴中，化作片片碎玉，随风而逝……我在想，倘若在我们的生命中，时刻都能与阳光和爱并行的话，那该是多么的美好啊！

回家的感觉真好！想什么有什么，要什么给什么，连老天爷都能看出我的心思，让我们兄妹三人行走在这铺天盖地的阳光中，如泡温泉，暖暖的，舒坦至极，而且，这种舒坦极具渗透力，无须多久，温暖就会从皮肤毛孔抵达生命的深处。就这样，近一小时的路程，不知不觉我的家乡已慢慢地清晰在我的视野之内，这不就是我日夜思念的红星大队第六生产队吗？

坐在弟弟自行车上的我，老远地就看见我的父亲和母亲在那幢青瓦房前徘徊与等待着。兴许是血缘关系的原因吧，儿女在他们心中都有别于他人孩子所不具备的一些气质特征，所以，当我们看到他们的时候，他们俩的手已经在空中不停地挥舞与招呼着，示意着自己的儿女回来了，将要回到这个温馨的家，共享天伦之乐。

拐弯走至村口，老远就见到几个小孩天真地跑来跑去，嬉戏游玩。在田间劳作的社员，谈笑风生，个个喜悦之情溢于言表。

“来人啦，来人啦!”随着几个小孩清脆的喊叫声，我一下子进入到了乡亲们的视野里，而此时，我却发现他们的谈笑举止，在瞬间，忽然被凝固了，双眼发瓷地望着这个远方而来的“异乡客人”！好大一阵子工夫，当我越来越接近他们时，才清楚听到“那个穿着军装的是晓明吧，一定是他回来了”。这时，大家都直起腰来，纷纷放下手中的劳动工具，似乎都用疑惑的目光打量着我，从他们的神态和目光中，我能判断出，有一大部分人认出了我是谁。于是，我驻足下来，向大家挥手致意。

“晚上都来我家玩啊!”我大声地喊道。

再左拐，便到了家门口，终于到家了。我望着站在门前等候了多时的父母亲，他们兴高采烈地向我走来的时候，又勾起我去年离家的情景……

离家那天，正好在大前天下了一场中雪，到处是白皑皑的一片，我的心也跟着失去了颜色，像雪一样冰冷！舍不得……舍不得曾经留下过欢笑和泪水的家乡，舍不得曾经留下懵懂和幻想的地方，舍不得这个茫茫世界唯一熟悉的地方，更舍不得妈妈的怀抱！更不敢去想我即将离开前父亲的沉默，妈妈强忍眼泪的表情!

“妈爸我走了。”

当我说着说着，喉咙哽咽，泪水纷纷落下！我怕眼泪来得太快，便转过头去，拖着破碎的心迈出了家门。没想到还是被母亲那低沉的哭泣声，止住了我的脚步。而此刻，满是心痛的我，还是忍不住回过身来，看了看妈妈一眼，她哭得像个孩子似的，满脸奔流着泪水，站在那儿，一动不动地望着我……我不敢再停留，便故作坚强，不回头，就这样离开了家，离开了家乡！在前往新兵营集中的路上，我哭了，哭得很伤心，因为我一想到就要只身远离父母而去，就像失去了一个宝贝似的，心如刀割！

到了集中地，就在我要和双亲分别的那一刹那，我的父亲轻轻地拉着的手，送给我一段离别赠言，我至今都记忆犹新。

“儿子，既然你选择了当兵，就要当个好兵。要记住，从走进坦克部队那一刻起，就得好好学习，努力地工作，要对得起肩上所担负的责任。”父亲停了停，好像有些上气不接下气似的。

“儿子，你就要走了，爸爸这辈子没有什么好送给你的，只能给你两个字：坚持，知道吗，坚持!”这番意味深长的话至今一直深深地藏在我的心里。从那往后，“坚持”成了我成长道路上的坐标，做事的方向。我坚信，坚持就是胜利……爸、妈，那个天真孝顺的孩子，真的回来了。

站在他们面前的我，放下手中的行李，便一一地向二老问候。我的妈妈喜笑颜开地迎了上去，接过我手中的那只挎包，拉着我的手仔细地打量了又打量，虽然好久都没有说出话来，但母亲内心的那份快乐，那份任何时候都未曾放下的惦记、思念、亲情，我还是能感觉到的。毕竟我这一别也有近九个月了，“儿行千里母担忧”！在一旁的父亲，依然保持着他那斯文、沉稳与大度的习惯，站在那儿一言不发，只是看着我们母子俩，笑嘻嘻的，虽然还未能有机会插得上话，但我却能看得出，他的脸上早就写上了自豪的字样与光彩，因为他知道，站在面前的儿子到部队去是很努力的，在短短的几个月内就能有所作为，并且离提干只有一步之遥！于是，我随即从挎包中掏出一包香烟递给了我的父亲，他点了点头，又是一笑。

简单的聊天后，由于回来走的都是沙石公路，一路尘土飞扬，弄得我们兄妹仨满脸都是灰尘。站在身旁的父亲却不耐烦地催着我们，用手指着事先放在长凳上的脸盆，意思是让我们过去先洗把脸再说。

一股浓浓的亲情，让我一回到家就真切地感到了。我的直觉也告诉我，这两天来，我的父母亲，他们肯定为我的归来而忙得不可开交。那房前、房中都打扫得干干净净；桌上摆的、锅里煮的，全是我喜欢吃的……这一切的一切我都看在眼里，记在心间。

就在母亲手上的活还没有干完时，她好像又突然想起了什么似的，只见她立马跑到外边将晒在铁丝上的棉被、褥垫收了下来，为我的起居做准备。我的母亲还是那样，为了我们，为了这个家，犹如一头默默无闻的老黄牛日夜地辛苦劳作，忙碌不休，用她那瘦弱的身躯支撑着家中一切的活，但我的母亲她从来没有一句怨言，没有半句性急的话语挂在嘴上，相反的心里却总是乐滋滋的。

被褥在太阳光下里外晒个通透，在拿进来之前，母亲要用手掌在被面或被里上“嘭嘭、嘭嘭……”地敲捶几下，让棉絮在保持现有的干燥下，致使棉被更加膨胀与更加松软，充满空气，让你睡得更香甜。至于什么时间收回被褥，我的母亲很讲究，有自己的主见与规定，并且拿捏得很准，这一点，我们做儿女的都知晓。暖和、热乎乎的被褥被母亲抱进房间里，忙着为我铺床、铺盖。

“我自己来吧，我能行的。”跟随在母亲后边的我，连忙对她说道。

“今天不行，你刚回来，这一路又乘了好几个小时汽车，太辛苦了，你还是看着吧。”母亲边铺着，嘴里边说着。这一拉话匣，便是滔滔不绝，有说有笑。那种甜蜜与幸福之感，一下子满布了我的每个神经末梢，能和自己的亲人在一起真是太快乐了！

母亲的铺床动作很老到，很细心，也很完美，连每一条皱褶、每一个角落都不会放过。她跪在我的床上，不是抻抻被头、扯扯被角，就是抖抖床单、折折单边，一会儿那床单变得平展光滑，轻轻地卧于褥垫之上。站在一旁的我，除了看着母亲之外，更多的是享受那种母爱。母亲就是我的天，就是我的整个世界。

铺完后，母亲便得意地走了过来。

“明儿，保你今天晚上睡个安稳、舒适的觉。”

睡在母亲给我铺的被窝里，我的感觉不仅在于这棉被、垫子有多么的松松软软、舒舒服服，更重要的是因为母亲的爱让我感到无比温暖。

其实，对于儿女，我的父母亲，他们也没有太多的希冀，只是希望我们有理想、有抱负，我能提干，将农村户口换成城镇户口就行了。否则，他们也不想让我远离他们的视线，远离家的温暖，变得像远山的云，越飘越远……天下的父母，有谁不希望自己的儿女永远在身边依臂绕膝和在跟前没完没了地问这问那呢!

天渐渐地暗了下来，我和母亲一起进了厨房。父亲正抱着锅膛草，向灶后走去，而母亲在桌前又拿起了菜刀，“咚咚咚咚……”响个不停。不一会儿，那熟悉的锅中油炸声、摩擦声、撞击声、炒菜声以及灶膛中的“吱吱”声和加水声……又一次进入了我的耳边，此起彼伏，就像那长长的五线谱一样，在屋中旋转、翻滚、荡漾着。

我看着看着，不由自主又想起了天真烂漫的童年，那清纯无瑕的岁月。

小时候，家庭人口多，日子清苦，缺吃少穿，但母亲为了让我们吃饱、吃好，每天对饭菜都变换着花样，就连那难以下咽的榆树叶，母亲也能做出花样来。玉米饭中掺点大白菜，白开水中倒点酱油……母亲总是想尽办法把饭菜弄好，让我们吃好。那时感觉母亲很神奇，不论做什么饭和菜总是很好吃。看着母亲炒菜时从油瓶子里往外滴几滴，生怕滴多了，感觉母亲有点吝啬，孩提时不懂母亲的心，不懂宁可顿顿缺，不可一顿无的道理。那个年代，很多家庭有青黄不接、饿肚子的时候，但由于母亲的聪明和精打细算，我们从小没挨过饿。

有一次，母亲买了一块肥猪肉，为了多吃几次，炼了油存在罐子里，炒菜时用筷子戳上一点点，炒出的菜味道特香，我吃不够母亲做的菜。闻着罐里的荤油散发出诱人的香味，趁母亲不在意就去偷吃罐里的油渣，那香，至今留在心间……久而久之，不管是处于儿时，还是长大后直至参军前，一日三餐虽然都是粗茶淡饭，没有饭店里的那么丰盛，但比饭店的饭菜都香，无论谁都烹制不出母亲饭菜的那种味道。要知道，用心做的饭与用情做的菜能一样吗？饭菜不是工艺的差异，只是味觉的不同，而味觉这东西，是不好用语言表述的，只有吃了才知道……

晚餐马上就要开始了。我望着母亲亲手精心烹饪的晚餐——满满一桌菜，我垂涎欲滴。好幸福！全家人又一次相聚在这青瓦房中，让我从饮食中再次品尝着什么叫亲人的爱，什么是回家的温暖！

三十

探亲期还有两三天就要结束了，我在家没有认真待几天，没有陪父母几天，几乎天天都有同学、老友要么来我家坐坐，要么请我去他家吃饭，聊聊在外面工作的情况，拉拉家常、叙叙旧！凑巧今天上午，我刚迈出家门不久，便碰见了一位朋友。我们是邻居，曾经同住一个屋檐下，一起出工劳动过。我俩之间的情谊称得上纯洁无瑕、亲密无间。因为我不是海安人，在高中毕业的那年，我便来到该队定居，但因没有自家住房，迫于无奈的父亲，不得不求助于当地张队长，在他的协调之下，我顺利地住进了他的家。在那时，真的解决了我家的燃眉之急。

一阵闲聊，他便热情地邀请我去趟他的家，我欣然答应了。于是，我们俩又一前一后，沿着那条再熟悉不过的小路，向东走去。当我走近那栋低矮陈旧、土墙草顶的农舍时，那刚来的情景，又出现在眼前……

毕业的那天，正值夏季，炎热中带着些许清凉，让人感觉不到那灼灼烈日的炙烤。我带着铺盖，骑着自行车，便来到了我不熟悉的落户地，成为一名回乡务农的知识青年。

从村口到住所地的那条路，不仅路面狭窄，而且路的中间都鼓出了丘陵状或高或低或软或硬的黄土埽来，让人能清晰地看出，因雨天人们的踩踏，而烙下散乱、错综的轻一脚、浅一脚、横一脚、竖一脚的足迹。如此之下，我只能下车，推着自行车，小心翼翼地向前移去。便来到了一栋极为普通的农家小屋，在门前不足四平方米的空地上，驻足而观。

眼前的这栋三间土坯草房，构建简易，门口小，墙壁都由熟土堆砌而成。它的周围没有任何遮挡和附属物，独守在农田之中。如果不是后面有排农民的居住区，不是远处传来猪、牛的吼叫声，几乎见不到什么人烟，这让这里平添了几分荒凉，几分寂寞与几分静穆。虽然这栋房子看似陈旧与寒酸，有种幽静与孤单之感，但有一点却让我很感兴趣，就是那屋檐下的一根根、一枝枝嫩弱而修长的丝瓜、扁豆藤蔓在竹篱间相互缠绕，攀援而上，爬满了整个竹篱笆。一片片绿掌似的叶子在竹篱的外面和上方招摇着，微风拂过，便如翻书似的飒飒作响。要不了多久，只要水分充足，它就会鲜活得很，叶子的根间就会伸出一个细长的蔓条，在顶端驻着一溜串耀眼色彩的花，笑迎阳光雨露，到那时这房子一定会被打扮得五彩缤纷，美丽动人。

片刻后，我从车上取下行李。母亲听到我的说话声，急忙从屋中走出，便迎了上去，接过我手中的一些东西，嘴里就开始唠叨着，好像我们娘俩多年没有见过面似的，话便是滔滔不绝，问这问那。母亲的言谈举止、行走动作明显一改往常，迥然不同，让人感到，今天母亲的心情似乎特别好，亢奋、高兴，好像一下子也年轻了许多，红光满面，神采奕奕，讲话有力。这兴许是我毕业的缘故吧！

紧接着，我随着母亲跨过门槛，将手中带回的行李放下。只见我的母亲转身从灶台上拿来只暖瓶，倒了一杯水放在我的面前，便指着桌边的那个长凳，示意让我坐下，好像有什么话要对我讲。

其实，就在我进门的一刹那，我已经看懂了，今后一段时间我将要和这套借来的住房，做“伴”，处“朋友”。

这套农宅，堂屋前后间距窄小，室内的摆设十分简单，而正屋中只有一张四方桌和高低不一的四张长凳。靠西北角处是用砖头砌成的两间土灶。正屋的东边一间房门上还挂着一把长锁，像是锁着，西边的一间是我的起居室，实际上只有两间归我使用。在目前这种状况下，能有这样的条件，在我眼中，算是不错了，说真的，我非常满意。

“儿子，这儿就是你暂住、吃、睡的地方。”母亲说道。

“当然，千好万好，总不如自己的家好!”母亲的语速慢了些。而此时我，还能说什么呢?只能笑嘻嘻地不停地向母亲点着头。

我的母亲为了我，为了我这个老大，一生吃苦受难让我认字、盼我读书，直至今天，无论我走到哪里，都走不出母亲那关心和期待的目光，她的那颗心还是始终放心不下。她老人家于昨天上午就来到这里，忙碌了整整两天。室内屋外的打扫，被子蚊帐的清洗，生活用水的储备，锅膛燃烧物的准备……虽然这里的一切都安顿好了，但眼前的她，却时不时地显出一种疲惫的样子，尤其是那两条腿像绑了沙袋似的，走起路来让人觉得沉重。

时间在流逝，黄昏渐渐来临。

然而，我的母亲在天黑之前，必须得赶回。因为那里还有我的父亲、弟弟、妹妹在等着她。在这个家庭中，所有的家务活，非她不可，没她还真不行，否则，这个家随时都可能乱成一锅难以下咽的粥。我的母亲为了赶时间，连忙收完带回的东西，拎着手包，跨出门槛，和我挥了挥手，就上路了。

这时，我才深深感受到母亲在我的生命里是多么的宝贵与重要！让我突然明白，母亲就是我心灵的栖息地，精神的疗养师，生命的捍卫者。没有她，我的一切将会变成什么状况，实在是不堪设想。

我伫立在门外的场地上，目送着母亲，盯着前方渐行渐远的身影，我丝毫没有想要回家的意思……天渐渐变黑了，夜幕挡住了我的视线。而我的眼睛却不知不觉地湿润了，本能地用手轻轻地抹去眼角的泪珠，回到家中。不知为什么，我好像一下子变得六神无主、孤立无助似的，深感到心跳在加快，血液在升温，自己已经置身于一种不同寻常的场景中。为了调整自己的心态，直接进了房间。屋内孤灯昏黄，灯光在屋子的四周留下了许多暗影，微微地感受到全身有些战栗。我蹲下身来，下意识地从包里拿出我喜欢的那几本书，放到床旁的桌子上。当还剩下最后一本书时，我突然从心底涌动出一种从未有过的静寂感，静得连窗外的麻雀在树上嬉闹的扇翅声都听得一清二楚。这墙、窗户、桌子与灯……围在四周都不出声地望着我，整个屋里好像都充满了冷静与压抑，让人窒息，使人难受。

大约到了晚上的八点钟，我的肚子开始“噜噜”的响个不停，这才意识到自己还没有吃晚饭。于是，我走出房门，来到了正屋，用开水泡了一碗中午剩下的饭，当作晚餐，简单地凑合了一顿。用完饭后，我仍然觉到身体不是太舒服，便做完家务，洗了洗，早早地就上了床，准备休息。

刚躺下不久，我忽然听到“咚、咚”两声敲门声，是谁呀？我赶忙拉亮电灯，下了地，去正屋将门闩拉开。那人带着一股晚凉的寒气，进了家门。来人正是这家的房东，他，中等身材，三十多岁，四方脸上嵌着一双不太大的眼睛，由于长期光照的辐射，皮肤显得黝黑而发亮。人看似老实、厚道，但说起话来，却铿锵有力，健谈，说话风趣，对有些问题的看法，颇有想法和见解。在交谈中让我得知，他是十年动乱前毕业的一名初中生，已有两个儿子，大儿子正在读小学……我们俩聊着聊着，差不多聊了一个多小时，渐渐地我们的说话声变低了、变轻了……

我送他出门后，又上了床。可是，让我百思不得其解：为什么有睡意，却又久久辗转不寐呢？这或许是因为刚才聊的时间长了，这或许是因为我第一次离开父母亲而开始独立生活，这或许是因为我对自己的前程感到迷茫，会不会这一辈子都扎根于这片土地……我越想越多，越想心越烦。于是，我干脆从床上一跃而起，走到门外，默默地依偎在夜的怀抱中。

朗朗的明月，遥遥地升挂在高高的天穹，发射出令人神往的奇幻，周围是一层淡淡的、黄黄的晕圈，几片轻轻薄薄的行云恰好遮住了半边朦胧的圆月，仿佛是一个含情脉脉的姑娘，刚刚露出俊俏的脸，便含羞地扯了一条白白的纱布，遮住半边红红的脸颊。忽而，我觉得那光在移动，在变化，顿时一轮金黄的圆月高高兴兴地从树丛里跳了出来，月亮向上一蹿一蹿的，像在跳着轻快的舞步。过了一会儿，便腾跃到天空中了，而她却没了。

我极目远眺，在深蓝的天空里，几颗星星拥着明月，而明月则像一个高贵的使者，有着非凡的气质和风度，凝视着大地，凝视着我。而我便目不转睛望着她，想等待、聆听她的话语，为我指点迷津。然而，不管时间怎样从手掌中滑过，那静静的夜空里，星光总是淡淡地闪烁着。整个空间，整个原野，看上去还是显得那么空灵、邃远，像旷古的神话，让人竟有了虚无缥缈的感觉。

我好想用含泪的目光和你对视，在温柔的月光里诉说着我想你和我的家人！让你用眼睛摄下我一片深情的相依；我好想把头埋在你的怀里，在柔和的月光里紧紧地抱在一起！把脸紧贴梦里，让一个男人的胸肌揉进脉脉的美丽的相依，给我生活的勇气与力量；我好想让自己化作一只飞蛾，带着心上的纸鸢静静地伴随着你，在苍茫的月光里穿梭！哪怕只是静静的片刻……而我却深深地知道，你不属于我，我也不属于你。你的生命里没有我停留的位置，我不乞求上苍制造出绝世的奇迹，只希望能允许我在有生的岁月里，在我疲惫与烦躁的时候，想到这个世界上还有你。让我知道，我并不孤独就行了。

月光是一种淡淡的甜，轻浥心尘。洒在大地上的月光，在寂静的月夜中，不时的或偶尔的犬吠声，听起来竟是那般和谐自然，更显出月夜的宁静与安详。在这如水的月色中，听着鸡犬相闻的声音，竟觉得是一种美妙的享受。那白日里喧嚣的烦恼，竟被这种散发着乡村生活的自然与真实的狗吠、鸡鸣声撵得无影无踪了，加上那细微的虫吟、哗哗的溪流、月夜的凉风，让我突然有所感悟，人在社会中，只有相互帮助与支持，相互付出与自身的耕耘，才能更加完善，才能更有利于自己的发展，有付出必然会有收获与回报……我，渐渐地被羽化了，变得身轻欲飞似的。就在此刻，我心中的那些所想所思的不解之谜，均被这如水的月光一一揭底与破解，所有的杂念也被涤荡得干干净净。

其实！生活中，美无处不在，那要看我们有没有发现美的能力和耐心了。

我的心情不觉大好起来，似乎有了种依靠感，心，慢慢平复和镇定。踩着那地面上洒下的细碎月光，情不自禁地哼起小调来，向我的房间走去……

直到今天，尽管我来过多次，尽管我熟悉这栋曾经与我为伴的草房——人生之路的初始点，但我还是非常想念这个“暖窝”，非常怀念那段幽默而又有趣的往事……因为那段岁月，已经深深地驻扎在我的心中。

由于我和同学事先约好，还有别的事，于是，我和主人交谈几句后，便握手告别。

沿着来的那条小路又朝着另一个方向奔去……

三十一

一周的探亲假期就这样在兴奋、喜悦之中悄悄地过去了，而我却还没有在家好好陪伴我那日思夜想的父亲、母亲，我还没有与二老促膝聊个尽兴，我还没有饮醉那淳朴的民风，我还没有丈量完母亲夜夜盼儿归焦虑的心路历程……我就要走了。思念亲人、朋友的心情越发酸楚起来，就在前天晚上，我心痛而不能寐，第二天，我便去了自家田园里挖了一块泥土装进了自己军装的口袋里……的确！家是希望，是人类温馨的港湾，是亲情汇聚的场所，但也是亲情割舍的地方。

今天，是我归队的期限，必须在天黑前到达部队。

天还没有怎么亮，我的父母亲就起床了，在朦朦胧胧中，我只听到一些低沉、不太清晰的对话声。细细一听，我才明白，那是他们二老在为我即将启程而做准备。结果把那只旅行包塞得鼓鼓囊囊、满满当当!

我是乘上午九点二十分的汽车去南京。临走，母亲送我出屋，父亲和家人都站在门外，什么话也不说，为我即将远行而送别。

就在刚才我们母子俩还是有说有笑，怎么一出门，母亲的表情就显得沉闷与严肃，沉默寡言、闷闷不乐，简直像换了个人似的。我悄悄地看着母亲瘦弱的身躯和因为起早贪黑的忙碌，那眼底青色的眼袋和焦黄的脸庞，掩饰不住的憔悴，让我很是心疼、难过，差一点失控的我，赶紧转过身去，将头无言地望向天际，任凭初秋凉风重新将泪水送入眼帘。而门前的那两棵扇树也借着凉风劲吹，合着茂盛的枝叶，俯下身来，好像见证着我们母子、父子离别的惆怅。是呀！有钱没钱，有出息没出息，只要常回家看看就行，这是天下多少儿女的心愿和父母的期盼！

尽管我们大家一再地隐忍，可是，理智却战胜不了情感，毕竟，又是一次离开家去远行。

今朝离别，相逢何时？就在这一刹那，那股难舍难分的离别之情，犹如一片阴云一样，沉闷、压抑，又一次笼罩着我们每个人的心，让在场所有的人都体味到了一种别离的无奈与感伤。渐渐的，我意识到了母亲还是不能克制，眼泪开始在眼眶中打转，泪光闪闪，一脸茫然，只有那溢满泪水的双眼在深情地望着自己的儿呀！而我，纵使心中也有千般的不舍，却不能因故而误了上车的时间。因此，我不得不从母亲的手中脱手而出，颓然后退几步，对着那一张张亲切憨厚的脸庞，那一双双明眸凝望的眼神……一种心灵相通的感觉生生地刺痛了我的眼睛、我的心。我低头不语，但却欲语凝噎，只能用一个浅浅的微笑，在不舍中，道别了。

“说不定我春节又回来了，再见!”

我的父亲、母亲、家人个个都强颜欢笑。临走时，他们又对我说了些鼓励的话：好男儿志在四方，要好好读书，刻苦学习，等等。于是，我和他们挥手告别后，便转过身去，和弟弟一起上路——前往西场镇转车去县城。

坐在弟弟自行车上的我，仍然还能看到家人在不停地向我挥着手。特别是我母亲仍然站在原地，手搭着树干，呆呆地眺望着我。这时秋风正吹撩着母亲的头发，朦胧中竟如经幡一般随风飘逸，有种不可名状的孤寂。那是风的画框。画框里，您若有所思地伫立在那儿，盯着前方，就像漂浮在海上的绿岛似的。

此刻，我的内心好像突然被什么攫住了一样，心酸的泪水一下子模糊了双眼。

就这样，我又一次离开了家，离开了生我养我的双亲，离开了这片土地，离开了曾经一起劳动的乡亲们。同时，也让我又一次切身体会到离愁的滋味与一种不可言宣的感伤。当我再度回看那老村庄的轮廓时，这片土地上的民风，一样的淳朴，一样的浓厚，丝毫没有退减，却一天天变得厚实而又让人回味无穷……

我的家乡，尽管当下处于“农业学大寨”的时期，一分工能挣得七八毛钱。但家乡在我的心上还是有点酸涩的，因为这里信息闭塞，思想保守，生产水平低下，集体经济薄弱，且不说别的，队里就连一条像样的机耕路都没有，每每到了雨雪天，便成了“水泥路”，泥泞如泥滩，人走在路上战战兢兢，如临深履薄冰一般，自行车、行人根本无法通行。人们想要出门，几天前，就要收听广播或收音机里的天气预报，选一个晴朗的好天气，走亲访友或办事……

家乡于我，虽然是个忧伤的字眼，但她总能让我魂牵梦萦，家乡就像一条寂寞的小河，韵味悠长，多少年多少代了，那淳朴、善良、厚道的民风，一直在这片原野间强劲地吹拂着、流动着……

全队共有三四十户住家，人口还不到三百人，是个不大的生产队。憨厚、朴实的他们觉得能住到一起，同为一个生产队是一种缘分。好哥们，好姐们，叔叔伯伯，哥哥嫂子，大人孩子，总能一抬眼就看见，路上一走就能相逢，招呼一声就能过来。谁家有事，遇上什么困难马上投入相帮。比如，哪家房舍雨中塌了，全队人会齐伸手，鼎力相助，十天半月，三间土屋就立在那里。唯一的答谢方式是，请大家吃一顿，喝几盅粮酒。不存在其他说价，讨多少人情，平平常常、自自然然，情同手足，无私无畏，连那些表面的客套话，也都免了，那种纯洁厚实的感情特别亲切。

住在同排的农户，相距很近，几乎是零距离，一出屋就能遇见对方，真是：抬头不见低头见，朝夕相伴。扯耳朵腮动，亲如一家。日常生活中，在门前说说话，通报一下刚听来的新鲜或有趣事，不用串户，在门前就交流了。谁家有什么重要之事，请邻居过来边喝着酒、吃着菜就商量解决了。姑娘出门、儿子娶媳妇，更少不得邻居的参谋和操办，特别是结婚办事摆酒席，大伙都少不了得帮这个大忙。就是家里来了客人没地方住找宿，也首先毫不客气地安排到邻居家。特殊的地理位置和相互依赖的关系，让彼此心贴心、心连心，共同依存，不分你我。

特别是屋檐并排、山墙相对地住着就觉得更加亲近了。谁家有什么实际困难，也是邻居首先伸出友爱之手。比如某家夜晚来了盗贼，跑出大门先喊过来的就是离得最近的邻居；家里有什么突发事情，就是两口子吵架，求助的也是邻居；若是卖猪、缴公粮，或者自留地的农活侍弄不过来，帮忙的也少不了邻居。这是住在农村最为普通、正常不过的一些小事，有多大力就使多大劲，事了了，脸上流露的只是憨态可掬的微笑和谦和质朴的腼腆。而得到珍贵帮助的他们，却把这份情谊牢记在内心，等人家有事了，再回报去帮他们。这也是多年生活完全验证的普遍真理："远亲不如近邻，近邻不如对门"。农民的那种勤劳，那种相互靠拢、彼此救济、抱团取暖的风气，对我而言，受益匪浅，至今难忘。依稀记得自从我家搬迁到这个生产队后，也没有少得到乡亲们的帮助与支持。安家盖房、季节中的农活——收割栽种、家中的重活……等等，队里的社员都伸出温暖的双手，给承办了。

这对于一个生在农村，长在农村的农村人，我对她的那种宁静与祥和、与世无争和四邻和善的存世心态以及那缭绕的故地炊烟，心里怎能不感到暖融融的？脚下怎能不陡然生风？因为家乡的亲人是我的根、我的源，一起见证了我的成长、欢笑、哭泣与感动……这一切的一切早已深入我的骨子里，深入我的血脉中，深入到无人能将我的乡土气息剥离。同时，不论我到天涯何处，我都会永远地牵挂，都会深情地把你们怀念，因为在我的血液里，流淌着你们的名字，我的父老乡亲……

是啊！恋乡、思乡是一种依恋，一种境界，是人间的一份不了的情愫！它是游子寄托感情的港湾，灵魂栖息的家园，它能给人以心灵上的舒展和慰藉。乡情也是一种动力源泉，一种力量支点！它能让人警醒，催人奋进，激励远离他乡的人们向着美好未来不懈地追求。一位哲人曾经说过："乡情能产生一种无穷的力量，可以使失望产生新的希望，可以使绝望产生新的寄托"。乡情的力量是伟大的，不可估量的，它是一种不能用公式去分析，用逻辑去推理，更不能用道理去解释的特殊的情感……一个"情"字活一生，生生世世情系故乡、亲人，这份感情说不清、道不明，在时光的渐行渐远中历久弥香，才能体会其中的真谛，品味岁月的醇香……

如今又要起航的我，望着眼前那渐远渐小的村庄，虽然覆盖在心上的那种亲情与乡情越来越痛，但它仍然是那样的安静、纯洁、蓬勃，镶嵌在大自然之中，安详地享受着平原阳光的沐浴，好像一切都在沉沉睡去。我却在想，期待着太阳明天重新升起或下次再会的时候，农民的寒酸生活变得更加丰富与多彩……

三十二

通过转车，我差不多提前了二十分钟到达了县城的长途汽车站。

坐在候车室中的我，还未能从刚才离别的场景中挣脱出来，整个人显得消沉、无精打采，所有关于酸楚、伤感、离愁的情愫重重地包围着我，让我几近窒息……那张张茫然的面孔，那声声激励的话语，那滴滴透明的泪水……一一浮现在脑海中。我知道，这些回忆会战胜我一个人在外的孤独与寂寞，实际上这也是一种幸福。

九点二十分，车轮悠悠地响起，我又一次带着对家人的思念和离愁，准点踏上了去往南京的汽车。上车后，我坐在一个靠窗的位置，用手托住下巴，头贴着窗户，自由自在行走在初秋的隧道中，静静地望着窗外向后移动的风景。那稻苗抽出了几条狭小细长的叶子，叶柄紧紧地裹在茎上，渐渐地抽出了几支稻穗，开出雪白的稻花。这时秧苗由浅绿变成了深绿色，在这深绿丛中，呈现出点点白花，显得更加美丽……并且那田园与清澈的小河绵延而过的每一个转角都会出现一种无法让人预料的温情、舒缓与优美。虽然窗外到处是翠色欲滴，轻轻流入云际，是一片让人眼花缭乱的秋景，但因这次探亲期极短而忙于奔波的我，被那些琐碎的杂事把整个人都折腾得筋疲力尽，所以，我上车不久，渐渐地就闭上眼睛，枕着摇碎的月影与心事睡着了。

正在睡梦中的我，迷迷糊糊地又思念起家人，一会儿是父亲的身影，一会儿是母亲那张慈祥的面孔，一会儿又是难舍难分离别的情景。但更多的还是梦见自己回到部队后，拎着书包走进课堂，聆听老师讲课的场景。为什么会有这种幻觉，这种渴望与期盼？因为在追求梦想的路上，我曾四处碰壁过……

我生在三年自然灾害时期，就读于没有升学压力的那个特殊阶段。那是一个既缺饭吃又缺书读的年代。

我七岁开始上小学。那时，村上的小学只有几位老师，一人顶几人用，教几门学科，连续上多堂课，甚至一人跨几个年级那也是家常便饭。记得上三年级时，课本很薄，满是毛主席的语录和最高指示，但有的学期竟连很薄的课本也没了，成天学毛主席语录，背毛主席语录……更有趣的是学校让我们这些小学生，在那时也称为“红小兵”。规定每天早上由一人拿着喇叭，站立在生产队的晒谷场上，对着全队社员进行宣传，其余人还得集中排队，将本生产队或大队的那些出身不好的富农、地主或“反革命分子”，写上名字、挂上牌，走在队伍前面，进行示众、游村。结束后，还要让他们对着毛主席像进行忏悔与认罪。多年过去了，至今我都历历在目。

为此，我稀里糊涂读完了小学（五年制）与初中（两年制）。那时上初中和高中，均无须经历升学考试，只要按照“入学名额，经大队推荐，报公社批准同意”等程序，完毕后，方可入学。而我也如愿地进了一所农村高中继续学习，并且当时只招了一个高一班，人数为五十六人。

进校不久，我通过与同学和任课老师的接触，发现这所学校虽然是所农村高中，教室简陋，条件艰苦，但其师资水平与教学质量却不差于处于那些中心区域的完全中学。这支队伍中，有南京师范学院、南通师专毕业的，有南通师范、如皋师范毕业的，还有科班出身英语专业毕业的，可以说门类齐全，各科人才应有尽有。于我而言，这不能不说是一种福音，在知识的殿堂中，一起走过，更是一种幸福。因为学习会给予我们太多美好的事物，知识会给我们带来更多的愉悦与乐趣！

但有谁会知道“教育往往有时代的影子”，在那个狂热的年代里，社会秩序不佳，所有的学校都陷入其中。我上高中两年，净学的是：“三机一泵”的物理课程，“优选法”的数学课程以及没完没了的实践体验、社会调查、开门办学……几乎我们的课堂不存于教室之中，犹如一盘散沙的棋子，人心散乱。不上课、不听课、不考试，即使是考试也是开卷考试，更好笑的是做卷子之前，还可以以小组或几个人为单元，在规定的时间内进行讨论，过后再做试卷。

在我读高二的时候，有一件事，让我至今都难以忘记。

记得刚开学两个月，经学校领导研究决定，从现有高二班中抽调三名学生，外加一名老师牵头带队赴某镇印刷厂学习全套技术，为日后学校创办工厂做准备。结果我被选中了。从那往后，我完全脱离了同学、任课老师，脱离了课堂与学校的一切活动，犹如一匹脱缰之马，独来独往、随心所欲。就在第二年的三月，也就是临近毕业的前几个月，我们三人载着学成归来的激情与喜悦，回到了学校，回到了教室，为即将毕业做准备。

回到学校后，我原本担心，毕业考试在即，是不是要请任课老师对所学的课程内容进行辅导与帮助。经打听，我才知道，其实在我们走后，在校的学生，我的同学们，他们的学习状况仍然一如既往——老师清闲、无须备课、无须讲解答疑、无须批改作业……学校压根就没有按照一名高中生本应掌握的那些基础知识来育人，来教学。虽然我们这群人、这代人，也号称高中生，也享受过这一路径与行程，也在知识的海洋中蹚过，但最终将会怎样？只能是因为知识的匮乏而影响我们的一生。

每学期都是"五好学生"的我，于大前年的六月，结束了两年的高中生活。这在当时的中国，一个农村户口的青年，能够读完高中已经不错了。于是，我放下书本，离开校园，终结了学生时代。

但那时，我更懂得，过去的十年，我国的高考制度已经取消，想要跨进大学的门槛，进入高等学府深造，已不再通过高考，而是需要层层推荐上大学。那个时候大学的招生，招收的也是工农兵学员，每年在每个乡镇，每个公社或许会有几个名额，但这属于相当职务的干部子女和上山下乡的优秀知识青年。

从 1966 年至 1977 年，绝大多数城镇户口的初中或高中毕业生只能"上山下乡""接受贫下中农再教育"，而农村户口的则回乡务农。"哪里来还回哪里去"，我只能回生产队参加农村劳动，做一个新时代的农民，"扎根农村干革命"。

时隔一年半，到了 1977 年的 10 月 12 日，国务院正式批准教育部意见，文件规定："凡是工人、农民、上山下乡和回城知识青年、复员军人和应届毕业生，符合条件均可报考。考生要具备高中毕业或与之相当的文化水平。招生办法是自愿报名，统一考试。""招生，主要看本人的政治表现。政治历史清楚，热爱社会主义，热爱劳动，遵守纪律……第一是本人表现好，第二是择优录取。”恢复高考的消息如雷贯耳，就像一颗爆炸了的原子弹，震撼了整个中华大地，迅速传开，使得被禁锢了十年的思想，露出了开放的曙光。在山区、田野、工厂，一代年轻人无不笑逐颜开、惊喜若狂，四处奔走相告，为之欢呼雀跃，对他们来说，高考，积聚了太久的希望，无疑给这一代的许多人展现了一个光明的前景，有望从“穿草鞋”变成“穿皮鞋”，真正实现命运的改变。

1977 年的冬天是温暖的。在短短的几天内，我所在公社报名高考的知识青年人数竟然达到了两三百名。

据史料记载，1977 年 12 月全国有 570 多万青年从车间，从农田，从军营，从各个不同的岗位走进了考场，参加了这次划时代的高考。虽然当时的全国大专院校只录取了新生 27.3 万人，但是它却激励了更多的人重新拿起书本，加入到求学大军中去。

对于这次高考，当年我和其他考生一样兴奋得夜不能寐，跃跃欲试。经历了开门办学、工厂实习……动荡坎坷的我，非常珍惜这来之不易的高考机会。我毅然决然报了名，只是时间太紧迫、太仓促了，从十月底获知消息到十二月中旬高考，给我的时间只有一个多月。

我还是在仓促中重新拾起了高中课本，由于上学时，所学的那些知识有百分之五十与高考的内容毫不相关，由此我必须一切从头来，白天参加生产队的劳动，晚上看书做题，复习功课。我背了许多公式与定理，演算了大量的习题，翻阅了不少参考资料，我如饥似渴地看书学习。经过一番“临时抱佛脚”的拼搏，我参加了高考。结果名落孙山，我的各科成绩考得都不理想，因为我的基础太差劲了！虽然最后我没有能金榜题名，虽然最终我也没能踏进大学之门，但我还是非常感谢这个时代，感谢这种制度，给了我一次参加高考的机会。

当春雷震荡大地的时候，人们感到了春天的气息，而春天的万紫千红，却是在春雷滚过大地之后到来的。我也就是从那时起，对高考这段记忆，有些遗憾，甚至有些悲伤，但我想说经历了这场洗礼，我是真的长大了。

同时我也终于想明白了，也许有时生命就是一个小玩笑，什么都可能发生。无论何时何地在发生着什么，都是一种挑战。就说高考吧！我只是不太幸运，在高考时才挣扎。其实只要我们好好努力，不放弃、不歇气、不停步，机会还是有的。我们每个人都要学会在打击中去面对、去调整、去拼搏。虽然我不想说我需要打击，但由于是它，有了它，的确锻炼了我的意志力。打击没什么过不去的，只要你有坚韧不拔的意志，只要你心怀希望，只要你心怀奇迹，就会走出困惑，就会看到彩虹。

时间过得真快，三个春秋一晃而过。从那以后，无论我在农村，还是在学校代课，灯光下，都有了我埋头苦读的身影。直至来到部队，即使一天训练下来，那种让人根本无法想象的艰苦，可到了晚上我还是坚持拖着疲惫不堪的身躯，拿出数学或物理或化学……看上几页或做上几道题……久而久之，于今年的年初，在全团的几百名新兵当中，我的文化考试成绩居然名列第一。我终于从“知识匮乏，基础薄弱”的困境中走了出来，也由此被择优选进了军区大机关，即将赴大学学习深造。虽然我的文化基础与水平今非昔比，但我得由衷地感谢1977年高考制度的恢复，它不仅改变了中国亿万学子的命运，而且也改变了我这类“先天不足”的人的命运，其实我们才是最大的受益者，不是吗？

时光的列车如过隙的白驹，转瞬即逝。我一梦觉醒，窗外的太阳像一个橙红色的大圆球，显得特别高兴，红彤彤的脸上发出夺目的光彩，在夕阳的辉映下，青、紫、红不停地变幻。五光十色，美丽极了。转眼间，却被大地吞没了。而我在傍晚时分抵达了部队，销假后，便回到了寝室。刚巧，我们四人都按时归队了！

三十三

归队后的第二天，我们十五名学员，按照回家前王教员的约定，早饭后便早早地来到了教室等待领导开学前的一次动员讲话。

刚刚坐下，我就听到后排的几名战友在嘀嘀咕咕地议论着什么，“某某人去那所院校，某某人到这所大学学习……”当然了，不管是谁，是哪位，都希望能到名校去进修、学习，毕竟这些院校的师资水平、教学质量、实验设备等都要高于或好于一般院校。于是，我坐下不久，也顺势而好奇地扭过头去，悄悄地问了我旁边那位战友。心想，他应该知道，因为在我们这十五名学员当中，他是唯一的一名以图书管理员的身份，从本部门内部调到研究室来学习的战士，理应他的消息最灵通、最可靠，也是最值得信任的人。结果他的回答却出人意料，让我很是失望，他只知道自己的去向——去华东水利学院学习，而我却扫兴地向他点了点头，又回归了原先端坐的姿势。

一会儿，上课时间到了。我们的教员与室领导都如期而至，走进教室。我看后，这次“战前”的动员会好像部里领导一个都没来，或许有其他缘故吧！其实这是我多虑了，也是多想了，来与不来，与我又有什么关系呢！

在“战前”的动员会上，负责管理我们的两名教员，轮番将我们奔赴院校学习的人员名单、分组情况、课程设置、注意事项等方面做了明确，最后领导们又讲了几句，虽然他们的“指示”不多，但话语的分量却很重，富有内涵，实在、管用。

分组结果让我欣慰。我和另外两名战友分在一起，同去解放军通信工程学院学习。因为该校是一所具有四十多年光荣历史的红军院校，有着近半个世纪辉煌历史的全国重点高校之一，其前身是中国共产党于1931年2月在江西省宁都县小布村创建的红军无线电训练班，及在此基础上成立的中央革命军事委员会无线电学校。1952年在张家口成立了张家口通信工程学院，并被中共中央确定为全国首批二十所重点院校之一，后迁址西安、重庆，十年运动期间停办，1973年迁至南京恢复重建。今年的5月，在军队院校中，又首批恢复了招收研究生，是最早获得硕士、博士学位授予权的军队院校之一。尤其是无线通信、卫星通信、通信抗干扰、数据链、网络管理、信号处理等研究方向已经达到国内或军队领先水平。因此，通信工程学院也被“三总部”列为军队重点建设院校。

名校的影响力给了我信心。第一学期的课程设置为基础理论课——高等数学、普通物理、数字电路等，外加与计算机专业有关的——微型机基础、两种高级语言等八门课程。之所以领导这样安排，半年得学八门课程，并且全是考试科，这与我们工作任务、性质有关，因为上级领导给我们学习的时间极其短暂——两年，回来后就能上手，进行“指挥自动化系统”的设计。而现在国家培养一名从事这方面的专业人才，至少在院校需要学习四年，可我们却只能用两年的时间把四年的课程学完，并且我们还是早出晚归的“走读生”……种种因素的制约，导致了我们不光是要跟着新入学的学生走，而且还要与大二甚至大三的学生同上一堂课，同听一门课。因为专业理论的课程是从大二起才陆续开设。

“身临其境”的我，面对如此繁重的学习任务，心里好像突然变得沉重起来，并且不止一次对着自己发问，“行不行?”“怎么样?”“能顶得住吗?”……那种焦虑、不安与惶恐的感觉就像一双无情的手紧紧地抱着你，让你难受，甚至让你感到窒息。不过，尽管如此，尽管疑虑重重，我却每每到了关键时刻，都能把握住自己，稳住阵脚，理性地回归到新常态下，否则，我也不会有今天的优异表现。

写到这里，我想起了一件事。

记得刚下连队才几天，营区房前的那片空地上，长满了片片绿色，令我感到新奇与神秘。

走近绿色，原来那是一片片三叶草，我们的家乡俗称“苜蓿”。三叶草，我对它太熟悉不过了。它属于野生的草本植物，每株因有三个小圆叶，所以战友们就给它起了这个名字。它的颜色极纯，纯得没有一点杂色。如果你仔细观察便会发现，在它们的身边连点别的杂草都没有。它们绵绵密密，郁郁葱葱，绿得高贵，绿得清纯，绿得神圣。在这块草地面前，用什么词语来形容它更合适呢？我深感自己语言的贫乏和枯涩。

三叶草表面上看很柔弱，似乎是弱不禁风，经不起风吹雨打。但实际上这种植物的生命力极强，无论是风霜雪雨还是严寒烈日，无论是缺少水分还是缺少阳光，它们都不会改变身上的颜色，都不会改变身体的姿势，从上到下、从枝到叶，都蕴含着一种真诚、一种刚毅、一种顽强。它那还不足二十厘米的个头，却能出奇的整齐划一，整出一种神韵、一种壮美、一种境界，使我的心灵不禁为之深深震撼。它的那种不挑环境、不怕艰苦、坚韧不拔与无私奉献的品格，令我感动，令我振奋，令我神清气爽，也正像我们军营中的那些普普通通、朴朴实实的战士。

其实，三叶草不仅代表生命是绿色的，更重要的是，她展示着一种震撼人们心灵的生命力量。因为只要热爱多彩的世界、多彩的自然、多彩的生活，生命的绿色就永远不会褪色；因为只要坚定自己的理想、信念与追求，就永远会给人以旺盛的、坚毅的、健朗的生命活力，在生活的海洋里搏击着生命的无愧，生生不息地奋发追求就能达到成功的彼岸，实现自己的梦想，从而也收获生命的璀璨。于是，从那时起，“三叶草”所具有的那些意志与品格、遒劲与阳刚就深深地烙印于我的心中。

也由此不管我在何时、何月、何日，因何种原因处于迷惘、烦躁、空虚、惆怅时，那群“闪烁的星星”、鲜活的“面容”，那种令人敬畏的“一生不畏艰辛，始终对生活充满希望”的精神，就会像有生命的群体，会说话，会唱歌，会跳舞，能静听你的倾诉，能和你互相交流，成为你的知心朋友和老师，总能让你轻松释然、轻松解脱，让疲惫的心灵重现生机勃勃……从汗水中收获幸福的泪花。

事实如此，让我感慨万分，在人生的背景上，它永远都伴随我前行。

会议结束后，按照领导的意见，要以“进校学习小组”为单位，进行一次小组活动。刚巧，我们三人不仅同进一所院校学习，而且还同住一个宿舍，自然大家都很熟悉。虽然都是刚刚调来，相处的时间极短，但战友间的那种亲如兄弟的真情，却让人备感温暖而明丽、清晰而留恋。

在我们三人当中，他们两人分别长我三岁和一岁。战友方国平，安徽人，1976 年入伍。他为人朴实、厚道，做事认真，不过他能说会道，善于交际。给我的印象是：这段时间以来，几乎每天教室里都没有他的身影与足迹，坐不住，不太喜欢学习。另一位战友叫何唐明，江西人，1978 年入伍。他为人真诚、老实，但不善言辞，不善与人沟通，不过他的性格倒是沉静、稳重，做事井井有条、干练，与我可是口无遮拦，无话不谈。据他讲，高中未学完，他就辍学了。当然他目前的学历是高中毕业，否则也不可能择优调进军区机关，作为专业技术人才来培养。

我们的碰头会只进行了半个小时就结束了。会后，我们这些学员都捧着刚刚发下的书本，谈笑风生、神态自然地朝着各自的方向走去……

就这样，人生中的又一次学生生活在此起航了。

这也让我又想起了人们在形容读书生活时，总爱用“十年寒窗”这句成语来描述学习的艰辛和艰苦、单调和乏味、贫穷和贫寒。如果说，大学四年是对意志品质的考验，那么大学两年更需要付出艰苦的劳动、刻苦的钻研、不懈的努力。我想我们不仅是意志坚强的人，也是新一代最可爱的军人。因为我们是不畏艰险勇敢攀登科学高峰的勇士，是国防和军队现代化的建设者与保卫者，也是民族腾飞的希望！

“攻城不怕坚，攻书莫畏难。科学有险阻，苦战能过关！”这是叶剑英元帅在呼唤科学的春天时，曾写下的诗句。在这里，叶帅把指挥军队的浴血苦战，一举攻克敌人坚固防守的城池，同掌握先进的科学技术，攻克科学技术的难关，摆到了同等重要的位置。可见，读书和攻坚、勤劳和勇敢、牺牲和奉献……都是为了祖国和人民的利益而需献出自己宝贵的青春和热血。

我想，把叶帅的这句诗，送给我们这代怀着科教兴军梦想的军人，再合适不过了。

三十四

第二天，也就是9月10日，我们三人早早就起了床，乘着17路公交车在“标营”站台下了车，便来到了心仪已久、神秘而又令人期盼的那所大学，终于在梦想的海洋里，让心中一直都闪烁着迷人光芒的那个没有得逞的愿望，于今天喜获绽放。

穿过马路，前行了五百米左右，我们仨便在门前停下。左顾右盼，也没有瞧出这座高校有什么特别之处。它既没有校牌，又没有一目了然的字样和特定的标志，但透过大门，远远地却能看到校园内错落有致的楼房和与此交相辉映的喷泉与雕像。放眼正前方，大道的两旁，绿色草坪、鲜艳的花儿、树景也点缀在其中，显得井井有条，美而不乱。尤其吸引人眼球的是道路顶头那座高大的石碑上“忠诚、博识、卓越”六个鲜红大字，一下子充注了我的脑海，摄住了我的心。因为我看到了现代军人对祖国、对人民的庄严承诺，同时也深感从今天起，我们已经置身于一种不同寻常的气氛之中，将以坚毅为船，以学业为桨，学真金，练就真本领，为日后部队的“指挥自动化建设”贡献出自己的一点微薄之力。

向门卫出示听课证后，我们便走进了校园。就在我们踏进校门的那一刻，如同梦幻一般，内心世界那种感觉却无法用一个合适的词语去形容、去描述。是高兴？还是感叹？是放松？还是茫然……反正是一种复杂的心情。不过当下，有一点却让我坚信，那已不再是幻觉，那更不是在梦游，那是实实在在的我，激流勇进，在奋斗中书写精彩人生。

沿着大道，我们一阵行走，穿过主楼，向右边的那幢教学楼走去，终于在二楼找到了上课的地点。按照学校的统一安排，我们三人只能坐在后三排。一见此情，我的头猛然就变大了，心里嘀嘀咕咕，好像有满肚子的牢骚话要发泄似的。因为我有顾虑，生怕因教室空间太大而影响到听讲的效果与质量，毕竟每位教员的嗓门是不一样的。

人往往就是这样，生活美好时，总喜欢把生活比喻成酒。生活糟糕时，总喜欢把生活比作乱麻。其实，生活与学业、事业都一样，它们既不是酒，又不是麻，而是实实在在的日子，实实在在的过程，实实在在的人生。一旦你的现实有一丁点偏离世俗的世情或习惯，你就会觉得遭受到了不公平的待遇，好像你的生活就会马上越位、出错，甚至出局。

而我却更喜爱按常规出牌。

所以说，当时的那种担心与猜测并非完全没有道理，因为我在意、在乎、太看重这次来之不易的机会，不想因此而失去。

走进教室，第一次坐在大学课堂上的我，对这里的一切都感到新奇、有趣，就连那简单不过的推拉黑板，也给我留下了深深的印象……让那颗沉重了近二十年的心，突然一下子轻松、愉悦起来。也让我领略到了，只有在这传授知识的军营中、教室里，才能真正感受到什么叫作大学，什么叫作高等教育，什么才叫作育人基地。似乎就在这一瞬间，那一刹那，在这知识的殿堂中，才找到了知识就是改变世界的一种力量、一种源泉、一种动力，更是一座跨越一切难题的桥梁。因为科学力量是无穷无尽的。

坐下不久，上课时间就到了。

函数与极限是今天首堂课的内容，是高等数学的第一章。只见那位教员，不到五十岁，中等身材，一身军装，整整齐齐，走到讲台前。虽说他是一名军人，但却有一副绅士派头。尤其是他的那种走势、气质与知识分子所特有的那种稳重、客观与智慧，好像立刻就把我镇住了，紧紧地揪着我的心，让人感到他有一种别样的风采，别样的精深与豁达，一眼就能看出他是颇有成就的一位学者。

的确如此。他的课不仅讲得生动、有趣，而且通俗、易懂。特别是他授课的那种冲击力：炯炯的眼神、飞扬的神采、炽热的声音、认真的态度和独特的解题方法，都深深地吸引着我，让我大开眼界，感慨万千，肃然起敬。同时也大大增强了我对学好这门功课的信心与决心。在这以前，大家一致公认高数的内容，难学、不好懂。但通过上完今天这两堂课，我却感到还可以，听得轻松、学得愉快。我那颗纠结的心也终于放下了，变得自信、自在与达观。

然而，有一点却让我纳闷。面对当今成人教育的这种模式，不仅让我不太适应，甚至觉得不可思议。站在讲台上的教员，个个只是埋头专注、用心授课，按照预先定好的教学方案，有序推进，至于学员是否在认真听，仔细记，干什么，效果怎样……他们好像都不太关心，也并不留意。即使课堂上出现极个别学生有交头接耳的行为或轻微的说话声或其他，教员也只是向那个方向或那位学员微微一笑或点点头，几乎不会把课停下来，对他们进行友情提醒，甚至批评教育。

也许，这就是成人教育“自觉＋自控”的一种模式吧！

就此，我们在日复一日、月复一月的过往中度过每一天。习惯了从单位到学校到课堂，再回到单位的那种走读方式，习惯了耳畔的军号声，也习惯了军校教学结构的模式化。虽然比起在校生我们每天都要饱经路程、时间、天气、实验等方面的压力，辛苦与劳累，但心里还是乐滋滋的。所以，一年来，我很用功，从不敢偷闲，就像鸵鸟一样，一头埋进书堆里，畅游在知识的海洋中，反复揣摩、聚精会神，认真学好每一门功课。

但世事有时却不尽如人意，人与人之间也是这样。虽然我们看似同住一个屋檐下，同处一种环境中，享受同样的教育，接受同样的知识，但会因人而异，其结果却差异较大。我们三人当中，战友方国平整日里与班上的几位学员，在教室里说笑逗闹，好不逍遥自在。听课也不怎么入神，刚开学时，还能完成老师所布置的作业与实验，但随着时间慢慢地推移，有时课也干脆不上了，作业就更不做了。虽然国平常常与我套些近乎，我却从不敢与其苟同。因为我清楚，我是从乡下走出来的农村兵，要想飞得高，走得远，有所建树，学习是第一要务，同时我更会倍加珍惜这个改变命运的机遇。

天道酬勤！我终于度过了第一学年的求学之路，并且各门功课考试成绩均在 70 分以上。但在我们十五名学员当中，因考试成绩不及格竟有四名战友被淘汰而退回原单位。我们三人中就剩下我一人。

这种想做而未能做成的事，于他们而言，不能不说给他们留下的却是一种长久的、难忘的遗憾。

时光流逝，转眼又到 8 月，在即将开学的前夕，部里领导又根据专业的需要和人员的现状，对我们十一人做了调整，把原来的四个组缩减到三个组。我和另外的三个人重新组合，并调整到华东工程学院继续进修一年，以学习专业理论课程为主。

华东工程学院，由创建于 1953 年的新中国军工科技最高学府——中国人民解放军军事工程学院（简称“哈军工”）分建而成，当时，学院分设空军、炮兵、海军、装甲兵、工程兵五个工程系。于 1962 年 9 月该校迁至南京，后经历炮兵工程学院，1966 年 4 月更为现名。学校以服务国家战略需求、推动社会进步为使命，致力于建设国内一流、国际知名的特色高水平研究型大学。也由此，我的学习地点，由部队院校转到地方院校。

这次调整，虽然看似只是形式上的更换，点对点的变阵，但却拉长了空间的距离。因为华东工程学院位于南京城外，坐落于孝陵卫，比起通信工程学院来要远得不少。据讲，花费在路上的时间一个来回就得近两个小时。

有时候，就是这么赶巧，生活总爱跟你开玩笑，甚至捉弄你一下，让人难受，变得进退两难。但事到如今，我没有退缩的余地，更没有放弃打拼的意向。相反只有一个念头，人处在艰难困苦之时，并不感到那是艰辛，而却会在这样的环境中，迸发出一种求生、求知的欲望，这种欲望是我们坚定走下去的动力与源泉。而且，还会在这种艰苦的环境中，形成一个人一生都受用无穷的精神财富，引导人们改变命运，走向辉煌、灿烂的未来。

从那天起，我们四人又踏进一所新的大学，不停地重复着昨天的故事，用自己的智慧和追求的汗水和执着继续匍匐在追梦的路上……

每当东方泛白时，就起床赶车；当朝阳升起时，已身居车内；当落日熔金、残阳当照时，才回到住所而停下脚步注视西方，目送夕阳，总算送走了白天。

每当星月交辉，夜深人静时，便轻快、愉悦地行走在梧桐树下，听听夜的声音，看看夜的美色，闻闻夜的味道……一天的忙碌与奔波，“恰同学少年”，也正是“书生意气，挥斥方遒”之时，美好的前程，期盼成功也是指日可待！

三十五

时间是一种很玄妙的东西，一日一夜数计时总会让你觉得它是那样的缓慢与舒徐，可如今再回首却真如弹指一挥间，两年的学习时光在我的指缝间偷偷溜过。

那天下午，似乎是偶然间，时间就滑到了 7 月初。我却就这样，在考完最后一门课程，夹着书本刚刚跨出教室的那一刹那，突然感到一种久违的伤感就像那密密的愁云、瑟瑟的秋风一样凝重，源源不断从心底涌起，迅速遍布全身。因为我们是进修生，当初与该校签订的学习合同只有一年期！今天我就要走了，就要和这所校园道声：别了！虽然那种苦味不如黄连，但却多了几许涩与酸……

我仍然跟往常一样，默默地行走在校园中，目送着从身边擦肩而过的一位位同学与校友，满目如同寒冷的隆冬，丝丝都是凄凉。当然，如果遇上一些熟悉的同学和老师，也不时地向他们打打招呼或摇摇手。我就要离别了，亲爱的同学们，还记得这里华东工程学院，我们一起同吃同学习，一起上机做实验，一起畅怀大笑……一年的大学生活，虽短暂，但却有太多太多值得我一辈子铭记的事情，和太多的精彩在这里一一体验：和同学一起参加编程大赛，一起体验那赛场上思维与智慧的碰撞，灵魂的瞬间爆发，自我的最大超越与尝试。一路过五关斩六将，那时候我真有种初生牛犊不怕虎的感觉。虽然最后没有拿到第一，但对手的睿智与扎实的技术功底确实令我心服口服。在这里，我还体验到了上台解题的紧张与兴奋。在这里，太多的突破让我绽放自我：第一次单独操作小型机，调试自编程序；第一次尝试设计数字电路；第一次以进修生的身份去参加校内组织的活动；第一次和同学在飘雪的寒夜里等待黎明的曙光……生命中如此重要的时刻，原来，都在这里，都出自这里。

我更不会忘记，微笑的幸福就在身旁，容易满足就是天堂。曾经多少次心情低落、多愁善感的时候，是同学的关心与陪伴，开导与包容我；曾经多少次，惊慌失措、举棋不定的时候，总是他们帮我排忧解难，替我出主意。成长的路上，是同学、老师，他们一直给我勇气，给我力量……此时此刻，我仿佛又看到他们了，发现每个人都是那么的可爱，那么的可亲与那么的舒心，战友间那种亲密无间、纯真的情谊真的叫人回味无穷，感动一生……兴许这些就是生命中的活水，来自高山深谷中自强不息的清洌小溪，只要是它流经的土地，就会绽放出周而复始的绿色。好舍不得……

然而，我们都知道，就像花落花开自有期，就像潮涌潮还去！纵然留恋也罢，纵然珍惜也好，该走还得走呀！在我看完最后一眼校园后，带着一种不愿离去的心绪，走出校门好远，又回过头来，向她挥挥手，再见了，我最喜爱的校园！我最亲爱的同学们！祝愿你们：明天更加美好！

难忘的旧时光，曾经的灿烂与梦想，都已纷纷镶入我的灵魂深处。在回归单位的途中，心湖慢慢变得平静的我，那颗心好像又沉浸到学习的过往中：两年的光阴，换了两所高校，最终沉淀了多少？我又变成了什么样子？是完成了学业，还是颓废、失去斗志？是看不清目标，还是奋勇向前等等，想前思后，起起伏伏。而我，自然而然心中有杆秤——收获大于付出，收获大于辛苦！看似平常的一句话，却总能感受出每个人都有着不寻常的故事，或心酸，或喜悦，或悲观，或幸福，想想自己又何尝不是呢？

岁月带走的是记忆，但昨天又是那么的令人难忘。两年的学习，两年的累积，它就像一页页的日历，每一页都是回忆，每一页都有心灵的铭记。如今，一个不甘于命运与失败的人，一直都相信事在人为的天理会站在二十岁的末尾，站在青春的拐点，站在一段命运与另一段命运的罅隙。我，终于战胜了自我，用一个战士应有的责任完成了自己两年来肩上所承担的学习使命，用一腔追求卓越的心境坚持不懈地兑现了自己曾经的承诺，以较好的学习成绩，学成而归，学成而回，没有让单位领导失望，更没有辜负父母亲的一片良苦用心。

其实，我从孩提到少年，虽然梦想繁星点点，点缀成一条无尽的历史长河，但唯独今天这读大学之梦，在我的心里是很灿烂的，它总能像一座永不消失的灯塔、航标吸引着我，让我着迷、向往与接近。

在我们十一位学员都回来后的第三天，单位的领导对我们的工作进行了分工与安排，从而让我实现了真正意义上的角色转换，由学员变为一名正式的技术人员。由于我们都是刚刚离开校门，走上工作岗位，对“现实系统”的设计还缺乏足够的认识与体验，理性认识多于感性认识，虚大于实。于是，懂得自然科学规律的领导，他们并没有急于求成，实施超常规手段而让我们都去独当一面，相反地将我们两人或三人组成一组划给一名工程师，由他传、帮、代，领衔、主导系统项目的研究与开发。然后，在他的策划下，再将主系统的一些子模块分配给我们去动手，去完成。现在细想起来，就是因为当时有了这个良好的“学徒”环节，有了这个“理论与实践相结合”的缓冲区，才使我们对日后的工作变得更加自信，变得更加得心应手，从而也让我们的工作更加出色，人生更加精彩！

我也不例外，和其他两名战友分到一块，共同辅助王庆平工程师的“自动选片投影系统”设计。该项目是在研究选片仪设计原理的基础上，结合 CCD 技术、步进电机自动调焦技术和数字信号处理（DSP）技术，提出了一种自动选片投影的设计方案。通过 DSP 进行信号采集、分析、计算，并驱动步进电机进行对焦，从而得出镜片的各项光学参数，自动选片放映、投影到屏幕上。它具有高亮度、高分辨率、数字化等特点，是部队首长的最前眼睛与指挥作战的重要手段，因而被单位领导视为当下重点的开发项目。

其实，该项目的研发在王工管理我们的同时，就已经开始了，只是当时我们只顾学习，不知道而已。据讲该项目的开发期需要两年的时间。

于是，从那天起，我们整整花了一周的时间，完成了从了解到熟知该项目的功能、设计思想、方案以及技术特点等。随后，我们的主导设计人王庆平工程师，给我们派了一些任务，包括电子线路的设计、单体与整体连接以及电路板的酸洗、导线的焊接等。但初次参与研发项目的我，很不适应，无法融入，对专业甚至到了放弃的地步。

记得从接受某些子模块设计任务后，项目总策划人为了能尽快让我们三人进入设计状态，更好、更快、更有效地将课本知识与实际工作相融合，每天上午都要拿出两个小时的时间给我们上课，讲解其设计要点、相关技术和注意事项。但在当时那个环境下，那种氛围中，不知为啥，我老是觉得每天上课都如坐针毡，老是感到那些内容枯燥无味，无法入耳、入脑、入心，精力不能集聚，思绪也飞到九霄云外。虽然不是很排斥，但就是对设计少了一份热情，少了一份兴趣与追求。说真的，那时我非常的苦恼与迷茫，不知道自己的目标到底是什么，甚至开始怀疑自己，怀疑自己的能力与水平，行不行？能不能干这行？正如我的战友所说的那样：就是一只趴在窗户上的苍蝇，前途一片光明，可惜找不到出路。于是，我重振旗鼓，放下包袱，打消杂念，抛开胡思乱想，坚持日复一日往返于单位、宿舍、图书馆三者之间。针对项目、课题，倾尽全力，有的放矢，刻苦钻研，不懈追求，努力提升自己的专业技术水平。

经过近一个月的挣扎与调整，我终于找到了自己的位置，这也许是科技的力量，给了我足够的定力；也许是生活的经历，让我看懂了一切。

其实，当时那或深或浅的记忆，与其说给人留下了难以忘怀的回忆，倒不如说那是刚入职时的一种期盼与愿望，也可谓是人生中的一种感受，一场历练，一次懂得，更是人生趋于成熟的自我完善。过去是一种羁绊，亦是一种力量。当我们走向明天、将来，我们会对这段经历感慨万千，会为此而骄傲，并且，这何其宝贵的阅历就是我们年轻影像里最炫目的聚焦点与不可替代的一笔精神财富！

如今，我会坚定地对自己说，从事 IT 设计也挺不错。我喜欢设计过程中的那种感觉，特别是看到自己设计出来的模块被别人肯定后，那种满足与成就感真的无法用言语来表述，那是一种快乐的过程，奉献的过程，更是一种被认可的开心与接纳时的一种享受。既然走上了这条路，不管往后困难多大，任务多重，我也会认真、踏实地走下去，走到底，直至胜利的彼岸！

朋友们，祝福我吧！我真的很庆幸，虽然当时，在那段岁月里穿梭而行的自己，对那种压力与焦虑的痛苦似乎陷入到了极致，不能自拔，但由于我的执着与坚强，并没有草率地做出抛弃这个专业的决定，否则，就不会有今天了……朋友们，为我祝福吧！希望我在设计的这条道路上越走越远，越走越好……亲爱的自己，你也要自信，时刻提醒自己，我，值得拥有最好的一切。

三十六

在王庆平工程师的领衔之下，项目“自动选片投影系统”的设计已顺序进入总模块与各支模块的最后联调、联试阶段。而我刚刚参与不久，就被部里领导调出，和其他五位同期的学员一起组团下部队、下基层慰问。

于是，10月中旬的那天，我们从单位出发，头顶着蒙蒙的细雨，踩着飞溅的雨花，犹如在琴弦上跑动的音符，穿越在因秋雨，时而直线滑落，时而又随风飘洒而留下的如烟、如雾、如纱、如丝的倩影之中。在秋的注目下，我们带着领导的嘱咐和重托，向名闻遐迩、全军知晓的地方——城西湖军垦农场驶去。

城西湖军垦农场，位于安徽六安霍邱县城西侧，淮河南岸，大别山东部。其区域隔沿岗河南与邵岗、五塔两乡毗邻，西面和北面以军民圩格堤与高塘、陈郢、陈嘴等民圩相接，东面有反修大桥、工农兵大桥跨沿岗河与陈埠乡、牌坊乡和城关镇相通。总面积达一百四十多平方公里。

大约在下午的一点钟，我们走进了军区农场，眼前犹如白纱一样的雨雾弥漫着，挥不走，扯不开，斩不断，使人有种飘飘然乘云欲归的感觉。尽管能见度不是很高，但我们仍然驱车从“工农兵大桥”一直向西，在坎坎洼洼的泥土道路上，颠簸摇晃着一路前行。只见道路两旁，一行行树叶开始凋零的白杨树向后退去，远处则是一块块整齐划一的农田，远远望去，已经泛着一些嫩绿色，显得是那样的宽阔平整、一望无际。道路两旁不时地有一幢幢低矮的泥巴墙房子从眼前掠过，而在这些房子的旁边都有偌大的水泥地或是很平整的土场子，旁边则有零零星星的各种机械停着，貌似有坦克一样的履带拖拉机、推土机，还能见到三三两两的军人在活动，在走动。这使我感受到了一种在淋漓雨中晶莹的宁静，同样也感受到了这里的士兵有多么的不易，不挑环境，不讲条件，不计较得失，始终保持一种平和心态和强毅之志。

车子在继续缓慢地朝西行进，不经意雨却停了。这时，天上悠悠忽忽、时隐时现的朵朵调皮的白云登上了这蔚蓝色的舞台，仿佛是一场演出表演到了最精彩的地方。在这秋日雨后的初晴里，映入眼中的景物都显得娟秀温柔，这也使我们的心情开始舒展，怡然自得。就在此刻，坐在我前排位子上的那位带队领导，好像有话要讲，只见他挪了挪身子，向窗口靠去，慢慢地抬起右手指着窗外的那广阔无垠的田野，然后转过脸来对着大家。

“这里就是城西湖，又名沣湖，是淮河中游大型湖泊之一。它对调节淮河的洪水，保证下游城市、矿区、铁路等的安全，起着重要作用。不过，之所以现在形成这座大型的军垦农场，你们可能不太清楚。它的围垦开发也经历了一个漫长的过程。”已经来过多趟的他，却慢腾腾地讲道。

“其过程可分为早期的‘民垦’：大约在民国三十年，霍邱县荒地整理局的代电内载：‘西湖原多蓄水，仅沿边少数耕地。兴建西湖长堤160里后，地始增加。’民垦荒地约20万亩，到了民国二十五年（1936），当地群众又向地势较低处延伸开垦；中期的‘官垦’也始于民国二十五年，当时韦立人任垦务专员（兼县长）。查出城西湖内荒地16万亩，作为公有并占有主权。由个人备价领种（多为地主）和招佃承耕（主要是农民）。直至新中国建立后，1955年春天，省劳改支队在双台子一带围垦。1956年大涝后撤走。”他稍微停了停，接着话题又继续说着。

“最后一个就是现在的‘军垦’：从1966年至现在，军垦面积达110平方公里。农场在1979年前以33%的耕地种植水稻，67%的耕地种植旱粮。历年粮食平均单产：水稻400斤，小麦（含大麦）225斤，豆类93斤，高粱220斤；年均总产量3500万斤，年均总产值（含工副业）1500万元，纯收入400万元左右。从去年开始，全部改种旱粮。不仅平均单产提高了，而且粮食的纯收入一下子就达469万元，可谓收益颇丰！”

他刚好讲完，伴着那一声熟悉的刹车声，面包车驶至目的地，慰问的第一站——农场的219团，在一个不起眼的门前停下。只见等候在那里的四个人面带微笑、挥着手，迈着轻盈的步伐向我们走来。如果我没有猜错的话，他们一定是团部的领导。果真如此，赵参谋递上介绍信后，他们纷纷迎了上来，和我们一一握手、打招呼，表示欢迎，表示感谢。

一阵问候后，我们紧随政委，向前走了几步便踏进了整洁的营院，来到团部的会议室。政委给我们介绍了这里的大概情况。

原来219团地处整个农场部队的最西角，被战士们称为城西湖的“西伯利亚”。不难看出，该团的艰苦程度可见一斑。

因为时间的关系，我们的“见面会”还不到就结束了。但通过这次“见面会”，大家都欣喜地感到，团里领导对这次来访慰问，不仅显得热情、真诚，而且准备周全，考虑充分，连每天要干什么事，慰问哪几个营、哪个连都安排得层次分明。并且还专门安排了一名副团长跟随我们，当向导，为我们穿针引线。

跨出大门后，我们沿着通往招待所的那条围渠大道前行。没走多远，便看到了在阳光的直射下，无边无际而又轮廓清晰、块块相接的机耕农田，静静地躺在大地的怀中，安详地享受着那温暖阳光的沐浴，太像一幅阳光洒在大地上挥毫泼墨的中国画！此刻的我，好像被这壮丽迷人的色彩与这气势磅礴的画面所吸引而震撼了。我不得不收住脚步，本能地驻足于高高的堤坝上，用心去感受这个粮食大区独特的魅力。仿佛在那瞬间，只要你稍微嗅一嗅就能闻出一股淡淡的"围田粮"的清香而呈千姿百态的气雾状飘浮于湖心的上空；只要你再吸一吸就能闻出稻谷除壳后，空气中散发带有的那种原野的芬芳……随你、随我、随路慢慢而行，让人神清气爽。

湖水茫茫，茫茫湖水。这倒让我忽然意识到，这里曾经承载过一段极不寻常的历史，默默地驮着一串串长长的故事。

据有关文献记载，1962 年冬，中国人民解放军济南军区部队在城西湖围垦 3.9 万亩后，因 1963 年、1964 年两年自然涝灾，被迫于 1965 年冬撤出。19 世纪六十年代中期，全国农业工作又提出"以粮为纲""向高山要粮""向湖水要粮"等口号，同时把"围湖造田"列为解决全国粮食不足的途径之一。因此，于 1966 年 1 月，南京军区为了贯彻相关会议与毛主席"备战、备荒、为人民"的指示精神，决定围垦城西湖，建城西湖农场。同年的 6 月，城西湖围垦指挥部正式成立，南京军区派来两个师的部队，该县动员民工 10 万人，军民合作，从 9 月份开始到 1972 年 11 月全部完成，共围垦造田 17.8 万亩，其中军圩 12.5 万亩，民圩5.3万亩。

真是一次了不起的创举啊！你看，多少个岁岁年年后的今天，虽说是湖，可又不见有湖水，却是一马平川的原野沃土。田野是绿的，然而又绿得不一样：墨绿、油绿、嫩绿……被整齐地分成一小块一小块。在微风吹拂之下，夹着泥土散发出的芳香，把这一大片一大片的庄稼吹得犹如涟漪荡漾，仿佛就是一块清新、碧绿的大地毯，滴翠流金！

其实，在空旷间俯瞰军垦，俯瞰农场，也像在景区观景一样，很难猜透每位游客对景观的看法，就看你自己的想象力了。不过有一点，你对它的描绘，会越述越像，而且谁先说出来的就会给人们一个思维定式。随着人们挖空心思的遐想，眼前这座神奇而又壮观的农场也不断变换着多姿多彩的四季画面。而脚下这松软的泥土，却给了我另一番思绪，仿佛让我又追回到那个激情燃烧的岁月里……

你看！当初的营房是用毛竹搭的人字形工棚，上盖全是油毛毡，而床板就放在土墩上。一年四季房内房外的气温始终如一。当遇到雨天时，外面下着大雨，而里面便下着小雨。

你看！在每逢围堤合拢的瞬间，虽然脚下无路且十分泥泞，但官兵们却全然不顾，喊着号子，担着泥土，背着沙袋，一路小跑，就像战场上冲锋一样。有的战士脚崴了，还在继续坚持着；有的战士累晕了，喝几口水又拿起锹镐继续着……可以说他们每迈一步都可能与死神相伴，因为说不上什么时间脚下的土堤就会决口、崩塌。

你看！每每到了抢收、抢种的季节，战士们克服种种困难，挥汗如雨，并肩作战，置自己劳累于不顾，一干就是十多个小时，始终驰骋在那片热土上。

你再看！那位战士轻伤不下“火线”。这几天他正患感冒，发烧到了40摄氏度还在坚持，并且手上和肩膀上都磨出了血泡，可他从不哼一声。

据讲，还有位战士更是置个人安危于不顾。自从他第一次胃出血后，总是利用晚上时间去卫生队打点滴，而白天却坚守在工地、田间。不久，旧病又发作了，他才被送进了医院……

从战士疲惫不堪的身影中，从战士憔悴的脸面上，从战士不断滚落的汗水中，从战士频频挥动的手臂上，我看到了那无声的壮举，正是这无声的壮举，在旷世围湖造田中换来了人类赖以生存和发展的物质基础：食粮！从而也托起了希望的曙光。

这是多么感人的画面啊！

昔日壮观、感叹、难忘的城西湖军垦农场，你不仅蕴含着战士们一个个动人的故事，包藏着战友们的一份份深情厚谊，而且让人看到了在这淮河跳动的浪花上，你由围垦开发到今天发展壮大、兴旺，成为我军史上首支农忙时，以农为主；农闲时，则练兵习武、摸爬滚打的亦农亦兵的现代化大型军垦农场部队，让人从心灵上真实地感悟到它的价值与真谛。走下围堤，我对这方土地的认识愈来愈深……

时隔三天，依据日程安排，晚上还有个慰问活动，为某连的战士放一场录像。

陪同我们的仍然是那位闵副团长。眼前的他，看似有四十岁了，安徽人，中等身材，黝黑的脸上嵌着一双炯炯有神的眼睛，说起话来，铿锵有力，而且风趣。他可是个老革命了，从围垦的初期就一直在这里工作，见证并参与了农场开发与建设的各个环节。特别是当我们问及当年围垦的一些情节时，他更是如数珍宝地给我们介绍当年围垦造田是如何如何的艰难，战士们的生活是如何如何的艰苦，战士们的事迹是如何如何的感人……

特别有一件事，至今都沉淀于心底，难以忘怀。

他讲到，城西湖有一种名字叫“黑线鼠”的老鼠，因背上有一道黑线条而得名。它的身上有一种传染病菌，其传染性强、危害大，只要老鼠接触过的东西，再通过人的接触，就容易感染鼠疫病，也称为“出血热”病。自从城西湖围垦以来，有数十名战友因为感染鼠疫病，被无情地夺去了宝贵的生命。真是太可惜了。

一路的故事，却让我流了一路心酸的泪。在不知不觉中，我们便来到了连部的所在地。

这里的环境异常艰苦，潮湿多雾，让人明显看出房间的墙壁上都是湿漉漉的，如同雨后路面那样。

走进战士宿舍，尽管地方狭小、拥挤，设施简陋、单调，但从挎包的挂放、背包带的折叠到脸盆、碗筷的搁置都整齐划一、井井有条。被子也叠得方方正正、有棱有角。看得出他们管理得非常严格。进去不久，有位战士一听到我的讲话口音好像与他相同，自认为是老乡。于是，他就主动和我攀谈起来，原来他是江苏射阳人，和我同属苏北地区，是位老兵了。他感到这里确实很苦、很累。农活忙起来，几乎是没日没夜地干，不仅工作量大，而且有时连饭都顾不上吃，这比家乡的条件要差得多了。

“说句心里话，我也常常想家，想念父母，也想早点退伍回家。但为了祖国的安宁，为了农场部队的稳定，为了给军区多打粮食，保证供给，我宁愿在这里受苦，承受寂寞。如果部队允许的话，我还想再干上几年呢。”他讲道。

听着他那朴实的话语，我的心为之一热，毫不夸张地讲，那真是一种沁人心脾的感动。我深深知道，他们日夜坚守的是祖国的领土，心中装着的是人民的幸福。从交谈中我能感受到“守土有责”的承诺已经使得他们与脚下的这片沃土厮磨着难舍难分，他们把自己的理想、血、汗、泪一点一滴渗进了这方土地，交付给了这方热土……他们那不变的意志与身影，成了这湖心上舞动而最鲜亮的生命。

就这样，一周的慰问活动便随着日程的终结而悄悄地画上了句号。

临走前的那天早上，我推开窗户往外边一看，只见红红的太阳从东方慢慢地升起来了，射出万道霞光。蓝天上飘着朵朵白云，在柔和的阳光照射下，呈现出一片橘黄色，把城西湖照耀成一幅素描的风景画。不过，行走在这图画中的我们，又该上路了！因为下一站的慰问任务还在等待着我们去完成呢。

车轮启动了，地貌如一把“手枪”式的军垦农场在车轮的滚动声中，渐行渐远。我静静地望着，心中默默地喊着：

再见了，城西湖军垦农场！

再见了，农场部队的官兵们！

三十七

自从离开城西湖农场后，我们又踏进了大别山这方红色的热土。用一周的时间与驻扎在那里的两个直属单位的官兵们进行了座谈、互动与交流，不仅加深了彼此的了解，增进了友谊，而且还用我们的真心和热心换来了他们的开心与欢心，更用我们的真诚和质朴激发了他们对生活的热爱和对事业的追求。取得了预期的效果。

我们一行人于11月初，回来了驻地南京，经过两天的休整，便上班了。

我清晰地记得，上班的那天刚好是6日，星期五。我和另外一名同期学员正在向我们项目组的总设计人王庆平工程师汇报此次的外出情况，还在报告过程中的我们，突然被“咚、咚”的敲门声打断了我们的话题。从通知人的话音中，我们听懂了内容——今天下午召开全体人员会议，并且部长要亲临现场。

“看来又要有什么大事了，要不然部长怎么会参加会议呢?”我低声嘀咕道。

王工在听完我们的汇报后，开心地连连点头，用肯定的口气赞许了我们的工作是卓有成效的，同时也反馈了司令部首长的赞扬和基层部队认可的相关信息。可在场的我们，一时被王工讲得有些晕头转向，虽然心里感到是热乎乎与美滋滋的。但仔细想来，做这些事算不了什么，与守护在大别山那儿的战士相比，简直就是“小巫见大巫”。

这次去大别山，我和来自浙江宁波地区的那个战士进行了交谈，他和我是同年兵，都是 1978 年 12 月入伍的。工作的性质决定了他每天只能与大山为伴，与树木为伴，与杂草为伴，与潮湿的气候为伴。在夏天，要忍受着蚊虫的叮咬，承受着热浪的蒸腾；冬天，要经受风雪的袭击与严寒的考验。尤其是遇到连续刮风或下雨或下雪的恶劣天气，吃了上顿没下顿那是常事，因为无法得到山下粮、草、油、菜的补给。

我问他在这里当兵觉不觉得寂寞、孤独、乏味，怕不怕苦？他的回答却让我大吃一惊，不仅没有一句性急的话语和半句怨言，反而送给我两句话：当兵不言苦，言苦不当兵！这就是那个战士对待寂寞和艰苦的真情流露。相比之下，在他们面前，我们太渺小了，不是吗？

于是，我怀着一种难以言状的心情，回到自己的座位上。良久，王工好像突然想起了什么似的，还没有来得及站起来，便开口讲了。原来今天下午的会议就是宣布我们同期学员提干一事，这可谓是我们研究室的一件大事与喜事！顿时，我愣了，寻思半天都未能找到一段文字来表达当时的那种心情，反而觉得在那一瞬间，脑海是那么苍白无力，有种晕沉沉的感觉。这兴许就是一个人达到一种极致兴奋后，而本能地表现出来的反应。

所以说，1981 年 11 月 6 日是我终生难忘的日子，由一名普通士兵，成长为一名排级军官。这对我来说，无疑是人生的一个重大转折，因为它从此改变了我的命运与人生的走向。

那天下午，我们十一名学员和刚刚调进的一名战友都提前一刻钟走进了会议室。按惯例，我们仍然坐在前三排的中间位子。

在两点钟的时候，会议就正式开始了。会议只有两项议程，一是由研究室的领导宣读提干决定；二是部长讲话。

“现在我宣读决定。南京军区司令部某部‘关于武献民等同志的任命决定’……”主任拿着文件，一字不漏地读着。

坐在台下的我，几乎屏住了呼吸，目不转睛地盯着眼前的那位主任而等待向往已久的那一时刻的到来……我听到了，便立即站了起来，立定在那里。

“任命吴晓明同志为技术员，行政二十三级。批准日期 1981 年 11 月 5 日。”

那一刻，就在我起立受任的那一刻，我激动极了，心中泛起的层层涟漪迅速荡漾开来，差一点连话都讲不出来了，因为我的追求，我的梦想，我的人生目标——“凭着自己的智慧，奋斗与坚持，就能创造梦想，改写命运。”今天我梦想成真了。

其实，在这个世界上，不知有多少人从相同的起点出发，收获的却是截然不同的人生。但有一点，命运并没有因人而厚此薄彼，阳光、清风、明月、细雨、春天属于世界上的任何一个人。说到底，“追求梦想”也好，“梦想成真”也罢，于大家而言，在人们生活当中，要想将心中的那些愿望变为现实，实现它，虽然难而不易，但必须要“肯做”，锲而不舍地“坚持做”。古人云：“锲而舍之，朽木不折；锲而不舍，金石可镂。”从这两句智语中不难看出，实现梦想并非一步到位，立竿见影，而是一个艰苦、坚持的过程，必要时，需要耗尽人的一辈子时间。

我曾经看过这样一篇报道：生于美国纽约贫民区的著名动作

影星西尔威斯特·史泰龙，高中时代就想当一名演员，他前往好莱坞找导演，找制片人，整整三年，都没有一个人看好他，他也没有上过一个镜头。不过他没有气馁，而是一次次分析失败的原因。终于，在1976年，史泰龙根据自己的现实生活，写出了一部剧本《洛奇》（《Rocky》）。他历经千辛万苦找到了拒绝他二十次的导演，并得到了一次主演的机会。没想到这部影片一经上映却引起了空前的轰动，创造了奇迹般的票房。从此，史泰龙成了家喻户晓的明星。因此，凡是想干出一番事业，有卓越成就的人，几乎在追求梦想的过程中，不仅都表现出一种顽强的毅力，而且还都做好进阶的挑战，甚至面对失败的准备。只有这样才有成功的希望，才能脚踏实地、一步一个脚印向着自己梦想的彼岸，勇往直前，来实现美好的人生蓝图。

美好的蓝图不仅需要去描绘，更需要去奋斗，为此付出代价。而我，面对眼前这张薄薄的“任命蓝图纸”，等了许久的我，突然觉得现在可以喘口气了，可以从这宽宽的一扇门走进去，那已不再是人生的荒漠，而是命运的绿洲了。为了这绿洲，一个还不满二十岁、入伍还不到三年的青年，带着培植多年的向往、追求和责任，只身在沙漠里艰辛跋涉，没有骆驼可骑，没有驿站可靠，没有寸草可攀，一路前行，终于实现了来之不易的提干之梦……曾记得：

在那个寒冷的冬天，那群热血男儿，踩着厚厚的冰，带着绿色的梦想，带着父母的嘱托与希望，告别了亲人，告别了故乡，踏进了绿色的军营。从此，他们担负起保家卫国的重任。

在庄严的军旗下，在嘹亮的军歌中，他深知，从那一刻起，自己的前途与命运，不仅与部队联系得更加紧密，而且与祖国和人民的利益更加休戚相关。

在火热的军营里，他忘不了新兵连的生活，每天穿着厚重的棉衣、棉裤、棉鞋，踢正步、站军姿、练刺杀，晴天一身汗，雨天一身泥；忘不了在星星点点的夜幕下扛起钢枪，奔向哨所；忘不了第一次实弹射击时的胆怯；也忘不了第一次紧握报话机，为部队训练保障的那种紧张心情；更忘不了自己生病时，战友送来一碗热乎乎的肉丝面条……点点滴滴、丝丝缕缕。

在进修的两年中，他每天几乎如痴如醉泡在知识的海洋里，熟悉“水性”，接受新知识、新科技、新理念、新概念。努力把自己从一位“无知”的农村兵锻造成有专业知识的工程技术人员……

自从他踏上军旅那一天起，眼里就充满着阳光，热爱绿色的军营，热爱直线加方块的军旅生活。什么苦啊，累啊，困难挫折啊，都不算什么！以苦为乐，牺牲奉献，先辈们的信念都已深深地浸入了他的骨髓。

可如今，一句话的任命决定，犹如阳光和雨滴同时飘落下来，又架起了我和远方亲人之间那段彩虹，觉得近在咫尺却又遥远。

我又想家了，那个故乡，那里的亲人，特别是我的父母亲。此时他们将会怎样想？表情、状态又是怎样？

这时，我才发现每个人都有一条根深埋在故乡，只要你在部队稍稍取得一点成绩，就会在第一时间内，把那些急需告知的消息紧紧地和故乡的亲人箍在一起，长出新芽，传递过去，与他们共享。

都讲儿是爹娘的心头肉。可我总觉得我是他们心中的一块石头。肉不会伤他们，但石头却会压伤他们。我以我二十年的沉重，压弯了母亲的脊背，压白了他们的头发；我以我二十年的

“不争气”，摧老了他们的岁月，摧乱了他们的生活。有时候，我更觉得自己就是他们的一个包袱，会把他们拖垮的。长此以往，我打心里就盼望能搬掉他们心中的那块石头。盼望提干任命书，真如人生的琵琶，给家乡父母的生活带来快乐与幸福。

现在，我终于提干了，穿上了“四个兜子”的军装，实现了在我即将启程时，你们二老对我的嘱咐：“从今以后你就是一名军人了，要珍惜军人的称谓，在部队好好干……坚持就是胜利!”如果我的猜想没有错的话，远在家乡的父母，你们此刻一定听见了儿的心声，与儿同音、与儿同步，共享这份成功、胜利的喜悦。

三十八

就在我提干后的第二年，计算机技术的应用已悄然走进了部队，走进了营区，走进了这方激情飞扬的净土，成了改变军队指挥、训练、保障等传统模式的有力手段。就是因为这个拐点，军队也由此进入了一个新的时代——集指挥、控制、通信、情报于一体的指挥自动化系统。

然而，刚刚才起步与建立的自动化系统于中国军队而言，要走的路还相当长。因为在1977年，美国国防部专设一名助理部长负责指挥、控制、通信和情报工作，首次把C3同情报合并起来，称为C3I（指挥、控制、通信、情报系统）。于去年，美国军队的指挥自动化系统才从C3I系统发展到C4I。

因此，要想缩小与先进国家的差距，与外军的距离，眼下碰到和首先要解决的就是人才紧缺的问题，而其中又是计算机专业技术人才。因为人才是决定“系统”建立成败的关键，是推动事业发展的基础，尤其是在构建“指挥自动化”模型的初期，凝聚科技人才智慧和力量，发挥科技创新的支撑引领作用，显得尤为重要。

同样，相似的这一敏感性问题也触动了我所在部队的那根神经。于是，为了能解决这个问题，司令部领导毅然决然做出决定，把我们同期调进的十一名学员，进行部分人员的分流与调出。无奈之下，我和另外六名战友也由此走进了工作性质、工作职责、工作要求不同的五个直属单位，继续从事项目的开发与研究。

我是1982年2月，离开研究室，调到我到部队后的第三个单位——司令部某修理（研究）所。我的人生就这样在此靠岸。

在部队，我只待了三年多。可在这几年里，我却学到了我前十七八年没有学到的东西。比如队列与队形，比如专业知识与技能，比如待人接物，比如应对世事，比如对军队的理解……我不再是参军前那个青春青涩、懵懂的青年，也不再是教书时那书生意气的代课老师。我变成了一个会思考、有思想、上进心强的人。虽然我不是什么思想者，可我却知道在夜深人静时，独对明月，仰观流云，与自己的心灵对话，与隔世的未来对话。其实，每一次对话，就是对自己的言行进行一次洗涤和梳理，也是一次自省和修正。人，最怕的就是不会自知和自省。

更何况，成长，需要经历；成熟，需要锤炼；而成功，则需要自励。我就是在这样一个不断自省和自励的过程中，健康成长、快乐成熟、幸福成功的。成长的标志不是我们像树一样长了多高，成熟的标志不是我们变得圆滑世故，成功的标志也不是我们每个人都能够经天纬地。主要的标志是要让自己的心灵变得更为纯净与高贵，让自己的言行变得更加纯善与尊严。

是的，我是一个从农村走出的兵。我吃过苦、受过累。在来部队之前，我都是沉浸在自己那种苦况之中，时常地责问自己为什么农民就不能享受城里人应有的待遇，总是以为自己是最苦的，总以为命运和社会对自己不公平。所以，人生前二十年，我的奋斗都是为自己奋斗，我的努力都是为自己努力。

如果说理想是人生的太阳，那么我的太阳就是让我人生的天空永恒投下新的光芒与希望。那天我到新单位报到后，虽然这里的办公环境、硬件设施、人才资源都远不如原来的工作单位。不过，有一点让我感到欣慰，就是在我调来之前，这个单位还没有一个人是学计算机专业的。所以，那种仅此一人的光环，就像6月的太阳一样，照得我光芒四射，不管走到哪儿，单位的战友、同事都用仰慕的眼光看着我，就连单位的那位四十出头的万所长，不管是在大会，还是小会上也不忘把我介绍了又介绍，甚至上级首长来单位检查工作时，也要把我叫去，介绍上几句，强调我是本单位唯一从事计算机专业技术的人才。当时，我在他们的心中，简直就是个人才，成了“国宝”级的人才。久而久之，我的心中免不了的那种幸福感和满足感油然而生，让我走路甚至睡觉都像弹钢琴、跳伦巴一样的起伏、美妙和神奇。

报到后的第四天，因全军本系统有个培训任务，我和局里的一名参谋一起踏上了北去的列车，经过一夜的旅行便于次日的早上抵达了北京。

那天，我高兴极了，特别是当公交车路过天安门广场的那一瞬间，我整个人都傻了。巍峨雄伟的天安门城楼大殿，在丝丝霞光的陪衬下，显示出了优雅与磅礴的大气；国徽高高地悬挂在殿檐间，犹如一轮镶了金边正在冉冉升起的红日，放射着炫目的光芒；毛主席画像透着慈祥与伟大，在这初春凉风习习的清晨里，使我感到了从来没有过的温暖与亲切；画像两边的标语，红底白字，对比鲜明，既呈现出浩瀚的凝重美，又洋溢着热烈、灿烂的激情……哎呀，都难以用语言去描绘对天安门的第一感觉了！只感到心在剧烈地跳动，血在热烈涌动、沸腾，深切地感受到那红墙、黄瓦、青砖、屋檐、角楼、雕梁、画壁、云龙、翔凤、狮子、华表、主席画像、金水桥、护城河……这就是拥有五百多年中国艺术元素的建筑物，这就是集古代与现代文明于一身、有着五百多年厚重的历史内涵。她目睹了中国从历史最深处的煎熬中走来，走过屈辱，走过苏醒，记载了中华民族不惧流血牺牲，争取独立、自由的勇敢、坚强，写下了新中国诞生的光辉一页和中华民族走向强盛的壮丽诗篇。

其实，想来北京的愿望，在我读小学的时候就有了。那时恰逢十年动乱的特殊年代。在学校里，老师教会了我《我爱北京天安门》这首歌；在大哥哥大姐姐那儿，我听到了他们随着红卫兵串联队伍来到北京，在天安门前接受毛主席检阅的动人情景；还有在中华人民共和国成立之际，毛泽东用湖南口音向全世界庄严宣告："中华人民共和国中央人民政府成立了！"站在天安门城楼上的那一幕，深深印入我的脑海……如此的耳濡目染，天安门便在我幼小的心灵里有了至高的神圣。于是，我想，等长大后，一定要去北京亲眼见一见天安门。

幸运的是，在时隔十多年后的今天，我亲眼见到了天安门，我终于如愿以偿。

此时此刻，我的中的那种幸福与喜悦感好像一下子冲淡了已置身于车中的自己，觉得有种腾云驾雾的感觉，飘荡在长安街上空，随车而行。眼观到那川流不息的车辆犹如一条闪亮、飞奔的长龙从天而降；那壮观的气势渲染出的是一种浑然一体的雄伟！这罕见的景象，恐怕只有在世界的东方、在中国、在北京才能看到吧！我又怎能不心旌摇荡呢？

换了几路车，大约乘了近一个小时的公交，我们便来到集训场。

在这里，我们不仅聆听了北大、清华教授那智慧流淌的声音，感到了他们无时无刻不在“为”新，无时无刻不在“为”先而不懈地努力与艰辛地奋斗，而且还学到了在当下最为先进、最为实用、最为有效的计算机科学技术……近四个月的学习培训，那些新理念、新技术在不经意间又变成了我生命中的一个细胞与露珠，让我的人生又多了一种颜色和风景。而这种颜色和风景，又无意中冲刷出我生命中的另一个河床，让我的人生从此拐进了流觞曲水的别样意境。

但我却深知、懂得，要想在今后做好每一个软件项目或系统，于我而言，计算机专业技术固然很重要，不过每设计或开发出一个系统项目，往往都离不开本身所固有的专业，否则，这个项目即使设计出来也是虚拟的、空洞的、不接地气的。也就是说，一个软件工程师不仅要精通设计专业和技术，而且还要懂得那个行业的知识与本质，这样才算得上是一个称职的设计师。

于是，从北京回来，紧接着我又去了上海，在警备区参加了由司令部某局主办、为期两个月的密码专业的培训学习班。在那儿，我首次接触了本系统工作人员应该要掌握的专业知识。起初，不懂情的我，由于缺乏对该专业的感性认识，不知何为“密码”，便产生了一种思想上的误区，觉得该专业好学、易懂。其实不然，与我的想法相距甚远。

易与难，好与差！虽然都只在一念之间、一步之差，但它容易让人变得晕晕乎乎，看不懂自己，甚至还会戴着有色眼镜去把人看扁了、看偏了，自以为了不起、傲慢，看不起别人。

所以，当我渐懂、感悟后，那种过于信任自己的荣耀感很快被责任感取代，那种过于高估自己的幸福感很快被使命感浇铸。

进而，在接下来的学习当中，我一针一线地把专业课程和日子串起来，一页一页地翻，一天一天地读，把书翻旧、翻透了。毫不夸张地讲，我几乎到了疯狂的地步，如痴如醉沉浸在密码专业的学习之中。

不知不觉，屈指一数，我离岗在外学习整整半年了。

在当年的8月，我带着新知识、新技术、新经验和新收获回到了单位。虽然单位小，不起眼，人也不多，但他们却个个身怀绝技，人人都有一技之长，并且其职称都是工程师以上，有的还达到副师职高工。特别是专门从事硬件设计的卞国华高级工程师，据单位的领导介绍，他是我军史上的第一部“密码设备机”参与者，让我佩服，促我努力。

回到单位后，领导、同事、战友都对我赞赏有加，关爱备至。为了我更好地从事软件项目的开发与研究，在办公室本就十分紧张的情况下，他们想方设法，对全所的办公室进行重新调整与分配，能挤一挤就挤一挤，能合并就并一并，最终领导专门为我腾出一间办公室，留着我用。为了能让我更好地设计出可靠、实用的好项目，领导还给我配了一名合作伙伴。他是1972年入伍的老兵，是位助理工程师，但他的专业是机械制造，对电子方面的知识略懂一点。

我虽然不是才，但领导爱才，把我当作人才去培养。这对于天生憨厚，不会溜须拍马、察言观色的我来讲，心里也时常爱泛点想法，在他们的眼中，我会不会是那种清高和自傲的人呢？每每提起，我的心里总是不太舒服，尤其是对今年2月份的那次调动，就犹如一把人生的锈锁，冷冷地锁住了我本就不顺畅的命运。怎么干得好好的，就被调走了？为什么他们不走，偏要让我走呢……我哭不出，也吼不出，这也许就是我不会逢迎他们而不小心得罪了谁的结果。于是，这几天在领导面前，我也下意识地提到了自己性格上的一些弱点，但他们反倒觉得我纯洁，愿意与我共事，乐意为我派任务，因为你纯善，眼中和心里都没有渣子，对上不提任何要求，是位值得信赖的好干部！

既然领导这么信任我、看得起我，我就不能辜负他们的信任和期望，应该做出更大的成绩来，以此回报。

上班后不久，我便领到了第一个由我领衔主导的项目开发任务——数据存储和多通道装置系统。在当时，平心而论，要说我心中一点都不忐忑不安，那是不现实的，也不符合我的性情，毕竟我是“赶鸭子上架”头一回呀！但在我人生的铁砧上，部队就像一个没有拿铁锤的铁匠，已经把我这块又硬又厚的毛坯铁，锤打成钢了。

三十九

如果说原单位是我人生转折的拐点，那现在这个单位就是我事业的起点。我之所以这么讲，要把“拐点”与“起点”排个序，勾出谁在前、谁在后，理由很简单，只是想强调或说明后者是我事业腾飞的起点。而事实上，“拐点”与“起点”在人生的坐标上就是一个点，既可以看成是一个重叠点，又可以看成是一个分界点，就跟血浓于水、水融于血、血水缔结亲情那样，无法分出彼此。其实，这于我一个刚刚入行的新手而言，就是如此！

所以，从领导的手中接过开发项目的那一刻，我就没有太多的言语，相反只是开诚布公地向交办的领导表达了心中的想法与愿望，争取在规定的时间内完成设计任务。

任务接受后，我的心思不知不觉全上身了，几乎每天都沉浸在构思与系统模块的设计之中。有时夜都很深了，我依然还在卧室里废寝忘食地写呀、画呀，忙碌不停。尤其是遇到一个难解的问题，一连几夜不能入睡，反复研究与攻克，那是家常便饭。项目终于在当年的年底，拿出整个系统的设计构架与框图，不仅有总图，还有分图。总图与分图、分图与分图之间，可谓是纵横交错、盘根错节。那密密麻麻的方向线一会儿向左，一会儿又向右；一会儿向上，一会儿又向下。那菱形、长方形……圆形图，虽然应有尽有，布满整个纸张，让你目不暇接，但不管有多么的错综复杂、变化多端，“内行人看门道，外行看热闹”这句大家耳熟能详的话，在什么时间都能得以体现，就连我们单位的领导虽然是个半路出家的人都能看出其中一些奥秘，又况且对一个内行人而言呢。

在临近专家评审的前夕，我们项目组的全体同志，又一次聚在一起，对系统的可靠性、实效性等相关问题进行了讨论和评估。

也许真是我们的敬业精神打动了上天，那营区的天空，真的给我们露出辽阔的天际和无限的天宇。我主导设计的总体方案，在第一轮专家评审中，就顺利地通过了。尤其像我，这样的菜鸟，从未有过总设计经历的人，能过关，纯属不容易。事后，那位专家组的组长还专门跟我讲了，像我这样设计的方案一次能过、获批的，的确很少很少。

久而久之，我的成绩，领导、同事和战友都看在眼里、喜在心上。由所属党小组推荐，在副所长许中荣工程师和我的搭档冯康伍工程师的介绍之下，我于 1983 年 8 月正式加入了中国共产党，成为一名中共党员。接着，又在同年的 11 月，经层层上报，我的职务由正排职提前晋升为副连职技术员，这也让我成为当时最年轻的技术干部，主要是因为在项目的研发上，首次获得了南京军区科技进步奖，为单位赢得了荣誉，赢得了信任与尊重。

正当我的工作和事业红红火火、顺风又顺水时，我却突然碰到了另外一件事。

那天恰逢周六，我从报箱里收到了一封父亲给我来的家信。怎么会接二连三给我来信呢？我有些疑惑，是不是家里出什么事了？于是，打开一看，却是父亲当上了海安县人民政府副县长，是好事啊！这时，那颗悬着的心终于落地了。但说句实话，当时我看后，心中并没有能“一石激起千层浪”而为他兴奋，为他祝贺。因为我是从事技术工作的，对当不当官、提不提拔我不感兴趣。官场于我就犹如关得很紧的那扇门，一点缝隙都没有，当然也不是说做官不好，说自己有多么的高尚，但有一点，我确实不想在官场上踩钢丝、踏地雷、蹚深水。

不过当官也好，搞技术也罢，虽然是不同性质的两个方面和两种职业，但就其方向、目标是一致的。作为我的父亲，他不仅是我的长辈、人生中的第一领路人，而且还给了我一个幸福、温暖的家。

在中国人的心目中，最重要的可能莫过于有个家，因为家不仅可遮风挡雨，更是风雨飘摇人生中之根系所在。试想，在狂风巨浪的大海上，如无平静的港湾，亦无定海的锚舵，我们的人生之船不知要漂向何方，翻转到哪里？所以说，当年，我走出乡村，离开父母，来到部队，开始了新的人生征途，一切都在希望与渺茫之间。倘若没有父亲的指点与呵护，一切都是不可想象的。

我的父亲毕业于江苏如皋师范，在那个年代，算得上是位高学历、有水平、懂知识的人。因此，在他毕业后的第二年，就因工作的需要，改行成了一名吃国家饭的干部。凭着他的为人、他的诚实、他的执着、他的业绩赢得了群众的拥护和组织的信任，渐渐地从一名公社组织委员，升迁为公社党委书记、中共李堡区委书记，直到现在的海安县人民政府副县长。

小时候的他，就爱学习，这或多或少源于家庭贫寒的无奈，但不知不觉，爱学习便成了他的习惯，几十年如一日，并始终伴随他的工作和生活。他先后从事过肃反审干、教育、农业、医疗、政府等多项工作，这对于一个师范生而言，每一项工作对他都是全新的挑战与体验，但他总能轻松应对，其中最大的秘诀就是他爱学、善学、勤学与苦学。二十世纪六十年代的人民公社，工业生产几乎为零，农业是主业，为了做一名称职的公社领导，他不仅进修了农学课程，而且经专业委员会专家组评审，成为一名高级农艺师。扎实的专业知识，丰富的实践经验，他能把枯燥的广播会都开得那么动听，前几天还有位我的同年老乡对我说，那时只要你父亲在广播里一讲话，我们全家人就会放下手中的活坐到广播下认真收听，在我们幼小的心灵里，觉得你父亲就是世界上最伟大的人！

医院是知识分子汇聚，业务要求很高的地方。我父亲自从踏进医院的大门那刻起，就一头扎进层层叠叠的医书中，一本又一本，一科又一科……几年时间他竟在全省的院长大会上作经验介绍。

因为家庭和祖父母的缘故，养成了我父亲温和善良、平易近人、勤俭持家、艰苦朴素、严于律己、乐于助人的优良品格。自从他参加工作以来，从未与同事红过脸、与别人争过利，在他的朋友圈里，没有达官显贵，没有富甲土豪，有的只是同事朋友，更多的却是普通民众。

孔子曾言：其身正，不令而行；其身不正，虽令不从。他一直以来，谨言慎行，从不以权谋私。他对自己对家人严格得近乎苛刻，我的母亲跟随他东奔西走应有三十年了，可到现在还是一名凭手艺吃饭的普通工人；而我高中毕业于靠推荐上大学的年代，本来凭他公社党委书记一句话，我就可以跨入大学的门，可他却把推荐的名额让给了百姓家庭，而把我送到农村去干活，最后又让我走进了军营。

除此而外，在平日的生活中，我的父亲却又是一位温暖慈爱的人，言语中总是渗透着对儿女们的爱。

那年，我还小，时任西场公社党委副书记的父亲，在那场来得迅猛、势不可挡的伟大运动中，同样的未能幸免，被造反派莫名其妙地带走、关押。白天戴高帽，上站台，接受批斗，晚上还要写检查及反省材料。一关就是数月。远在如东老家、和他心心相印的妻子——我的母亲，好像知道点什么，于是，她只身一人来到了西场，想看望她的丈夫。但在那时，想与“走资派”的丈夫见一面，谈何容易！不过几经波折后，他们俩终于见面了。直至今日，那场景，我都难以猜想出，都难以用言语表达出它的神圣、崇高与伟大。可就在那短暂的相见时刻，让我们都没有想到，坚强的父亲开口的第一句就是“孩子们都好吗?”在那种特定的环境下，那种气氛中，眼前的丈夫几乎到了崩溃的边缘，一出口就说出如此的话语，虽然看似平常而又简单，但这是一个父亲对儿女关爱的最好诠释，一种朴实而深沉的付出！此时此刻，母亲的心该有多痛？当然，容易伤感的母亲，并不全是为了这个，还有一点就是近在咫尺，却又远在天涯，不能相见，做妻子该有多么的痛苦……

曾经的故事、曾经的事，有很多很多，只是在当时、那个时代，我太幼稚而不懂得留意或在意，甚至认为过于平常。但现在仔细想来，父亲的那些坚忍、博大、无私、质朴、勤俭、真诚、慈祥等精神品质，在他的言传身教中，潜移默化地让我懂得“要想学会做事，必须先学会做人；做事重要，做人更重要；先学会了做人，才能做好事。”的道理，也致使我在部队这个特定的岗位上有所作为。我引以为荣。

是啊！在这个世界上，引以为荣不在于父母留给你多少钱、多少财富，而在于亲情的贵重，那才是无价的、永生的、永恒的。因为饿了、冷了、累了、受委屈了……儿女们都可以到父母那儿去，依着这个避风港，靠一靠，歇一歇，甚至还撒撒娇什么的，除了父母，还有谁可以容忍呢？

因此，自从我来到部队后，仍然享受着：每当我徘徊在人生十字路口时，父亲和风细雨地为我指点迷津；每当我遇到困惑陷入绝境时，父亲循循善诱地为我开导；每当我取得成绩时，父亲又语重心长地为我提醒……都是他，用心为我搭建了一座高枕无忧的天地之屋，让我在人生的道路上挫而不折，仰之弥高，钻之弥坚……

为此，在此时，我很想用手中的笔画出这样一幅素描画：在天高地厚的浩瀚旷野中，有一座坚如磐石的军营矗立着。前者是我的终身恩师家父家母，而后者就是我和我的战友们。正是有了后方的大力支持，我们才能放眼全球，仰望天空，俯察世间万物，更能在风雨飘摇、风云变幻的人世间立稳脚跟，赢得主动与尊严，从而让国家安定，领土完整，人民温暖、快乐、宁静而超然地生活着。

这可能并非是我一人的感受，而是千千万万个军人的共同心声。因为我们都懂得：

一个人，只有当他一心一意、一门心思扑在国防事业而不为名利所累时，他才是一个真正脱离世俗、真正纯洁纯粹的人。

一个人，只有当他懂得国家的昌盛、民族的兴旺，离不开经济的发展，更离不开强大巩固的国防时，他才会用党性和军魂，信仰和忠诚，意志和刚强，托起共和国一名军人的凛凛风骨，履行共和国军人的神圣承诺。

四十

在我完成“数据存储和多通道装置系统”后不久，我的最好、最佳搭档，又是我的入党介绍人冯康伍工程师，说是因工作需要即将被调走。其实，我们所里的人都知道，凭他的人情与交往，要想调出，到领导身边去从事秘书与文字工作，那是件难上加难的事。因为他为人憨厚耿直，嘴巴不甜，不会逢迎人，更糟糕的是他的语言、文字功底太薄弱，别说去为首长起草那些发言材料，就连自己本专业，熟悉的行业，写一篇像样的总结报告他都为难，很纠结。所以客观讲，他是位不错的技术干部，如果真要改行从政，他不太适合。即便是去了，在处理那些平日的杂事、琐事时，他也会感到力不从心、束手无策，有时，还会因理解、认识上的偏差，致使一些工作的失误，久而久之，领导对他就会产生不满的情绪，甚至让他止步不前，实在不划算。当然，这些只是大家的想法而已。

然而，没过几天，他的调令真的到了。

这也让我联想到去年的 8 月，我们单位刚分来的那位大学本科生。他毕业于解放军电子工程学院，学的是电子工程。可自从他报到后，我几乎没有见到过他上班的身影。后来一打听才知道，他调到军区政治部去已经有两个月了。原来他采用的是迂回战术，只是把本单位作为一个跳板而已。据一位知根知底的人讲，他父亲是部队的一位高级干部，算是有权又有势的人。怪不得，原来如此，这区区小事简直就是“小菜一碟”。

还是不想的好，坦然面对，顺其自然吧！反正我不会放弃目前钟爱的“技术活”，而去从事那种自己不情愿干的行业。

大概在同事冯康伍工程师调出后的第三个星期，单位上报的那个“C616 微控系统装置及光学对刀镜”项目，经军区科技办公室审核同意后，便批了下来。不过，这个项目的完成期限为本年度的 9 月。虽然完成时间只有六七个月，但就其项目本身而言，设计的难度没有上次那个项目难，因为该项目的上马，只是针对当下机械行业普遍都使用的“C616”型号的车床，要对它进行全方位的改装、改革。说得准确一点，就是给普通车床配上一个“利用单板计算机技术、光学倒镜映像、步进电机”等糅合而成的自动装置系统，将手工操作改为自动运作，让一个铸件毛坯经过切、削、铣、车圆、倒角等一系列工艺流程，最终变成具有精度高、光洁度好的机械零部件。这样，不仅能减少劳动强度、节省时间，而且还能提高工效，保证产品的质量。

于是，我对此项目便如期炮制。但在设计的过程中，有一道难题却把我挡住了，的确难以越过。我虽然对计算机技术了解、熟悉，也能灵活运用，可我对机械制造、设备等方面的一些基本知识、常识，知之甚少。倘若不及时破解，突破这一瓶颈，该项目成功的概率会很小，所以，此时的我，就像热锅上的蚂蚁，急得团团转。

怎么办？在我左右彷徨无助时，乌云密布的天空里像懂我心思一样，突然间漏下一线光来，照射到我人生的十字路口。

经过深思熟虑后，我决定向领导报告，请求领导的支持与帮助。万万让我没有想到，我的汇报还没有等到结束，领导竟然打断我的话语，当场欣然同意，让我去南京的七一机械厂跟随师傅学习一个月，但有一条，任务完成的时限不变。这一喜讯，的确是我沉甸甸难题里的一抹最亲的亮点，仿佛高高的云端里，一页页设计好的机械设备线路图，正上下翻滚着，飘落而下。

建议被领导采纳了，虽然是我平生第一次，却让我找到了有了靠山的感觉。

于是，一天后，我去了七一机械厂。

经多方协调，我跟班的那个师傅姓何，是该厂的一名高级技师，四十岁出头，他长着一头黑乎乎的卷发，说话是一口的南京腔，举止是一副文人的架势，怎么看也不像是个技术工人。人也相当老实而富有幽默感，整日里一双笑眯眯的眼睛好像透露着许多令人高兴的事情。据我的那位同事讲，何师傅曾经是他的老师，后因工作需要，调到该厂创新办公室，专门从事“数控线切割机床”的研究与操作。

巧合的是，这次来厂学习，选择的实习课题就是“数控线切割机床”的编程与实机操作。基于两点：一是设计项目的需要，因为我所研究的系统中，方位走向的控制与它相近、相似；二是本单位的需要，在几年前，单位从苏州长风机械总厂购置了一台“数控线切割机床”，至今因无人懂得而闲置着。这一科学的安排，可谓是一举两得。

从那天起，我便沉下心来，跟着师傅，聆听教导，少说多做，不懂就问。一个月的学习与实践，不仅让我学会了对数控机的操作，而且还学会了对每种机械零部件方位、长度的计算以及对加工指令的编写，更重要的是让我对整个数控系统有了一个全面认识和了解。就此，我带着学成而归的知识、师傅教案……像一只燕子，又重新衔起那梦幻的春泥。

回到单位，为了抢时间、赶进度、争速度，我一门心思、一头扎进了项目的设计之中。用了不到五个月的时间就全部完成了“C616 微控系统”的软件和“光学对刀镜”硬件线路的设计。

内行人都知道，理论上的设计完成，只是项目成功的前提，接下来的联机调试才是关键，才是成功的所在。所以，为了保证联机、联调能顺利进行，在领导的同意之下，我和几位懂业务、精技术、善思考的行内尖端技术人员，组织了一支团结协作、战斗力强的团队。组长是我，负责系统间的衔接与问题的解决，副组长是许忠荣工程师，他也是本单位的副所长，另外还有两名成员，都是助理工程师职称，一名在光学上有所建树，而另一名在机械设备上有所成就。

我们几个人，像发疯似的，每天都聚在一起，开机、联调、运转、测试。有时候遇到难题或一时搞不清问题究竟出在哪儿时，会忘记了吃饭与睡觉，甚至一直工作到第二天，再接着上班，憧憬着该项目能够早日、早点成功，在机械行业率先推出以旧更新的新型设备模式、新型运行模式和新型创新模式。

也许真是我们的精神、斗志、干劲与欲望打动了上天，而被她眷顾与惠赐。我们的项目于 1984 年 9 月份正式调试成功，也意味着我们开发的“C616 微控系统装置及光学对刀镜”课题成功完成。尤其是我，在司令部的内刊上被报道后，我的名气在本系统内越来越大。我的那个项目，不仅在部队的机械行业，而且在南京、常州、苏州等地都得到了推广与使用，备受好评。

一步一个脚印，一年一个台阶。我的成绩，再一次得到了战友们的认可和领导的肯定。最终该项目获得南京军区科技进步二等奖！

项目完成后，我的时间空间突然变大、变宽与变长了。于是，我想利用这段时间，休假、回家探亲，看望我的家人、我的父母亲，因为自从1984年的2月份，我调到本单位后，一直都忙于项目、课题的研究与开发，未能有时间回家，和家中的二老唠叨唠叨。

正当我打报告、提出申请时，另外的一件事却又打乱了我回家的计划。

经与解放军通信工程学院商量，报送军区司令部，同意在通信和机要系统中选拔一批具有培养前途且在三十岁以下的年轻军官赴通信工程学院学习，时间两年，名额各为四十人，考试合格者，便可取得军、地双方相互承认的大专学历。

我怎能轻易让这个机会从我身边溜走呢？

虽然每次在自己个人档案的学历栏目中，都烙上所谓“中专”的字样。其实，我的学历就是高中，就是那个特殊年代毕业的一名高中生。到部队后，虽然在大学里学了两年，也提了干，但我的学历，这个“中专”还只是司令部领导口头上的认定，并非任何学校或权威部门为我颁发过毕业证书。

人生就是一首唱不完的歌。

所以，这突如其来的“馅饼”就像雨后的一节彩虹，再一次架起我去那端追求青春梦想的桥梁。我会抓住机遇，接住“馅饼”，不会把到口的肥肉吐出去。

四十一

于10月的中旬，我报了名，经本单位审查后，与其他三位战友一同上报到主管部门。

很快主管部门就有了批复，同意我们四人参加入学考试。据统计，最终符合条件参加考试的人员共达246人，这就意味着的录取比例为6.15：1。

面对“参考人数多，录取名额少”的严峻形势，我不敢有丝毫的马虎与懈怠。我是做足了准备，抱着必胜的信心，参加入学考试的。

这次升学考试的课程并没有像每年的高考那样，门数多，只是结合考生单位的性质，根据专业设置和与此相关联的基础知识而综合确定。所以，学院决定，考试的课程为数学、物理和英语三门，而英语成绩不计入总分，只作为在录取时的参考。

为了能使自己的基础知识尽快地恢复到常态，一方面单位在时间上给我做了让步，只需上半天班；另一方面我利用晚上的时间，报了南京师范大学的一个短期夜读复习班。可谓是万事俱备，只欠东风了。

于是，在求学的道路上，我又一次拾起未编织完的旧梦，一头埋进书堆里就再也没有抬起过。

客观讲，课程于我，就像一双鞋子，穿在脚上，再合适不过，因为这几年，我一直都和数学、物理这类基础知识打交道，几乎是如影随形，一同前行。复习课程，就像缝补衣裤，查漏补缺，越细致越好。我坚持按照预先制定的学习计划，把课程与每天的时间串联起来，一页一页地翻，一节一节地看，一天一天地读……我很用功，从不偷闲。

转眼便迎来了考试的2月。两天的入学统考就要开始了，两百多名考生个个精神抖擞，欲把攒足的劲都倾泻在考场上。虽然我已经调整好了心态，忘却了一切，丢掉了所有的包袱，轻装上阵，但大考前夕的那种紧张、焦虑、烦躁、寝食难安还是占据了我的心房，压得我喘不过气来。因为这次机遇我太看中，也太想抓住了，不想让这人生的一节彩虹转瞬而逝。统考终于结束了，但总体感觉不是很好，特别是物理考得比较差，竟然还有一道大题只做完了三分之一。到现在为止，我都不敢回首，那考场上的两个小时是怎样度过的，太煎熬了。

考完后，我对自己的成绩一直都忐忑，不敢确信是否能过录取线，老是觉得几个月没日没夜地苦读，似乎将全身的每一个细胞能量都挤了出来，可能要毁于一旦。内心的那种恐惧、痛苦与失落不仅从未停止过，而且还铺天盖地向我袭来，其程度与日俱增，焦虑让我几乎每夜都失眠。就连单位的领导和同事都小心翼翼地安慰着我，生怕一不小心惹我不高兴了，生闷气、发脾气。

成绩很快就下来了，我的成绩仅比录取线高出几分，好险呢！但不管怎样，我还是被录取了。

1985年3月9日，是通信工程学院录取通知书到达的那天，我用颤抖的双手捧在手中，高兴得心都要跳出来了，觉得自己真的像一只丑陋的大青虫，经过痛苦的嬗变，终于长出了一对美丽的翅膀。为了你，为了这一张薄薄的纸，我等了二十多年，二十多年的漂泊，二十多年的前行，二十多年的奋斗，我一直坚守着执着，不就盼望这一天吗？这一天终于来了，我终于战胜了自我，战胜了一切，淡然地坐到大学的属于自己的位置上，成为一名名副其实的大学生。

现在好了，一个叫通信工程学院的演奏家，她身背一面琵琶来了，弹奏的将是我追求梦想成真的那份期待与憧憬，那份喜悦与快乐。

时隔四年半，我按要求如期报到，又一次走进了解放军通信工程学院这座校园。这里的一切几乎没有什么变化，只是在办公区的西侧新建了一栋十几层的教学楼。整个校园中，那栋教学楼最为巍峨，外墙系浅红色，在绿树的环绕和映衬下，格外抢眼，给人以庄严、厚重之感，与校园所应有的氛围正相吻合。我们就在这栋神奇的楼中上课、学习，而不知疲倦地耕耘着读书给自己带来的惬意与快乐。

由于我们这批学生，大多数都是单位的技术骨干和业务尖子，学校所开设的课程，所要讲的内容，有一大部分我们都已学过或自学过，因此，于我们而言，学习、上机、考试都不是问题。

在两年中，我花费时间最多的是英语。因为我的英语基础差得出奇，虽然高中也上了两年，但我的印象却是英语只学了二十六个字母，外加一些简单的句型而已。所以，当我重新拿起课本时，在我的心中，没有激起一点涟漪，倒觉得跟没学没有什么两样。

尤其在语音学习阶段，我发现自己成了自上学以来成绩最差的落后生。原来，在我的家乡海安，许多人说话没有“l”这个音，凡是发“l”这个音时都错发成“n”这个鼻音，如将劳动（láo dòng）错发成“náo dòng”，将理发（lǐ fà）错发成“nǐ fà”。我受家乡方言发音的影响，同样也有这个毛病，将“l”这个音错发成“n”。其实，我在中学学习英语时，这个问题就存在了，只是中学的英语不重视语音罢了，故将“l”这个音发错也就不算什么大事。可是到了大学，要求就不一样了，发音必须准确。

老师发现我这个毛病后，就让我注意纠正。我当然知道要努力纠正，但方言发音的影响决不是一朝一夕可以克服的。我每天对着镜子，练习“l”发音。为不发出“n”这个鼻音，我就捏着鼻子苦练。但纠正起来谈何容易！老师知道我的弱点后，硬是哪壶不开提哪壶，在提问练习和阶段测验时就重点测试我、考我“l”的发音，如让我发“last night”（昨晚）、“nice lamp”（漂亮的灯）等等。一个月下来，我愣是没有通过语音关。而我的同班同学，特别是上海、苏南的同学，他们家乡方言不影响英语的发音，所以都轻松过了关。而我直到一个半月后的一天，坚持苦练的我，突然找到了感觉，一下子纠正过来了，那个高兴劲就甭提了。终于过了语音这一难关。

语音是通过了，但接下来让我头疼的是，如何记住那些单词、词组和句型……我对记忆还有个偏好，晚上对要记的内容不管读上多少遍，始终都不能入脑，而到了次日的早上，尤其是五点到八点半这段时间内，我的记忆力特别好，只要读上几遍就能记住、记牢。所以，结合自身的特点，自从我入校后，就一直坚持每天早起，练语音、读课文、背单词、抄短句。

除此而外，当时的学习条件远比不上现在。我们全班同学只配备了一台录音机，而且只能在上课的时候从电化教学室借来用，更谈不上还配置什么随身听。但为了扩大词汇量，我却想出了一个办法，将单词制成一张张小卡片，随身携带，只要一有时间，我便从口袋中拿出来，看一看，记一记。其结果是换得了在班上较为靠前的学习成绩，最好成绩竟达九十五分，这在当时进修的八十名学生中还是很少见的。

在通院学习，还有一点最让我开心，那就是图书馆，是我光顾得最多的地方，也是我最惬意的乐园了。因为在单位，无论如何也读不到这么多书。而在校园里，就不同了，每每走进图书馆，就如同每天走进宿舍那样，方便、自由、放松。只要凭着手中的借书证，就能每天进出而光顾图书编号卡，不厌其烦查找着自己所需的书籍。有时候在图书馆一蹲就是一天，忘记吃饭那是常事。

我在通院，除了正常上课、参加各科考试，完成学业外，有一部分精力却放在计算机仿真系统的应用与研究上。因为在来校之前，我审视了当前本单位、本系统的一些实际情况，看到计算机系统一旦出现问题，甚至细微的差错，也会给工作带来不便与麻烦，甚至是不可弥补的损失，所以我有所企图，在毕业后能从事这方面的课题研究。

还有一件事，在通院读书的两年中，最让我难忘。我们一个班十个人同住一间宿舍，分上下两层铺。年龄上下也只相差一到两岁，分别来自安徽、浙江、上海、江苏、山东等地。张建民是我们班的班长，来自合肥省军区，1978 年 3 月入伍。戴着一副近视镜，讲话轻声细语，做事认真，学习刻苦，有组织能力，尤显文人的气质。我们的班副叫陈兴根，也是 1978 年 3 月份入伍的兵，他的老家是江苏东台，与我相邻。凑巧的是，我们俩不仅同班，而且睡上下铺。平时吃饭、上课、出去闲游，几乎是出入成双，形影不离，绝对是一对好哥们儿。他聪明好学，稳重干练，有主见，学习成绩一直名列前茅。

我们十个人虽然来自不同的部队、不同的地方，各自都有着截然不同的乡音、截然不同的脾气与习惯，但就因缘分让我们大家走到一起来了。在学习上，相互帮助；在生活上，相互照顾；在遇困而不解时，相互开导……朝夕相处，结下的同学情、战友情，真是情深似爱情，情浓胜亲情，情义超友情，这种亲如兄弟的真情永远都如一道最亮丽的风景线，生在世界上，存于宇宙间，让人彼此珍惜、怀念与永存。

时间过得真快，两年的大学生活，在弹指一挥间消逝！

1987 年 1 月，我们毕业离校，回到了各自的工作单位。我也不例外，和本单位的三个人一道回到了原单位。

这时的修理（研究）所已经不是两年前了，其工作环境、人员结构都发生了很大的变化。单位也从军区大院搬出，移到明故宫路，技术力量也充实不少，有从郑州电子技术学院毕业的本科生，有从上级研究所调回的高层技术人才，也有从本军区其他单位调进的干部。人才的扩张与队伍力量的集聚，打破了原有单位的构架与人员的分工。在单位的内部还专门成立了计算机系统开发研制组和系统硬件维修组。

一同毕业回来的四个人，把我们一分为二，我和胡洪斌同学，与前年学软件专业毕业的薛伟战友同在软件组，专门从事本行业内软件系统方面的开发与研究。

工作落实后已临近春节，大概是腊月的二十，我们软件组便接到了军区科技办下达的“592CII 密码机及 RDG 系列型光电机的故障自动诊断系统”项目的研发任务。当时，我们三个人都傻了，“知其然而不知其所以然”，根本无从下手、动笔。要求所开发出来的系统，在最短的时间内，对某种特定的微型机应用系统，进行自动、全方位的诊断，并通过诊断模块将诊断出来的结果送至人机对话的平台，准确地显示其故障所在的某一芯片或某一芯片的某一管脚。

是啊，要达到如此高的准度，的确难度非常大。不光如此，还有一个关键性的问题要解决，如果被诊断的设备连 CPU 都无法工作，那设计出的诊断系统又怎么能运行呢？程序都不能运行，又怎么谈得上诊断呢？看来，该项目不仅对自己是一个不小的挑战，而且对他们从未有过开发项目经历的新手来讲，更是如此。

所以，我们课题组的全体同志，抱着“明知山有虎偏向虎山行”的精神，针对该项目的一些特点、要点和技术难点，进行了反复的讨论、商量与研究。最终采纳了我的想法，用计算机仿真技术对目标机的故障进行自动诊断，即使原机的 CPU 全盘瘫痪，可由仿真机上的 CPU 代替目标机，而再现系统的运行，从而有效地找出病根的所在位置。说得简单一点，就是两台微型机共用一个中央处理器（CPU）。

其实，现在想来，真有意思，要不是当年在通院里花费一定的时间，去对计算机仿真技术进行研究与揣摩，要想在较短的时间内拿出一个切实可行的技术、方法与方案，那真的比登天还难，不是吗？

思路决定出路！

四十二

由于我刚刚毕业，且当下的项目，思路与方案都已定夺。同时，也考虑到春节在即，加上节前、节后又做不了多少事，所以，我还是决定回家休假，顺便把个人“老大难”的问题再捋一捋，最好能把那种关系确定下来。

所以，我的请求很快得到了领导的批准。于腊月的二十六，踏上了去往海安的汽车，回到了家乡。

其实，这个时候，特别是一过腊月的二十二，家乡浓浓的年味就会随着数九的寒风，缓缓飘荡开来，县城里喜气盈动，年味渐起。小学生、中学生早早放假了，外地该回来的人陆续在回，机关单位说是上班其实也就那么回事了，家家户户忙着打年糕、蒸馒头、磨豆腐、购物品、备年货……格外兴奋繁忙。

过年的习俗，虽然也能激发起我心中的浪花，感到浓郁的年味是亲情的温馨，是乡情的孕育，是乡趣的集成，是民风的升华。但这次回来，我考虑得最多的却是另外一件大事，个人的婚事。

眼下，我已经是二十八岁出头的人了，按照中国的婚姻习俗，就我这般年龄，应是到了谈婚论嫁的时候。可我，一直以来，似乎对找对象并不着急。客观上讲，自己是一名军人，工作岗位特殊，心想先干好工作，再谈朋友也不迟。主观上讲，自己才提干几年，还年轻，天下有的是好姑娘，还怕找不到合适的？就这样，一而再，再而三，一直拖到现在。虽说我没有觉得到了世界的末日，找不到对象的地步，但却把家中的父母、长辈、亲朋好友都急坏了，每次放假或休假，总是唠叨不停，啰唆不休：都快三十岁的人了，还不谈对象、处朋友，别人还以为你是个假小子呢！我越是不在乎，他们越是着急。

其实，平心而论，父母为儿女的婚事着急也是很正常的，毕竟婚事事关儿女的一生，事关儿女的幸福，更事关家族香火的延续。尤其像我，一个大龄青年，不说结婚，就连女朋友到今天都没有能确定下来，确实成了父母亲的最大心病。他们觉得，养了这么一个优秀的儿子，又是一名解放军军官，不早点找对象实在太亏，况且有时候还会被别人误会，感觉自己的孩子是不是有什么问题等等。

所以，写到这里，我虽然耗去了一定量的文字，讲了不少的话，但当时我对自己的婚事，却有我的见解，就是不想过早让家庭和婚姻给捆住了，因为我听到了太多的同龄人对婚姻的抱怨，看到了太多的同龄人对婚姻的无奈。我想多自由几年，在工作上干出成绩来，再成家也不迟呀！而我的父母，他们就是读不懂我的心，不管这么多，只要我能结婚，他们快点抱上孙子就行。

“可怜天下父母心”！天下所有的父母都是一样，为儿女有操不完的心，说不完的话，甚至还有生不完的气，恰如其分，也的确如此。我的父母亲为我相亲找对象，不是一天两天、一年两年了。对我的婚事，他们总是有着永不褪色的精力和激情。我刚刚高中毕业，那时我十七岁吧，母亲就看中了在公社宣传队做表演的、比我大三岁的她。自从她们认识后，就特别亲切，走得勤，喊得亲。长得漂亮的她，似乎也很懂事，一来就帮助我家做家务，勤快得很。虽然她的言谈举止，也赢得了二老的好感与赞许，但我的心却比天高，认定自己会走出农村，有所作为，所以，我就一口回绝了，没有同意这门婚事。

凭良心讲，那位姑娘不仅非常漂亮，而且看似也非常贤惠。这也许就是我们之间留有太多的空白格，而没有那份缘分吧！

真的就在我毕业后第三年，我带着向往与梦想离开了农村，走进了军营，走进了部队。从那时起，有很长一段时间，我的父母都没催我再找对象，他们知道，必须等儿混出个人样来，在部队出人头地了，那谈女朋友的事，才会有戏。

于是，直至近两三年，我的婚事又一次正式提到了他们的嘴上，频繁地发动他们认识的那些朋友给我张罗对象，有在部队当兵的护士，也有在地方从事教育、技术、管理等工作的姑娘，结果跟人家见了面，都以各种借口告吹了。不过我却相信，成功的婚姻是有缘分的，现在只是时机未到而已！

就在去年暑假的最后一天，我准备吃完午饭就返校。正当开饭前夕的那瞬息，电话铃响了，恰巧在第一时间内是我接的这个电话。现在回忆，当初无法知道，那次经人介绍而偶见的后面，却是意想不到的姻缘。

8月22日的那天，外边的气温还延续着夏天的炎热，中午的空气中还弥漫着呛人的炎潮。我跟父亲说了一声便按照介绍人指定的地点，急忙地来到了相见地。

没想到命运这么眷顾我，经媒人介绍，她是一名刚刚毕业且待分配的中文师范生，家住青萍北景村。虽然那次见面，我们各自的话语极少，表情害羞，但当目光相互碰撞以及传递手中苹果的那一刹那，那张清纯可人的脸庞跃入眼中，让我备感亲切。她情感细腻纯真，待人接物大方，模样可亲可爱，特别是那副眼镜下，清澈的目光流露出无限的心仪……送我出门时，她那彬彬有礼的风度，镌刻在脑中，令我难忘而沉醉；分别时，她那浅浅的一笑，萦绕在心头，令我温暖而期望。当她定格在熙熙攘攘的人群中，那透过树叶缝隙的缕缕阳光，洒在她脸上的时候，显得格外的明媚、清秀。那一刻，我的心颤动了，难到心目中的那个女孩，就是她吗？

自从那次见面后，虽然我们各执一方，但通过书信却把空间的距离拉近了，好像再遥远也近在咫尺。每当我打开信封，取出信件时，那清脆而又斯文的声音犹如从面前传来，而我从朗朗的笑声中，从快乐的心情中，让我体味出那是绵延不绝的幸福，心里便像蜜一样的甜。就这样，你一封，我一封，你来，我往……封封信连接着我俩的心，句句话承载着我俩的愿。于是，在我回来之前，我对介绍人也讲了：就是她了。

但这还不行，按照家乡的风俗习惯，定了亲才是真正意义上的恋爱关系。所以，在家人、亲朋好友的见证之下，我们因缘分相识，因志同道合相爱，缘分和志同道合是缪斯赠予我们的红线与媒人。

在随后的两年当中，我们虽然经历了多次离别的无奈与感伤，但恋爱的过程却始终充满了春天般明媚的气息，散发着爱情的甜蜜。不知有过多少次，相思如痴的我，多想穿上亮丽的婚服，坐上思念的舟楫，撑起幸福的竹竿，慢慢地随着那静静的水流，越过相思的渡口，驶入她的梦里、她的心里、她的灵魂深处。我多想，在那黄昏的午后，能执子之手，与子共赏天边那绚烂多彩的晚霞，与子共听那林间的鸟语。我多想，在夜深人静的时候，我俩能互为依偎着，仰观那高挂的明月，领略那月夜的美景……多少个日子，多少个一刹那，只要碰上朗月高挂的夜晚，情怀所致，都会产生一种眷恋，怀远思情。

我们选择了 1988 年中华人民共和国成立之日，作为结婚的大喜日子。因为国庆节是一个新时代开始的标志，在象征着“增加信心，凝聚人心，团结一心”的日子里举办婚礼，会更美好，更喜庆，更有意义。

我们的婚庆，一切的一切都简简单单、平平常常，没有大规模的车队，没有温馨浪漫的乐声，也没有红彤彤的地毯，更没有鞭炮礼花……但整个过程却充满了喜庆，充满了温情。在亲朋好友的祝福与掌声之中，倾心相慕的两个人一起步入了婚姻的殿堂，与子偕老！

我们的爱，不仅是简单的，平凡的，更是纯粹的。爱得越是简单，爱才能越纯真，爱才能越恒远……

四十三

在我大学毕业的第二个月，恰逢1987年春节探亲回来的当月，由于我对外好学上进、踏实肯干、诚恳朴实、年轻有为的行为和形象，再次赢得了本系统战友、同事和领导的称赞与信任，所以，我又从副连职技术员提升为正连职助理工程师。那时我还不满二十八岁。

正当我的工作和事业处于突飞猛进时，我却做出了一个连自己都不敢相信的天大决定，要求转业回到老家去工作。

那是1989年的年初，在我主导设计完成的那个“592CII密码机及RDG系列型光电机的故障自动诊断系统”项目，刚刚获得军队级科技进步二等奖后不久。想法一旦提出，当时本单位的领导，就把我叫到了他的办公室，和我谈心，其实，就是做我的思想工作。我们的长谈持续了两个小时，讲来说去，最多的话语是希望我能留下，继续发挥特长和优势，为国防事业多做贡献。

由于我当时在本系统有了些名气，并经常被主管局的领导通报表扬，在单位领导找我谈话未有结果的情况下，第二天上午，局里的一把手又亲自给我打电话，说是有要事和我谈。当然我知道，这“要事”是什么。不过，局领导就是水平高，确实对问题看得透、读得懂、想得深。有一句话我至今都记忆犹新，仿佛就在昨天。

“你转业回到海安去，最终能混个处级干部，就很不简单了。但在这里，凭你的能力和水平，要实现它就是个水到渠成的事。”

但可悲的是，不管是单位还是局里领导，不管是小领导还是大首长，说一千道一万，我就是那么铁青着脸，犹如一头倔牛，一根筋往里头钻，什么意见、建议，甚至带有“批评”色彩的那些话语，我统统都听不见，装聋作哑，目光里喷发的好像全是对转业回家的那种渴望，那种希冀，简直不可理喻。假如是在今天，也许我真能采纳他们的意见而留下来，为自己钟爱的技术工作继续努力。但其好意我都一一婉言谢绝了。

客观地讲，当兵就是“铁打的营盘，流水的兵”。要想在部队干上一辈子，终身保有军籍，几乎不可能，当然，我从来也没有奢望过。所以，到那时与其领导让你向后转，倒不如现在痛下决心，趁着年轻早点转业回到地方去，早适应，早增才干，练就真本领。

一周后，我的转业报告终于批了下来。接到通知的当天，我并没有高兴，而是心里却有一种说不出、道不明的苦涩，像失去什么东西似的，忽然觉得有点空落，毕竟是军队这个“大熔炉”，把我从入伍时的懵懵懂懂、一无所知的农村兵，到今天锻造成为一名光荣的共产党员、一名大学生、一名共和国的军官，也让我的人生天空投下了新的光芒和希望，同时我这颗飞行着的子弹也终于落地了。

算算日子，应该没几天我该走了。想想这十二年来，其实过得挺快的，我依稀记得。

1978 年的冬天好像特别的冷，在去参军的路上，那时候我没有出息，真的哭了，并且哭得很伤心，我知道，那是离别的不舍与依恋!

在我即将启程时，父母亲双双拉着我的手，反复嘱咐：去了部队要好好干，要珍惜军人这个称谓！二老的殷切期盼伴随着我一路走来，“军人的称谓”成了我生命中的一部分，这种责任感和荣誉感一直激励着我不断前行。

来到部队后，那种枯燥与无聊让我无所适从，因为那时候我不知道，只有耐得住寂寞才能守得住繁华，只有顶得住苦痛才能守得住甜美，只有经得住离别才能守得住重逢。

在新兵的训练地上，踢正步、站军姿、练刺杀，晴天一身汗，雨天一身泥。还有一次，全副武装五公里的越野虽然让我精疲力竭，但我咬咬牙还是坚持下来了，之后照样还能在五百米操场上一圈圈冲刺；练习投弹时，别人出手就是四十米开外，可我却怎么也达不到三十米的及格线，于是痛下狠心“虐待”自己，一个月下来，竟突破了四十米大关。新训结束后，我来到通信连，坚持晚睡早起，用心去领悟那些密密麻麻的数码，不到一个月的工夫，我的训练成绩很快就脱颖而出，不仅成为新兵中的佼佼者，就连有些老兵在我面前也甘拜下风……

南京是我军旅生涯的最后一站，在这座美丽的城市里，我与她热情相拥，聆听到她铿锵前行的脚步声，看到文明古城与现代都市的完美融合，同时，我也备感为她奉献的快乐和价值而留下的点点滴滴。

我忘不了那宿舍里的欢腾与笑谈；忘不了那生动而又有趣的课堂；忘不了日复一日键盘的敲击声；也忘不了我的首长，我读懂了你们那谆谆教诲和深情的目光；更忘不了我的战友，我们共同品尝了属于我们的苦与乐……那一个个场景、一组组镜头，看似只是一个兵的足迹，一个兵的旅程，但它却折射出人生的哲理。其实，世上并没有闯不过的难关、越不过的鸿沟，更何况快乐和成功都一直如影随形。在今天，我成功了，为自己拥有那段荣耀的人生经历而感到自豪与欣慰。

敬爱的首长，谢谢您！是您为我插上了腾飞的翅膀；

亲爱的战友，谢谢你们！是你们为我打开了亲情的那扇窗；

可爱的军营，感谢你！是你为我鼓起了远航的风帆，是你慈母般的胸怀让我的军旅生涯变得丰富多彩，自信地一路走来，拥有了终身受益的一笔财富——不是金钱，而是军人的素质与情怀！

几度风雨，几度春秋。著名作家贾凤山将军曾这样写道："虽然当兵的历史只是人生长河中短暂的一瞬，但却是一段极为宝贵而特殊的经历，因为在这段极其有限的生命里，我们曾经以热血和真诚实践了军人对祖国的承诺，曾经把人生最美好的青春年华奉献给了自己所挚爱的崇高事业。"我觉得，这就是当兵的魅力所在。

我于1989年8月离开部队，国庆节后到海安县级机关正式报到。

临行的前两天，单位的同事和同学都来帮助我清理物品，打背包，扫房间，忙得一身灰尘一身汗。晚上，单位还专门为我送行，摆了几桌酒席，还请了主管局的负责人和我的几位大学同学。

可今晚这事，却让我百思不得其解。我调到修理（研究）所至今有八年了，转业的人也有好几位，但在我的记忆中，如此高规格的送别，好像还从未有过。大家纷纷举起手中的酒杯，接二连三地向我敬酒，特别是酒后那些赞美的话，让我感到无比欣慰与荣耀。

又启程了！可敬可爱的首长，相亲相爱的战友，我们曾经的相识并不是为了今天的相辞，我们曾经的相聚并不是为了今天的离别，我们曾经的友情并不是为了今天的分手。曾经的军营时光，请在我的梦中流淌，慢慢流淌……这一刻，我的心流淌着真诚与激情；这一刻，我的眼神弥漫着虔敬与感激；这一刻，我的情思绵绵无尽……

军旅难忘，难忘军旅。

军人的称谓永远是我的骄傲！

军人的奉献永远是我的追求！

军人的活力永远是我的灵魂！

军人的作风永远是我的财富！

军人的生活永远是我的激情！

军人的步履永远是我的荣耀！

后　　记

看着即将出版发行的书稿《逐梦金陵》，我感慨良多……

在三十八年前，“生于农村，长于农村，毕业于农村中学”的我，迫于无奈，不得不背起行囊，又回到了农村，成为“农业学大寨”那个特殊年代的一名新生代农民，过着每日面朝黄土背朝天，在田园上重复耕作的艰苦日子。

由于我的奋发努力，事业的成功也随之凸显。就在我毕业的第二年，经小队群众推荐，大队党支部同意，报公社教委审核、批准，有了一份代课教师的职业，让我站在三尺讲台上，教书育人，播种文明，收获希望。但在中国教育的词典里，代课教师是没有名分的，没有编制，没有地位，只是个拿着粉笔的泥腿子，戴着帽子的“知识分子”。所以，我并不满足于当时的那种职业状况，整天沉浸于代课的过往之中。

为了能跳出“农门”，在那个非常时期，报名参军便是“农村户口”人唯一的选择。于是，我毅然决然放下了教鞭，带着心上的纸鸢，以完全自我的方式投向远方——军营的怀抱，用耕耘、奋斗抒发情怀，吐露梦想。

天道酬勤。走进部队还不满三年，我就被南京军区司令部某部任命为行政二十三级，排职干部，成为一名人民解放军军官。当然，这其中的酸、甜、苦、辣……我都一一品尝过。

十二年的难忘军旅——春、夏、秋、冬都是风景。

可如今，尽管我已脱下军装多年，人也步入中年，但时常总能激起荡存于心中的那朵小小的浪花，让我仿佛又回归到与来自五湖四海的战友，共同学习、生活、战斗过的军营，那段最为美好而又难忘的旧时光。

正是因为这段军旅生涯，生命里有了当兵的历史，才有了那种血的友谊、火的激情、铁的纪律、钢的意志，包括那些无言的困顿和莫名的遗憾，都构成了我青春年华中最亢奋的部分和生命交响中最壮阔的音符。这些不可替代的精神财富，永远都是我珍藏的瑰宝。

正因为如此，曾经的故事，曾经的梦想与曾经有过的灿烂，让我渐渐萌生，要用手中的笔留点美好的印记。

于是，近一年来，不管工作有多么繁忙，我也要挤出时间来，耕耘过去来不及耕耘的那段兵之旅。每每夜晚，小区内的灯光已经慢慢沉睡，而我却依然沉醉于文学的河流之中，在翻卷的浪花中撷取美丽的瞬间，熔铸自己的思想认知，把最有味道、最有特点和最有情感的那些“信息储备”、成长过程、心路历程、亲情友情，串成行与页，以一名作家的责任谱写一些悦耳动人的音符。

这是我的第一部专集，其选材不仅宽泛，而且笔法也不一，希望借此满足不同类别读者的阅读口味。如果本书能够给您的精神生活留下一点痕迹、价值与记忆，实我愿也。

让我久久感动的是专集的出版，得到了许多师长、战友、同学、同事和朋友的关心、关注、鼓励、支持和热心帮助，我才有勇气出版此书。在此，我向你们表示最真挚的谢意。

除此而外，我还要特别感谢江苏省海安县物价局的翟小静女士为本书的初稿进行认真校对，今借此机会，在此一并真诚感谢。

作　者

2016 年 8 月

图书在版编目(CIP)数据

逐梦金陵／吴晓明著．—北京：中国文史出版社，2017.1

（跨度新美文书系）

ISBN 978-7-5034-8269-4

Ⅰ．①逐… Ⅱ．①吴… Ⅲ．①散文-中国-当代 Ⅳ．①I267

中国版本图书馆 CIP 数据核字(2016)第 248017 号

责任编辑：马合省　薛媛媛

出版发行：**中国文史出版社**
网　　址：http://www.chinawenshi.net
社　　址：北京市西城区太平桥大街 23 号　邮编：100811
电　　话：010-66173572　66168268　66192736（发行部）
传　　真：010-66192703
印　　装：廊坊市海涛印刷有限公司
经　　销：全国新华书店
开　　本：720×1020　1/16
印　　张：16.75　　字数：190 千字
版　　次：2017 年 1 月第 1 版
印　　次：2017 年 1 月第 1 次印刷
定　　价：38.00 元